KB234920

그리운 당신 아버지

그리운 당신 아버지

초판 1쇄 인쇄 2013년 4월 30일
초판 1쇄 발행 2013년 5월 7일

지은이 | 한창욱
펴낸이 | 전영화
펴낸곳 | 다연
주 소 | (121-854) 경기도 파주시 문발동 535-7 세종출판벤처타운 404호
전 화 | 070-8700-8767
팩 스 | (031) 814-8769
이메일 | dayeonbook@naver.com
꾸민곳 | 미토스

ISBN 978-89-92441-35-3 (03810)

그리운 당신 아버지

글_한창욱

다연

PROLOGUE

당신의 아버지는 어떤 분이셨나요?

"그 인간, 요즘 살 판 났어!"

B는 아버지를 '그 인간'이라고 불렀다. 다른 친구는 '꼰대'라고 불렀고, 또 다른 친구는 '등신'이라고 불렀다.

우리네 아버지들은 처자식을 부양하기 위해서 죽도록 일했다. 그러나 대다수는 자식들에게 존경받지 못했다. 카프카의 『변신』에 나오는 주인공처럼 한 마리 벌레 취급을 받기도 했다.

그럼에도 불구하고 그들은 '아버지'라는 자리에 남다른 자부심을 가졌다. 10점 맞은 시험지를 고쳐 100점짜리로 가져오면 세상을 다 가진 것처럼 너털웃음을 터뜨렸고, 팔불출이라는 소리를 들으면서도 틈만 나면 자식 자랑을 늘어놓았다.

아버지는 집안의 가장이지만 그 자리는 결코 따뜻한 아랫목이 아니었다. 굳이 자리매김한다면 웃풍이 가장 센 문가 쪽이었다. 아버지는 세상의 세찬 바람을 온몸으로 막으며 자신의 소임을 다하기 위해 묵묵히 땀방울을 흘렸다. 그러나 자식들은 몰랐다. 아니, 알려고도 하지 않았다. 그 땀의 절반이 눈물이었음을…….

5년 전, 고향 친구들이 모였다.

"휴우, 아버지가 너무도 보고 싶다!"

아버지를 '그 인간'이라고 부르던 B가 깊은 한숨을 내쉬며 말했다. 그러자 봇물 터지듯 친구들이 저마다 아버지에 대한 그리움을 털어놓았다.

나는 새삼스레 친구들의 얼굴을 하나하나 뜯어보았다. 그들의 얼굴에서 아버지를 떠올리는 건 어렵지 않았다. 질풍노도의 시기에 독립투사라도 된 양 아버지에게 그토록 저항하던 그들도 어느새 아버지가 돼 있었다.

그날 모임의 화제는 자연스럽게 '아버지'로 흘러갔다. 친구들은 아버지와 관련된 크고 작은 추억을 밤늦도록 늘어놓았다. 우리는 배를 잡고 웃었고, 간간이 흐르는 눈물을 닦았다. 저마다 술잔에 비친 아버지 얼굴을 오래도록 바라보다가 까닭 없이 가슴이 아려올라치면 천천히 술잔을 비웠다.

아버지에 관한 글을 써야겠다고 마음먹은 건 그날 밤이었다. 술잔 속의 아버지 때문에 자꾸만 목이 메던 그 밤…….

3년 동안 세상 아버지들에 관해 취재했다. 조금만 가까워지면 나는 어김없이 준비해놓은 질문을 던지곤 했다.

"아버님은 어떤 분이셨나요?"

반응은 각양각색이었다. 기억을 떠올리기조차 싫어하는 사람도 있었고, 물어보기를 기다렸다는 듯이 반색하는 사람도 있었다. 아버지에 대한 평가는 남자보다는 여자가, 젊은 사람보다는 나이를 먹은 사람이 후했다. 특히 삶이 고단할수록 아버지의 삶을 이해하는 폭이 컸다.

세상에 그토록 다양한 아버지가 있다는 사실을 취재 전에는 몰랐다. 진시황릉 병마용갱에서 출토된 토용의 생김새가 똑같은 것 하나 없듯이, 아버지의 삶 역시 제각각이었다. 그들은 들꽃처럼 자신만의 향기를 내뿜으며 이 세상을 꿋꿋하게 살아냈다.

가슴 아픈 이야기를 너무 많이 들었기 때문일까. 취재를 끝내고 가슴이 아려서 한동안 불면증에 시달려야 했다. 글이 안 써질 때는 깜깜한 들판을 밤새 서성이면서 '나는 과연 좋은 아버지인가?' 하고 수시로 되묻곤 했다.

원래는 논픽션으로 쓰려고 했으나 인터뷰이(interviewee) 대다수가 가족의 사생활이 공개되는 걸 원치 않았기에 픽션 형식을 빌리게 됐다. 직접 이야기를 들었을 때의 감동은 지금도 생생하다. 그러나 필력이 미천한 탓인가. 탈고를 하고 보니 놓친 부분이 적지 않다. 다른 이야기가 아닌 가족 이야기이다 보니, 내가 놓친 미묘한 부분들까지 마음의 눈으로 읽어주셨으면 하는 바람이다.

본격적인 이야기를 시작하기 전에 한 가지 고백하겠다.

나는 아버지를 사랑하지 않았다. 아버지는 그 당시 흔치 않은 지식인이었다. 그러나 실업자여서 가족의 생계라는 무거운 짐을 여린 어머니가 홀로 짊어져야 했다. 우리 가족은 가난했고, 오래도록 그 궁핍의 굴레에서 벗어날 수 없었다. 나는 그 모든 책임을 아버지에게 돌리곤 했다.

그러나 취재가 끝나갈 무렵, 아버지의 삶을 깊이 이해할 수 있었다. 아버지가 느꼈을 무력감과 그 끝없는 좌절감을…….

이 지면을 통해 용서를 빌고 싶다. 그리고 더 늦기 전에 내 마음을 전하고 싶다.

"아버지, 당신을 사랑합니다!"

2013년 5월

한창욱

CONTENTS

CONTENTS

STORY 1

어머니 사랑은 구르는 돌과 같다.
그토록 크고 강건했던 마음이건만
거침없이 구르고 굴러 강기슭의 자갈이 되고
백사장의 새하얀 모래가 되어
이 세상 가장 낮은 곳에 몸을 누인다.

아버지 사랑은 구르는 눈덩이 같다.
그토록 작고 초라했던 마음이건만
자식을 꼭 끌어안고 구르고 구르다가
감당할 수 없을 만큼 커졌을 때
산산이 부서져 자식 곁을 떠나간다.

부모를 향한 자식 사랑은
추수가 끝난 들판을 달려가는 겨울바람 같다.
아무리 불러도 대답하는 이 없고
아무리 불러도 안아줄 이 없건만
멈출 수 없는 그리움에 오늘도 빈 들판을 서성인다.

추억의 집

아버지는 뒤란의 밤나무 같은 분이세요. 평상시에는 눈에 잘 띄지 않지만 돌아보면 항상 그 자리에 계시죠. 언제나 한결같은 마음으로 우리를 대하시는 아버지……. 그동안 고생 많으셨는데 우리 곁에서 오래오래 사셨으면 좋겠어요.

1

부모님은 초등학교 동창이다. 아버지는 친구 결혼식 뒤풀이에 갔다가 신부 친구로 참석한 어머니를 만났다.

먼저 말을 붙인 사람은 어머니였다.

"혹시, 문의초등학교 다니지 않았나요?"

"네, 맞는데요."

"너, 짱구 맞지? 나, 오학년 때 봉사부장이었던 안선주야."

"선주?"

"그래! 우리 단짝이었잖아! 기억 안 나?"

아버지는 대청호 옆의 초등학교에 2년 남짓 다닌 적이 있었다. 실제로 '짱구'라는 별명이 자신과 상관있는 건지, 유명 만화 '짱구는 못 말려' 때문인지는 모르겠지만 짱구라는 별명이 낯설지 않았다. 그러나 '안선주'라는 이름은 생소했다. 아버지가 한참 기억의 창고를 뒤지며 보물찾기를 하고 있는데 어머니의 눈이 반짝였다.

"아, 맞다! 이건 너도 기억이 날 거야."

"뭔데?"

"봄맞이 대청소 때, 내가 유리창 닦고 있는데 네가 확 밀었잖아. 다행히 화단에 떨어져서 크게 다치지는 않았지만, 내가 울고불고하는 바람에 너 담임한테 불려가서 삼단 콤보로 혼났었잖아! 생각나지?"

어머니가 기대 가득한 눈길로 바라보았다. 전학을 자주 다닌 탓일까, 기억력이 나쁜 탓일까. 그마저도 생각나지 않았다. 사실대로 말하면 서운해할 것 같아서 아버지는 어쩔 수 없이 연기를 했다.

"아, 그래! 생각난다, 생각나. 야, 근데 너 진짜 용 됐다! 그때는 촌티가 온몸에 철철 넘쳐흘렀는데……."

"사돈 남 말하고 있네!"

둘은 그렇게 만나서 연애를 했고, 결혼에 골인했다.

그런데 정작 결혼하고 보니 기억력이 나쁜 쪽은 아버지가 아닌 어머니였다. 큰언니를 낳고 어머니는 처음으로 초등학교 동창회에 참석했다. 연회장으로 들어서자 낯선 남자가 반색하며 맞아주었다.

"야, 안선주! 너, 진짜 오랜만이다."

"어…… 그래…… 너, 진짜 용 됐다, 야!"

다른 장소도 아닌 동창회 모임이어서 일단 아는 체부터 했다. 한창 이야기를 나누던 어머니는 자신이 큰 실수를 했음을 깨달았다. 진짜 '짱구'는 아버지가 아닌 바로 그 남자였다. 어머니는 잠깐 전화를 걸고 오겠다며 자리를 떴고, 그대로 줄행랑을 쳤다. 그날 이후로 어머니는 두 번 다시 동창회에 참석하지 않았다.

한번은 아버지가 동창회 총무 전화를 받고, 모임에 참석하려 한 적이 있었다. 행여 진실이 밝혀질까 두려웠던 어머니는 필사적으로 만류했다.

"돈 아깝고, 시간 아깝게 뭐하러 가요? 동창 모임은 한마디로 속물 콘테스트라니까! 지들이 성공했으면 얼마나 성공했다고, 수타면 달인처럼 쭉쭉 자랑면을 뽑아대는데…… 가만히 듣고 있으니 얼마나 같잖던지, 몇 년 전 잔칫집에서 먹은 음식이 다 올라오더라니까!"

⚜

시작은 어머니의 착각에서 비롯되었지만 둘은 잘 어울리는 부부였다. 가끔씩 부부싸움도 했지만 냉전은 그리 오래가지 않았다. 이삼 일쯤 지나면 언제 싸웠나 싶게 풀어져서 우리를 의아하게 만들곤 했다.

둘은 결혼하고 나서 할아버지를 모시고 살았다. 할아버지는 전국에서 손꼽히는 유명한 목수였지만 정작 당신은 다 쓰러져 가는 집에서 살고 있었다. 그러다 며느리가 들어온다는 소식에 낡은 집을 허물고 손수 집을 지었다. 앞마당에는 작은 연못을 만들었고, 담장 아래에는 꽃나무를 심었다. 뒤란에는 대나무와 각종 과일나무를 심어서 굳이 외출하지 않아도 계절의 변화를 느낄 수 있었다.

아버지는 의류회사 경리과에 근무했다. 봉급은 많지 않았지만 어머니는 그 돈으로 알뜰살뜰 살림을 꾸려나갔다.

삼대독자였던 아버지는 할아버지의 염원까지 더해져서 아들을 간절히 바랐다. 그러나 어머니는 그 심정을 아는지 모르는지 딸만 내리 둘을 낳았다. 아버지가 그만 낳겠다고 하자, 할아버지가 호통을 쳤다.

"이놈아! 넌 삼세판도 모르냐?"

결국 마지막 세 판째가 나였는데 많은 이의 기대를 저버리고 나 역시 딸로 태어났다. 아버지는 실망했을 법도 하건만 조금도 내색하지 않았다. 오히려 울고 있는 어머니의 손을 꼭 잡고 이마에 입을 맞췄다.

"고마워요. 믿음과 소망만으로도 분에 넘치는 내게 사랑마저 안겨줘서……."

아버지는 무신론자였다. 그러기에 언니들의 이름 '믿음'과 '소망'은 서울에서 부에노스아이레스만큼이나 거리가 먼 느낌을 주었다. 그럼에도 불구하고 내 이름은 태어난 날, 아버지의 닭살 돋는 멘트와 그걸 또 감격스러워하며 눈물까지 흘린 어머니의 과다한 감성으로 인해 그 자리에서 '사랑'으로 확정되었다.

정사랑. 성과 함께 부르면 '19금' 분위기가 나기 때문에 가족들은 이름만 불렀고, 친구들은 한사코 성을 붙여 불렀다.

우리 집 뒤란에는 커다란 밤나무가 한 그루 있었다. 할아버지가 낡은 집을 구입했을 때부터 자리하고 있던 나무다. 9월 하순이 되면 밤송이가 벌어지면서 밤알이 하나, 둘 떨어졌다. 우리는 입이 심심하면 생밤을 주워서 까먹곤 했다.

추석이 다가오면 온가족 모두가 밤을 털었다. 아버지가 장대로 후려칠 때마다 밤송이들이 우수수 떨어졌다. 부모님은 일일이 밤송이를 깠고, 우리 세 자매는 경쟁적으로 왕밤을 주웠다.

"와아, 이 밤 정말 크다! 아빠, 이것 좀 봐요!"

나는 유독 큰 밤을 들고서 아버지에게 쪼르르 달려갔다.

"아빠는 그 밤 싫어! 걔는 밉상이거든."

"왜 밉상이야?"

"걔는 자기만 아는 욕심쟁이니까."

"아빠가 어떻게 알아요? 이 밤이 욕심쟁이인지 아닌지를?"

내가 뿌루퉁하게 묻자, 아버지가 왕밤을 꺼낸 밤송이 속을 집게로 뒤적거렸다. 그런 다음 밤 껍질 같은 것을 꺼내어 내 손에 올려주었다.

"이것 봐라. 요 욕심쟁이가 안에서 얼마나 욕심을 부렸으면 얘는 하나도 못 먹고 말라죽었겠니?"

자세히 보니 그것은 알맹이가 하나도 없는 빈 껍질이었다. 아버지는 떨어져 있는 밤송이 하나를 집어 내 눈앞에서 벌렸다.

"사랑아, 밤은 이런 게 예쁜 거야. 밤 세 톨 모두 크기가 고르잖아. 밤송이 안에서 세 자매가 오순도순 사이좋게 음식을 나눠 먹으며 계절을 난 거지. 서로 돕고, 의지하면서 말이야."

아닌 게 아니라 그 밤들은 크기가 비슷했고, 손바닥 위에 올려놓고 보니 의좋은 형제 같았다.

아버지는 매해 가을마다 우리를 불러서 밤을 털었고, 똑같은 이야기를 반복했다. 우리가 중고등학생이 되었을 때는 하도 많이 들어서 외울 지경이었다. 우리는 밤을 털면서 아버지 말투를 다소 과장해서 흉내 내곤 했다.

"와아, 이 밤은 엄청 우애가 좋았나 보네. 세 자매가 어쩜 이렇게 매끈하게 잘 자랐니? 너희는 분명 복 받을 거다. 심성이 하나같이 착해서……."

"사랑아, 이것 좀 봐라. 이 밤은 왕밤이긴 한데 밤마다 엄청 외로웠을 거다. 허공에 혼자 대롱대롱 매달려서 무슨 재미로 긴 세월을 지냈을까? 나는 억만금을 준다 해도 혼자서는 외로워서 못 산다!"

"언니야, 근데 밤이 밤을 무서워해도 돼? 그래도 이름이 밤인데……."

"밤이니까 당연히 밤을 무서워해야지! 사랑이 너도 사랑을 무서워할 줄 알아야 한다. 아무 남자나 보고 좋다고 입을 헤벌리고 쫓아다니면 안 돼!"

우리가 왁자지껄 웃고 떠들 때면 아버지는 한쪽에서 흐뭇한 눈길로 바라보셨다. 우리는 해마다 쑥쑥 자라났고, 아버지의 머리에는 하얀 머리카락이 눈에 띄게 늘어갔다.

아버지는 목수 아들답게 우리의 책상을 손수 짜주었는데, 직접 만들어준 책상 덕분이었을까. 우리는 모두 공부를 잘했다. 언니들은 명문대에 가볍게 들어갔다. 그러나 나는 사춘기 때 방황했고, 결국 대학 입시에 실패했다. 가족들은 재수를 하라고 했다. 하지만 나는 공부에 소질이 없다는 자괴감에 사로잡혀 그마저도 거부했다.

그 무렵 아버지는 퇴직하고 집에 있었다. 경기가 어려워져 회사에서 희망퇴직자를 뽑자, 한창 일할 나이인 쉰 살이었지만 당신 스스로 물러났다. 집에서만 생활하다 보니 아버지와 자주 마주쳤다.

그 어느 해보다도 추웠던 겨울이 지나고 다시 봄이 왔다. 밤늦은 시간에 라면을 끓이려고 하는데 아버지가 출출하다고 했다. 나는 물을 좀 더 붓고 두 개를 끓였다. 마주앉아 라면을 먹는데 아버지가 불쑥 말했다.

"사랑아, 우리끼리 특별한 시간을 가져보는 건 어떨까?"

"어떻게?"

"단둘이 여행을 가는 거야."

나는 귀가 솔깃했다. 그렇지 않아도 뭔가 계기가 필요한 시점이었다.

우리는 거제도로 1박 2일 여행을 떠났다. 배를 타고 소매물도로 들어가서 낚시도 하고, 등대도 구경했다.

집으로 돌아가는 길에 아버지는 몽돌해수욕장에 잠시 차를 세웠다. 해변에는 모래 대신 수많은 자갈이 깔려 있었다. 파도가 밀려오자 자갈이 구르며 독특한 소리를 냈다. 아직은 차갑게 느껴지는 봄바람을 쐬며 해변을 거니는데 아버지가 자갈을 하나 집어 들었다.

"사랑아, 이게 뭐야?"

"자갈."

"맞아, 자갈이야."

아버지는 새로운 사실이라도 알게 된 것처럼 고개를 끄덕였다. 몇 걸음 걷다가 다시 허리를 굽혀 파도에 떠밀려온 자갈을 집어 들었다.

"그럼 이건 뭐야?"

"뭐긴 뭐겠어요, 자갈이지!"

그러자 아버지가 빙그레 웃더니 내 손을 잡았다.

"사랑아, 이 자갈이 파도에 몇 번 굴렀다고 해서 다른 걸로 바뀌는 게 아니듯이 네가 대학입시에 실패했다고 해서 다른 무엇이 되는 게 아냐! 사랑이 너는 여전히 너일 뿐이야."

"아빠, 그럼 나는 누구야?"

아버지가 검은 윤기가 흐르는 자갈을 내 손바닥에다 올려놓았고, 손을 꼭 쥐어주었다.

"이 바보야, 이만큼 키워놨는데 그것도 모르면 어떡해? 넌 이 아빠가 세상에서 가장 사랑하는 딸이지!"

"치! 아빠는 언니들한테도 만날 그러면서……."

우리는 연인처럼 팔짱을 끼고 해변을 천천히 걸었다. 봄바람은 더 이상 차갑지 않았다. 아버지가 그 어느 때보다 듬직하게 느껴졌다.

비록 퇴직한 아버지와 입시에 실패한 딸의 여행이었지만 유쾌했고 의미 있는 시간이었다. 나는 아버지가 건네준 자갈을 꼭 쥐고 여행에서 돌아왔다. 그 자갈은 내가 20년을 살면서 받은 선물 중 가장 소중한 것이었다.

여행에서 돌아오자마자 나는 다시 공부에 매달렸다. 왠지 이번에는 잘해낼 수 있을 것 같은 느낌이었다. 공부하다 지칠 때면 자갈을 어루만졌다. 손안에 자갈을 꼭 쥐고 있으면 이상하게도 힘이 불끈 솟곤 했다.

이듬해, 나는 대학에 들어갔다. 언니들처럼 명문대에 들어간 건 아니었지만 아버지는 어린아이처럼 좋아했다.

⚜

대학교 3학년 때, 1년 가까이 사귀던 남자친구에게 차였다.

내심 결혼까지 생각하고 있었던 터라 충격이 컸다. 그 여파로 학기말 시험을 망쳤고, 급기야 우울증까지 걸렸다. 그토록 경쾌하고 찬란했던 세상은 실내에서 선글라스를 쓴 것처럼 무겁게 가라앉았다. 나는 아무와도 이야기하고 싶지 않았지만 아무나 붙잡고라도 이야기하고 싶었다. 하지만 나에게 말을 거는 사람은 아무도 없었다.

그 무렵 우리 집에는 많은 변화가 있었다. 할아버지는 두 해 전에 돌아가셨다. 아버지는 집을 팔고 딸들이 직장 생활을 편하게 할 수 있는 도심의 아파트로 이사했다.

약대를 졸업한 뒤 제약회사 연구원으로 일하던 큰언니는 결혼을 눈앞에 두고 있었다. 어머니는 결혼 준비 때문에 눈코 뜰 새 없이 바빴다. 작은언니는 국내 굴지의 무역회사에 취직했는데 밤 열 시가 넘어서야 돌아왔다. 아버지는 새로 벌인 사업 때문에 바빠서 얼굴 보기도 힘들 지경이었다.

나는 방 안에 틀어박혀서 온종일 인터넷으로 다운받은 영화를 봤다. 그날도 방에서 노트북으로 영화를 보고 있는데 아버지가 들어왔다.

"이번 주에 등산 약속 있는데 점퍼 하나만 골라줄래?"

학기말 시험을 망친 죄도 있고 해서 순순히 아버지를 따라나섰다. 아버지는 등산 전문 매장으로 들어갔다. 아버지는 신상품을 외면한 채 수북이 쌓아놓고 세일하는 점퍼를 뒤적거렸는데, 파랑 점퍼와 노랑 점퍼를 놓고 한참 고민했다.

"이건 젊어 보이긴 한데 얻어 입은 것 같고, 이건 세련되어 보이기는 한데 나이가 들어 보이고……."

나로서도 선뜻 판단을 내리기가 어려웠다. 잠시 망설이다 파랑 점퍼를 권했다.

"아빠, 이거 사요! 이거 입으니까 뉴욕 가을 거리를 걷는 리처드 기어 같아!"

"인물이야 리처드 기어보다 내가 한 수 위지. 하지만 아무래도 내 나이 때 입을 색깔은 아닌 것 같다."

아버지는 결국 노랑 점퍼를 샀다. 나는 내심 서운했다.

'점퍼를 골라달라고 데려왔으면 내 뜻에 따라야 하는 거 아냐? 차라리 그럴 바에는 혼자 오지!'

쇼핑백을 들고 매장을 나섰다. 아버지는 내 기분을 눈치챈 걸까, 파랑 점퍼에 대한 미련 때문일까.

"아무래도 내가 잘못 선택한 것 같아. 네 말을 들을 걸 그랬나 봐."

"아냐, 아빠! 파랑 점퍼도 잘 어울리지만 노랑 점퍼가 훨씬 더 잘 어울려."

나는 이미 산 물건과 결혼한 신부에 대해서는, 비록 거짓말일지라도 잘 선택했다고 칭찬해주라는 탈무드의 문구를 충실히 실행했다.

우리는 점심을 먹기 위해 설렁탕집에 들어갔다. 음식이 나오기를 기다리고 있는데 아버지가 다시 파랑 점퍼 이야기를 꺼냈다. 여전히 미련이 남는 눈치였다.

"아빠, 그럼 바꾸자! 같이 가기 그러면 내가 혼자 가서 바꿔 올게."

"그럴래?"

아빠는 반색을 했다가 이내 머리를 흔들었다.

"됐다! 내가 선택한 거니까 그냥 입으마."

음식이 나와서 우리는 말없이 설렁탕을 먹었다. 먼저 숟가락을 내려놓은 아버지가 혼잣말처럼 중얼거렸다.

"살다 보면 원했든 원하지 않았든 간에 선택 앞에 놓이게 되지. 딴에는 현명한 선택을 하려고 이것저것 재며 고민하다가 결국 하나를 선택하지만, 결과를 놓고 보면 반드시 올바른 선택을 하는 것 같지는 않아."

"아빠처럼?"

"그래. 아마, 그 친구도 지금 엄청 후회하고 있을 거다. 너처럼 예쁘고 착한 여자가 이 세상에 어디 있다고……."

아버지는 창밖을 보며 아무렇지도 않은 척 말했다. 그 순간, 울컥 눈물이 쏟아졌다. 아버지가 알고 있는 걸로 봐서, 나의 실연을 짐짓 모르는 척하고 있었을 뿐 가족 모두가 알고 있음이 분명했다.

나는 그동안 참고 참아왔던 눈물을 펑펑 쏟았다. 아버지는 내가 실컷 울도록 놓아두었다. 눈물을 흘리고 나니 머릿속이 비 갠 하늘처럼 개운해졌다. 나는 그제야 길고 긴 실연의 터널에서 빠져 나올 수 있었다.

그로부터 4년 뒤, 새로 사귄 남자친구를 집으로 데려갔다. 부모님에게 결혼 허락을 받기 위해서였다. 나는 아버지의 그때 표정을 잊을 수 없다. 그는 자동차를 팔러 다니는 평범한 세일즈맨이었는데 큰언니가 의사 사위를 데려왔을 때보다 더 기뻐했다.

2

아버지는 퇴직하고 한동안 방황하다 편의점을 시작했다. 인건비를 아끼기 위해 어머니와 교대해가며 하루 24시간 일했다. 우리도 가끔씩 도와주기는 했지만 저마다 바쁘다 보니 잠깐뿐이었다.

학원가에 위치하고 있어서 손님도 끊임없이 드나들었고, 월매출도 상당했다. 그러나 재고 정리를 한 뒤, 손익계산을 맞춰보면 속 빈 강정이었다. 아이들이 물건을 훔쳐가 봤자 얼마나 될까 싶었는데, 그 액수는 예상을 훨씬 뛰어넘었다.

아버지는 편의점 곳곳에 CC카메라를 설치했으나 소용없었다. 물론 단독범도 있지만 대개는 두 명 이상이었다. 한 아이가 몸이나 가방으로 카메라를 가려주면 다른 아이가 그 틈을 타서 물건을 훔쳤다. 아버지는 황소 뒷걸음질치다가 쥐 잡는 격으로 가끔씩 절도범을 잡았다. 경찰서에 넘기라고 해도 훈계만 한 뒤에 풀어주었다.

"아이들이 무슨 죄가 있어. 죄를 묻는다면 자식 교육 잘못한 부모에게 물어야지!"

퇴직자가 늘어난 탓인지, 마땅히 할 사업이 없기 때문인지 주변에 편의점이 계속해서 늘어났다. 매출은 점점 떨어졌고, 나중에는 인건비 건지기도 힘들 지경에 이르렀다. 결국 아버지는 4년 만에 편의점을 정리했다.

새로운 일거리를 물색하던 차에 예전부터 알고 지내던 원단회사

사장이 찾아왔다. 회사 지분과 직책을 줄 테니 투자해보지 않겠느냐는 것이었다. 아버지는 꼼꼼히 재무제표를 살핀 뒤, 제의를 받아들였다.

아버지는 적잖은 돈을 투자했고, 부사장이라는 자리에 올랐다. 회사는 2년 남짓 잘 돌아갔다. 그러다 거래처가 연쇄적으로 문을 닫으면서 다시 자금난에 빠졌다. 어떻게든 회사를 정상화시키고 싶은 욕심에 아버지는 두 차례 돈을 더 투자했다. 아파트를 담보로 은행에서 돈을 빌렸고, 나중에는 지인들의 돈까지 끌어들였다. 그러나 '불황에는 장사 없다'고 회사는 점점 더 깊은 늪 속으로 빠져 들어갔다.

시름이 깊어가던 차에 중간상인들이 찾아왔다. 그들은 외상으로 원단을 주면 원단을 팔아서 돈을 지불하겠다고 했다. 원단을 썩혀두는 것보다야 낫겠다 싶어서 거래를 허락했다. 그들은 약속을 잘 지켰고, 거래가 계속되면서 신용도 점점 쌓여갔다. 그와 함께 거래 액수도 점점 커졌는데, 어느 날 그들이 일제히 모습을 감췄다. 가까스로 연락이 닿은 사람들은 이런저런 핑계를 대며 차일피일 지불을 미뤘다.

결국 회사는 부도가 났다. 아버지는 빚쟁이들의 빚 독촉에 시달렸다. 혼란의 와중에 어머니가 협심증으로 쓰러졌다. 너무 늦게 발견하는 바람에 어머니는 치료도 제대로 받지 못하고 숨을 거두었다.

우리도 충격을 받았지만 가장 큰 충격을 받은 사람은 아버지였다. 장례를 치르는 동안 아버지는 반쯤 넋이 나가 있었다. 아버지는 자신이 마음고생을 많이 시켜서 아내가 세상을 뜬 거라고 철석같이 믿었다.

아버지의 모습은 위태로워 보였다. 누가 슬쩍 어깨를 떠밀기만 해도 스르르 세상 밖으로 사라져버릴 것만 같았다. 지금까지 우리가 봐왔던 강한 아버지가 아니었다. 행여 엉뚱한 마음을 먹을까 봐 세 자매는 번갈아가며 아버지 곁을 지켰다.

빚쟁이들은 장례식장까지 찾아왔다. 우리는 그제야 아버지가 사업하다 망해서 빈털터리가 된 데다 빚까지 지고 있다는 사실을 알았다. 자식으로서 모른 체하고 넘어갈 수는 없는 노릇이었다.

장례식이 끝난 뒤, 세 자매가 큰언니 집에 모였다. 내가 아버지를 통해 어렵사리 알아낸 빚의 규모와 은행에서 받은 융자금, 아파트 현재 시세 등을 정리한 종이를 나눠주었다. 언니들은 종이만 뚫어져라 들여다볼 뿐, 가타부타 말이 없었다. 그도 그럴 것이 아버지의 빚은 우리의 예상보다 훨씬 많았다.

어색한 분위기를 깬 사람은 작은언니였다. 작은언니는 뒤란에서 밤을 털 때처럼 아버지의 말투를 과장해서 흉내 냈다.

"와아, 빚 엄청 많네! 이 많은 빚을 혼자 짊어지고 있었으니 그동안 얼마나 외롭고 힘들었을까. 살아도 사는 게 아니었을 거다."

그러자 큰언니가 받았다.

"아버지도 보면 참 밉상이야."

"아니, 왜?" 하고 내가 물었다.

"좋은 일도 나쁜 일도 함께 나눠야 가족 아니야? 딸들만 때깔 좋게 키워놓으면 무슨 소용인데? 당신 가슴이 썩어문드러지면 우리 가슴인들 편하겠어? 가뜩이나 엄마 때문에 아픈 가슴인데……."

"아무리 미우나 고우나 해도 아버지는 아버지인 거야. 아버지 허물은 모두 다 자식들 허물이고……."

내 말이 떨어지기 무섭게 작은언니가 받았다.

"그나저나 이 빚을 어떻게 나누지? 아버지가 좋아하는 밤톨처럼 보기 좋게 삼등분할까?"

그러자 큰언니가 머리를 세차게 흔들었다.

"그러면 세상 사람들이 욕하지! 내가 언니라서 그러는 건 아니고…… 그래도 형편이 우리 중에서는 제일 나으니까, 오 대 삼 대 이로 하자."

"에이, 심하네. 날 대체 뭘로 보고……. 요즘 우리 남편도 잘나가! 그러니까 오대 사대 일로 해. 사랑아, 네 생각은 어때? 부담되면 말해."

나는 고마움에 목이 메어 아무 말도 할 수 없었다. 둘째 형부는 대기업에 다니는 평범한 샐러리맨이었다. 직장인이 아무리 잘나가봤자 얼마나 잘나가겠는가.

큰언니가 잠깐 생각하더니 다시 입을 열었다.

"좋아! 육대 삼대 일로 하자. 그게 젤 보기 좋을 것 같다."

"안 그래도 되는데……. 그래주면 고맙기는 해!"

작은언니가 이를 드러내고 환하게 웃자, 큰언니가 꿀밤을 먹였다.

"아버지 아파트는 팔아서 융자금을 상환하고, 남은 돈으로 우리 동네에다 작은 아파트를 구해볼게."

어젯밤에는 아버지 빚 때문에 걱정돼서 잠도 제대로 못 잤던 터였다. 그런데 모든 상황이 어이없을 정도로 순식간에 종료되었다.

'이래도 되는 걸까?'

사실 세 자매 중에서 내가 제일 사정이 안 좋았다. 하지만 아무리 그렇다 하더라도 이건 좀 심하다는 생각이 들었다. 돈이라는 것은 집안 규모에 맞게 돌아가게 마련이다. 없는 집은 없는 대로 쓰고, 있는 집은 있는 대로 쓰다 보면 항상 부족한 게 돈이었다. 남편이 의사이니 다소 마음의 여유야 있겠지만 그 집인들 돈이 남아돌기야 하겠는가.

내가 반발하려고 하자, 눈치 빠른 작은언니가 한발 먼저 나섰다.

"자자, 딱딱한 이야기는 이걸로 마무리하자고. 대신 오늘 점심은 막내가 화끈하게 쏘는 거다?"

빚을 청산하고 나면 모든 게 해결될 줄 알았다. 그러나 그것은 우리의 착각이었다. 아버지에게 어머니는 우리가 예상했던 것 이상으로 특별한 존재였다.

아버지는 세 살 때 어머니를 여의었다. 아버지는 목수였던 부친의 손을 잡고 전국을 떠돌아다녔는데 내성적인데다 형제조차 없어서 늘 외톨이였다. 그 당시 아버지의 유일한 희망은 하루 속히 어른이 되는 것이었다.

반면 어머니는 형제가 많은 집안에서 자란 데다 외향적이었다. 아버지는 첫 만남에서 참새처럼 쉬지 않고 수다를 떨던 어머니에게 한 눈에 반했다. 아버지는 딸들 이상으로 어머니를 사랑했다. 자주 영화관에 데려갔고, 굳이 기념일이 아니더라도 소소한 선물을 바쳐서 어머니로 하여금 미소 짓게 했다.

말년에 사업까지 실패한 데다 어머니마저 갑작스레 세상을 떠나자, 아버지는 인생의 덧없음을 느꼈다. 우리는 자주 들락거리며 아버지의 말동무가 되어주었지만 아버지의 빈 가슴은 채워지지 않았다. 시간이 지나도 잊히는 게 아니라 오히려 점점 더 심한 그리움으로 다가왔다. 결국 아버지는 딸들도 출가해서 저마다 가정을 꾸렸으니, 어머니 뒤를 따라가야겠다고 결심하기에 이르렀다.

아버지는 유서를 두 장 썼다. 한 장은 서랍장 깊숙한 곳에 숨겨두고, 한 장은 가슴에 품은 채 집을 나섰다. 차를 몰고 간 곳은 경기도 인근의 저수지였다. 평일이어서 낚시터는 한산했다. 아버지는 미끼도 끼우지 않은 빈 낚싯대를 드리우고 살아온 날들을 정리했다.

밤이 되자 낚시터에는 아버지 혼자 남았다. 아버지는 준비해 간 약병을 열었다. 그동안 불면증에 시달릴 때마다 처방전을 받아서는 먹지 않고 모아둔 수면제였다. 뚜껑을 열고 한 번에 입 안에 털어 넣으려고 하는 순간, 전화벨이 울렸다. 액정 화면을 들여다보니 세 딸 중에서 가장 몸이 약해서 늘 신경 쓰던 둘째였다. 아버지는 마지막 가는 길에 목소리나 듣고 가는 것도 나쁘지 않겠다 싶어서 전화를 받았다.

"아빠……."

활달하던 둘째인데 평상시와 달리 목소리에 힘이 하나도 없었다.

아버지는 깜짝 놀라 물었다.

"왜 그래? 어디 아프니?"

"응. 아랫배가…… 바늘로 찌른 듯이 쿡쿡 쑤셔."

"그럼 병원에 가봐야지. 김 서방은 지금 어디 있어?"

"지방…… 출장……."

"내가 구급차를 불러줄까?"

"그 정도는 아니고…… 아빠, 빨리 와."

"아, 알았다! 내가 금방 가마."

아버지는 황급히 전화를 끊고 벌떡 일어났다. 그 바람에 약병이 툭 하고 떨어졌다. 아버지는 수초더미 속에 떠 있는 약병을 내려다보다가 그대로 돌아섰다.

'지금은 내가 죽고 사는 게 문제가 아냐!'

행여 둘째에게 무슨 일이라도 생길까 봐 아버지는 마음이 조급해져 낚싯대도 놓아둔 채 차를 향해 달음박질쳤다.

아버지의 자살 시도는 작은언니 덕분에 미수로 끝이 났다. 세월이 흘러 어머니 5주기 제삿날, 아버지는 그날 일을 담담하게 고백했다.

우리 세 자매는 모두 눈물을 흘렸다. 가장 서럽게 운 사람은 남편이 의사인데도 어머니의 협심증을 몰랐다는 사실에 가슴앓이를 하고 있었던 큰언니였다. 아버지가 등을 토닥여주며 달래자 큰언니가 손을 뿌리치며 소리쳤다.

"밤나무 없이 밤송이가 어떻게 열려? 낳아만 놓으면 다야? 끝까지 함께 가야지!"

그 순간, 어디선가 밤송이가 툭 하고 떨어지는 소리가 들려왔다.

우리가 살았던 옛날 집은 모두 헐리고 지금은 아파트 단지가 들어서 있다. 그러나 나는 가끔씩 환상처럼 그곳으로 찾아가곤 한다.

아이를 태운 유치원 차가 시야에서 사라지는 걸 확인하고 돌아서는 순간, 텔레비전을 켜놓고 빨래를 개다 검푸른 바다에서 헤엄치고 있는 돌고래 떼를 발견했을 때, 노랗게 물든 은행잎이 나풀거리며 시장바구니에 내려앉을 때, 오랜만에 만난 친구와 헤어져 버스 정류장으로 향하다가 어디선가 들려오는 크리스마스 캐럴을 듣기 위해 걸음을 멈췄을 때…….

나무문을 슬며시 밀면 정겹게 삐거덕대는 소리, 눈에 익은 꽃나무와 연못……. 반듯하게 서 있는 건물을 돌아서 뒤란으로 가면 한창 밤을 털고 있는 가족들을 만날 수 있다. 손바닥에 밤 세 톨을 올려놓고서 흐뭇한 눈길로 바라보고 있는 아버지, 뭐가 그리도 재미있는지 까르르 웃고 있는 어머니, 초롱초롱한 눈을 반짝이며 왕밤을 줍기에 여념이 없는 세 자매를 바라보고 있으면 왠지 모르게 가슴이 따뜻해진다.

그러고 보면 나는 참 행복한 사람이다. 천만금을 주고도 살 수 없는 따사로운 추억을 간직하고 있고 서로 걱정하며 아껴주는 가족이 곁에 있으니…….

아빠, 부탁인데…… 제발, 우리 곁에 오래오래 머물러주세요.

사랑합니다!

STORY 2

가르침

자식이 재롱을 부릴 때면
아버지는 세상을 다 가진 듯이 기쁘고
자식이 책을 읽을 때면
아버지는 밥을 먹지 않아도 배부르다.

자식이 선생님에게 벌을 받으면
아버지는 세상에서 가장 작은 난쟁이가 되고
자식이 상장을 받아 오면
아버지는 세상에서 가장 큰 거인이 된다.

자식이 나쁜 짓을 하면
아버지는 세상에서 가장 좁은 감옥에 갇히지만
자식이 착한 일을 하면
아버지는 세상에서 가장 아름다운 사람이 된다.

아버지가 좋은 본보기가 되어주지 못했음을 부끄러워하면서
오늘도 현장에서 묵묵히 일하는 까닭은
자식이 두 발로 자신의 머리를 밟고 올라설지라도
더 큰 세상을 보여주기 위함이다.

연탄 한 장, 글자 한 자

살다 보면 가끔씩 모든 걸 포기하고 싶을 때가 있어요. 지치고 힘들어서 그대로 주저앉고 싶을 때면 나지막이 아버지를 불러봅니다. 그러면 보이지 않는 손이 "수고했다"고, "할 수 있다" 고 제 어깨를 다독여줍니다.

아버지는 농사꾼이었다. 어려서부터 농사를 지었고, 할 줄 아는 건 농사밖에 없었다. 정규교육은 초등학교 4학년까지 받은 게 전부였다. 한글을 더듬거리며 읽는 수준이었다.

가을걷이가 끝난 어느 날이었다. 아버지는 가족을 모아놓고 서울로 이사 가겠다고 선포했다. 그러자 어머니가 필사적으로 만류했다.

"무달라고 서울은 간다요? 소도 비빌 언덕이 있어야 비비는 벱인디, 궁댕이 한 짝 비빌 데도 없으믄서……."

"콩밭에서 뒹구나 똥밭에서 뒹구나 세월 가는 건 매한가진 겨. 새끼들 공부라두 지대로 챙기야제."

"그라지 말고 여서 흙이나 파묵고 삽시다."

"지랄 염병!"

아버지는 가족을 이끌고 무작정 상경했다. 내가 아홉 살, 밑에 남동생이 일곱 살, 막내 여동생이 여섯 살 때였다. 누이 먼저 혼인시키느라 늦장가를 간 아버지는 마흔둘의 적잖은 나이였다.

당시 산동네에는 무허가 집들이 우후죽순으로 생겨나고 있었다. 막차를 탄 아버지가 고를 수 있었던 집터는 산꼭대기밖에 없었다. 그것도 한쪽에 커다란 바위가 솟아 있어서 쓸모없는 땅이었다. 행여 바윗덩이를 파낼 수 있을까 싶어 삽과 곡괭이로 밑을 파보았지만 위로 솟아 있는 바위는 빙산의 일각에 불과했다.

아무리 고민해도 답이 나오지 않자 어쩔 수 없이 그 위에다 블록을 쌓았다. 집을 짓고 나니 바위는 담장 밖으로 절반쯤 나와 있었고, 방 안으로 절반쯤 들어와 있었다. 두어 평 남짓한 방의 절반을 차지할 정도의 크기였다. 보기에 흉물스러웠지만 어쩔 수 없었다.

어른들에게 비극은 아이들에게 희극이 되기도 한다. 그 위에 장판을 깔자, 마땅한 놀이가 없었던 동생들은 신나게 미끄럼을 타며 놀았다. 얼마 지나지 않아 장판은 구멍이 났고 테이프를 덕지덕지 붙여야 했다.

아버지는 공사판으로 막일을 다녔다. 그러던 어느 날, 바퀴만 달려 있는 녹슨 손수레를 끌고 왔다. 보고 있으면 절로 한숨이 나올 정도로 형편없는 수레였다.

녹을 제거한 뒤 페인트를 칠하고, 판자로 사방을 막고, 위에다 상판을 올리니 그제야 그런대로 봐줄 만했다. 쓸 만한 손수레가 완성되자 아버지는 시장에서 가래떡처럼 긴 쌀엿을 사 와 엿판에 실었다. 아버지는 큼지막한 가위를 양손으로 쩔렁쩔렁 울리며 "고물 삽니다, 고물!" 하고 외치면서 골목골목을 돌아다녔다. 그 소리를 듣고 고물을 갖고 나오면 눈으로 대충 가격을 매긴 뒤, 가위로 엿을 잘라 주었다.

아버지는 가끔씩 집에 들러서 점심을 먹었다. 학교에서 돌아온 어느 날, 마루 위에 밀짚모자와 가위가 가지런히 놓여 있는 게 보였다. 나는 밀짚모자를 쓰고 가위를 들고 대문을 나섰다. 너무 커서 내 작은 손으로는 가위질조차도 쉽지 않은 가위를 어설프게 쩔렁거리며 "고물 삽니다, 고물!" 하며 골목을 뛰어다녔다.

"이런, 상여르 새끼!"

맨발로 뛰쳐나온 아버지가 내 귓불을 움켜잡았다. 집으로 질질 끌려간 나는 종아리가 시뻘겋게 부르트도록 맞았다.

"나가 니 엿장시 시킬라고 서울 왔는 줄 아냐?"

시퍼런 서슬이 밴 무지막지한 회초리를 한 대라도 덜 맞으려고 아버지에게 손이 발이 되도록 빌었지만 진심으로 뉘우친 건 아니었다.

'흥! 그까짓 가위질 몇 번 했다고 회초리가 부러지도록 때리다니…….'

열 살배기 어린애가 생각하기에는 가혹한 처벌이었다. 분하고 서러웠지만 어디 가서 딱히 하소연할 데도 없었다. 방에서 큼지막한 바위를 끌어안고 엉엉 울고 있는데 어머니가 들어와 엿을 내밀었다.

"싫어! 안 먹어!"

평상시에는 자다가도 벌떡 일어날 정도로 환장하던 엿이었다. 그러나 그때만큼은 아버지가 꼴도 보기 싫어서 뿌리쳤다. 그러자 어머니가 강제로 입 안에 밀어 넣어주었다.

나는 눈물, 콧물이 범벅이 된 채로 하얀 쌀엿을 빨아먹었다. 엄지손톱만 한 크기였지만 종아리를 파고드는 쓰라림을 잊기엔 충분했다.

⚜

2년 남짓 고물장사를 하던 아버지는 시골의 전답을 팔았다. 그 돈으로 아랫동네에다 연탄가게를 냈다.

"내는 베락 맞아 죽는다 혀도 연탄 배달만은 안 헐라요!"

어머니는 까마귀도 아닌 것이, 까치도 아닌 것이 새까만 몰골로 돌아다니는 게 남세스럽다며 한사코 버텼다.

아버지는 키가 160센티미터, 체중은 50킬로그램 정도로 왜소한 체격이었다. 산동네는 절반이 비탈길이었고, 절반은 돌계단이었다. 아버지는 밤마다 끙끙 앓았다. 혼자서 체중의 몇 배나 되는 손수레를 끌고, 지게로 수백 장의 연탄을 져 날랐으니 멀쩡하다면 오히려 이상한 일이었다.

일주일쯤 지났을까. 학교에서 돌아오는 길에 손수레를 끌고 비탈길을 오르고 있는 아버지를 만났다. 까맣게 분칠을 하다시피 한 어머니가 뒤에서 밀고 있었다. 둘이 함께 일하는 모습을 보니 반가웠다. 달려가서 내가 함께 밀려고 하자 아버지가 손사래를 치며 고함을 질렀다.

"니는 씨잘대기 없는 짓 허덜 말고, 들어가서 공부나 혀!"

"예, 아버지."

나는 방에 들어서기 무섭게 벽장을 열었다. 벽장에는 아버지가 고물장사를 하며 가져다준 책들이 수북했다. 세계문학전집, 한국문학전집, 대망, 삼국지, 수호지 등등……. 시리즈물 중에는 중간에 빠진 책이 있어서 재미있게 읽다 보면 김이 빠지곤 했다. 그러나 두세 번 읽고 나면 빠진 내용을 얼추 짐작할 수 있었다.

아버지는 자식들의 책 읽는 소리를 유난히 좋아했다. 교과서든 소설이든 간에 큰 소리로 읽으면 흐뭇해했고, 그래서 어떤 날은 돈을 주기도 했다. 아버지는 시골에선 술을 입에도 대지 않았는데 서울에 와서는 몸이 고된 탓인지 가끔씩 소주를 마셨다. 우리는 아버지가 술이라도 한잔한 날이면 경쟁하듯 큰 소리로 책을 읽었다.

나는 방과 후에 온종일 소설을 읽었다. 자정이 되면 어머니는 아버지의 만류에도 불구하고, 전기세 많이 나온다며 집 안의 불을 모두 껐다. 그럼 나는 이불을 뒤집어쓴 채 플래시 불빛 아래서 책을 읽곤 했다.

하루는 칠판의 글씨가 겹쳐 보였다. 책을 많이 읽어서 그런가 보다 했는데 사람도 겹쳐 보이고, 사물도 겹쳐 보였다.

어머니는 나를 안경점으로 데려갔다. 시력 검사를 해보니 오른쪽 눈은 정상인데 왼쪽 눈이 심한 난시였다. 처음 안경을 쓰니 어지러웠다. 한동안 빙글빙글 돌던 세상이 멈추자 비로소 사물의 윤곽이 또렷하게 보였다. 안경점을 나서며 어머니가 길게 한숨을 내쉬었다.

"워쨰야스까이. 공부는 인자부턴디 한짝 눈을 베리놨으니……."

학교에서 돌아오다가 연탄 배달을 하고 있는 아버지를 보았다. 지게에 연탄을 싣던 중이었는데 한쪽 눈에 안대를 하고 있었다. 놀란 내가 눈을 다쳤냐고 묻자, 아버지는 눈에 다래끼가 났다고 했다. 어서 들어가 공부나 하라는 아버지의 손짓에 돌아서기는 했지만 연탄을 지고 층계를 올라가는 아버지의 뒷모습이 위태로워 보였다.

아버지의 다래끼는 한 달이 지나도록 낫지 않았다. 그러던 어느 날, 우려했던 일이 벌어졌다. 아버지가 연탄을 져 나르다 발을 헛디뎌 층계에서 구른 것이다. 불행 중 다행히도 발목을 접질리고 몇 군데 타박상을 입는 데 그쳤다. 그런데 아버지는 당신의 부상보다는 연탄이 깨어진 것을 못내 속상해했다.

아버지가 걸음조차 걸을 수 없는 상황이다 보니 어머니 혼자 배달을 다녀야 했다. 당시 나는 열세 살이었다. 아버지만큼은 아니어도 어머니만큼의 힘은 있었다. 어머니가 너무 힘들어 보여서 몰래 어머니를 따라 나가 배달 일을 도왔다. 아버지가 알면 경을 칠 일이었다.

배달을 마치고 돌아오는 길에 어머니가 '다래끼의 비밀'을 털어놓았다.

"안경 걸치고 다니는 니가 보기 짠혀서 점집을 찾았제."

아들의 눈이 나빠져서 걱정이라고 하자 무당은 떠도는 백마의 영혼이 아이의 눈을 가리고 있기 때문이라고 했다. 아버지가 전생에 마부였는데 주인한테 혼이 나자, 그 분풀이로 죄 없는 백마의 눈을 쇠꼬챙이로 찔렀다는 것이다. 그러니 제사를 지내 백마의 원혼을 달래주고, 아버지가 한쪽 눈을 가린 채 백일 동안 용서를 구하면, 내 눈이 원래대로 돌아올 거라고 했단다.

어머니는 귀가 솔깃했다. 그러나 무당이 요구하는 액수가 너무 컸다. 일단 집으로 돌아와서 아버지에게 보고했다. 펄쩍 뛸 줄 알았던 아버지는 한참을 고민하다가 힘겹게 모은 돈을 내주었다.

한바탕 굿을 끝낸 어머니가 돌아와 보니 아버지는 멀쩡한 왼쪽 눈에 안대를 하고 있었다. 아들의 시력이 되돌아오기를 염원하면서…….

사정을 듣고 나자 코끝이 찡했다. 아버지가 나 때문에 다친 것 같아 미안했다. 그날 밤, 나는 밤늦게까지 큰 소리로 교과서를 읽었다.

비록 어린 나이였지만 내가 할 수 있는 최상의 효도는 공부라는 걸 알고 있었다.

발목을 접질린 아버지는 고작 이틀을 쉰 뒤, 절뚝이며 배달을 나갔다. 나는 안대를 한 채 연탄 배달을 하고 있는 아버지를 볼 때마다 죄책감에 시달려야 했다.

마침내 백마의 원한이 풀린다는 백일이 지나갔다. 아침에 눈을 뜨자마자 아버지가 불렀다. 안방으로 들어가니 안대를 차지 않은 아버지가 두 눈을 또렷하게 뜨고 물었다.

"인자 잘 보이냐?"

나는 안경을 벗었다. 오른손으로 오른 눈을 가린 채 아버지를 바라보았다. 윤곽만 그려놓은 한 마리 곰처럼 형체만 어렴풋이 보였다. 나는 내심 실망했다.

"아뇨. 지난번하고 비슷해요."

"똑같아야?"

"예."

"참말로?"

아버지가 상체를 벌떡 일으키며 물었다. 아버지의 목소리에는 어떤 간절함이 묻어 있었다. 나는 "예" 하려다가 마음을 바꿨다.

"조금 나아진 것 같기도 하고……."

나는 눈을 가리고 있던 손을 슬그머니 떼었다. 그제야 아버지가 들었던 엉덩이를 내려놓으며 혼잣말처럼 중얼거렸다.

"그라믄 되았다."

⚜

중학교 2학년 겨울방학 때였다. 친구가 누나에게 줄 선물을 고른다고 해서 선물가게에 들렀다. 친구가 선물을 고르는 동안 나는 진열된 라이터를 구경했다.

그 당시 우리의 최대 관심사는 라이터였다. 동네 친구들 중 둘에 하나는 담배를 피웠고, 그중에서 또 둘에 하나는 라이터를 갖고 있었다. 나는 학교에서 모범생은 아니었지만 문제아도 아니었다. 성적도 반에서 중간 정도인 평범한 학생이었다.

여러 종류의 문양이 새겨진 지포라이터 사이에서 얇고 광채 나는 윈드밀 라이터가 내 눈에 확 들어왔다. 그것은 라이터가 아니라 블랙홀이었다. 짧은 순간에 영혼을 송두리째 빨아들였다. 내가 제정신을 차렸을 때는 도로를 미친 듯이 달리고 있었다. 뚱뚱한 주인 남자가 "도둑놈 잡아라, 도둑놈!"을 외치며 뒤따라오고 있었다.

시장 앞에서 호떡을 먹고 있던 경찰관이 내 앞을 가로막았다. 피해서 옆으로 달아나려는데 한 입 베먹은 호떡을 내게 던졌다. 순간적으로 시야가 가려졌다. 당황한 나는 피하려고 몸을 옆으로 틀었고, 이내 중심을 잃은 채 눈길에 미끄러졌다. 그 틈을 놓치지 않고 경찰관이 덮쳤다. 처음이자 마지막으로 시도했던 도둑질은 호떡 때문에 그렇게 실패로 끝나고 말았다. 나는 파출소로 끌려갔다.

얼마 뒤, 아버지가 허둥지둥 파출소로 들어섰다. 연탄 배달을 하다가 달려왔는지 무릎 나온 시꺼먼 군용 바지, 주머니가 여러 개 달린 검은 군용 점퍼, 무릎까지 올라오는 장화를 신고 있었다. 반백의 머리카락은 새집처럼 사방으로 뻗어 있고, 체격마저 왜소해서 초라하기 짝이 없었다.

자식이 죄를 지으면 부모가 죄인이 되는 걸까. 아버지는 당신이 죄인인 양 몸을 최대한 낮춘 채 연신 머리를 조아렸다. 굽실거리는 아버지의 모습을 보고 있으니 눈물이 핑 돌았다. 비로소 내가 얼마나 큰 불효를 저질렀는지 실감이 났다.

아버지는 감기에 걸렸는지 손등으로 연방 흐르는 콧물을 닦았다. 콧등과 코밑이 이내 새까매졌다. 마치 생쥐에게 농락당하는 '바보 고양이' 같았다. 한순간, 나도 모르게 웃음이 터져 나왔다. 파출소 안의 모든 사람이 눈물을 흘리며 미친 듯이 웃고 있는 나를 멍하니 바라보았다.

"웃어? 이 상황에서 웃음이 나와?"

경찰관이 손바닥으로 내 뒤통수를 사정없이 내리쳤다. 그럼에도 불구하고 웃음은 쉽게 사그라지지 않았다.

발작적으로 터져 나오는 웃음을 멈추게 한 것은 아버지의 십팔 번이었다.

"이런, 쌍여르 새끼!"

신기하게도 그 말을 듣자 웃음이 쏙 들어갔다.

아버지와 담당 경찰관은 오랫동안 줄다리기를 했다. 아버지는 초범이고 학생임을 강조했고, 경찰관은 현장범임을 강조했다. 결국 사건은 돈으로 무마되었다. 아버지는 경찰관에게 식사나 하라며 돈을 건넸고, 선물가게 주인에게도 합의금 명목으로 적잖은 돈을 건넸다.

'이제 죽었다! 이제 난 죽었다!'

아버지와 함께 집으로 돌아가며 나는 속으로 수없이 중얼거렸다. 그러나 예상은 빗나갔다. 안방에 마주앉자 아버지는 회초리 대신 공책과 볼펜 몸체를 끼운 몽당연필을 집어 들었고, 공책에 삐뚤삐뚤한 글씨체로 숫자를 적어서 내 앞에 툭 던졌다.

나는 의아해서 아버지를 쳐다보았다. 아버지는 천장을 올려다보며 한숨을 토하듯 중얼거렸다.

"니 동상들 학비잉게 갚아야제."

아버지가 공책에 적은 숫자는 사건을 무마하는 데 들어간 돈의 액수였다. 나는 포기하더라도 동생들 교육만큼은 포기할 수 없다는 의지의 표현이었다.

다음 날부터 나는 아버지와 함께 연탄 배달을 했다. 하루 일이 끝나면 아버지는 내가 배달해서 번 돈을 손바닥만 한 장부에 꼼꼼히 기입했다. 연탄 한 장을 배달해서 버는 돈은 눈물이 날 만큼 작은 액수였다. 장부를 들여다보고 있으면 어느 세월에 이 많은 빚을 다 갚나 싶어 절로 한숨이 나왔다.

날이 추워지자 연탄 주문이 빗발쳤다. 새벽부터 밤늦게까지 배달을 해도 끝이 없었다. 아버지와 나의 체구는 비슷했다. 그럼에도 불구하고 아버지는 나보다 두 배나 많은 연탄을 한번에 져 날랐다.

산동네에는 층계 있는 집들이 유독 많았다. 무거운 지게를 지고 좁은 골목을 지나 수많은 층계를 오르내리다 보면 한겨울에도 온몸이 땀으로 흠뻑 젖었다. 머리카락에 고드름이 달릴 정도였다.

오후가 되면 다리가 후들거렸다. 나는 틈틈이 농땡이를 쳤다. 오전보다 연탄을 한두 장씩 덜 졌고, 물을 마신다는 핑계로 층계에 걸터앉아 자주 쉬었다. 그러나 아버지는 내가 뭘 하든 아랑곳하지 않고 일개미처럼 묵묵히 일만 했다.

'철인 28호야!'

나는 아버지의 체력에 감탄했다.

주문이 밀려서 저녁을 먹고 다시 배달을 나갔다. 내 체력은 이미 바닥나 있었다. 입 안은 바짝바짝 침이 말랐고, 두 다리는 쇳덩이처럼 무거웠다. 아무 생각 없이 연탄 광에 연탄을 쌓고 빈 지게를 한쪽 어깨에 걸친 채 층계를 내려오다가 아버지와 마주쳤다. 아버지는 고개를 푹 숙인 채 한 발, 한 발 층계를 오르고 있었다. 스쳐 지나가려는데 아버지의 웅얼거리는 소리가 들려왔다. 내게 하는 말인가 싶어서 "네?" 할까 하다가 말았다. 그러나 자꾸 이상한 기분이 들어서 아버지의 뒤를 살금살금 따라갔다. 아버지는 바람만 불어도 훅하고 날아버릴 것 같은 기운 빠진 힘없는 목소리로 계속 중얼댔다. 예닐곱 계단 남짓 뒤따라가고 나서야 아버지의 목소리를 제대로 들을 수 있었다.

"연탄 한 장, 글자 한 자……."

무슨 의미인지 선뜻 이해가 되지 않았다. 고개를 갸웃거리며 층계를 내려오는데 한 줄기 바람이 불어왔다. 가슴이 서늘해졌다. 나는 걸음을 멈췄다. 퍼뜩 깨달음이 밀려왔고, 코끝이 찡해졌다.

'연탄 한 장, 글자 한 자……'

당신이 아무리 힘들더라도 연탄 한 장을 나르면 그 돈으로 자식들에게 글자 한 자를 가르칠 수 있다는 의미였다.

아버지는 낯선 서울 생활을 하면서 힘들어 주저앉고 싶을 때마다 그 주문을 수없이 외워왔음이 분명했다. 때늦은 후회의 눈물이 하염없이 쏟아졌다. 나는 눈물을 멈추기 위해 고개를 들었다. 안경에 떨어진 눈물 때문에 밤하늘의 별들이 흐릿하게 보였다. 나는 금방이라도 꺼질 듯하면서도 반짝이는 별들을 올려다보며 두 주먹을 불끈 말아 쥐었다.

나는 실업계 고등학교에 진학했다. 그러고는 뒤늦게 정신을 차리고 공부에만 매진해서 대학에 들어갔다. 졸업 후 국내 굴지의 자동차 회사에 입사했다. 남동생은 7급 공무원이 되었고, 여동생은 은행에 취직했다.

결혼은 여동생이 제일 먼저 했다. 부모님은 마치 여동생이 시집가기를 기다렸다는 듯이 바로 그 이듬해에 귀향했다. 얼마 남지 않은 여생, 흙이나 파먹고 살겠다며……. 삼남매가 번갈아가며 붙잡았지만 소용없었다.

우리는 명절 때면 반드시 정장 차림으로 부모님을 뵈러 갔다. 정장을 입은 모습을 아버지가 좋아했기 때문이다. 말끔한 옷차림의 삼남매를 나란히 세워놓고 바라보는 아버지의 눈빛은 가을걷이를 끝낸 농부의 눈빛이었다. 아버지는 농사꾼이었다. 자식 농사꾼…….

일흔다섯 나이에 아버지는 경운기를 몰다 사고를 당했다. 허리를 다쳐 집에서 병치레를 하다가 이듬해에 돌아가셨다.

나는 15년 남짓 몸담았던 회사를 나와서 자동차 부품을 생산하는 회사를 차렸다. 주변에서는 새로운 일을 시작하기에는 늦은 나이라고 만류했다. 그러나 나는 그렇게 생각하지 않았다. 아버지가 시골에서 상경했을 때와 같은 나이였으므로…….

개인 사업은 넘어야 할 장벽이 많았다. 뜻하지 않게 터져 나오는 일들이 나를 곤경에 빠뜨리곤 했다. 회사는 파산 위기를 무수히 겪었지만 나는 단 한 번도 포기하지 않았다. 너무 힘들어서 주저앉고 싶을 때면 남몰래 아버지를 부르곤 했다.

무거운 연탄 지게를 지고 묵묵히 발걸음을 옮기던 아버지…….

연탄 한 장, 글자 한 자…….

달빛을 불빛 삼아 층계를 오르던 아버지의 뒷모습을 떠올리면 마음 깊은 곳에서 뜨거운 것이 솟구쳤다. 모든 걸 다 잃고 남은 거라곤 빈손뿐일지라도 다시 시작할 용기가 났고, 그 어떤 고난일지라도 물리칠 수 있다는 자신감이 생겼다.

나는 쓰러지고 싶어도 결코 쓰러질 수 없다.

아버지의 자식이니까…….

STORY 3

살아가기

제 한 몸 먹고살기도 고단한 세상에서
가족을 먹여 살리는 일이 어찌 간단하겠습니까?
귀갓길 아버지의 어깨가 축 처져 있는 까닭은
두 어깨에 가족들이 대롱대롱 매달렸기 때문입니다.

먹고살기도 빠듯한 세상에서
자식들 교육시키는 일이 어찌 간단하겠습니까?
남자라서 목에 칼이 들어와도 꿇지 않았던 무릎인데
아버지가 되니 자식 교육을 위해 기꺼이 무릎 꿇습니다.

아버지가 가장 두려워하는 것은
가족을 먹여 살리지 못하는 상황에 놓이는 것이고
아버지가 가장 슬퍼하는 일은
공부하려는 자식의 열망을 꺾는 일입니다.

건강한 자식이 집에서 빈둥거려도
늙고 병든 아버지가 꼬박꼬박 일터로 나가는 까닭은
그곳을 필사적으로 지켜야만
자식들의 소중한 꿈을 지킬 수 있기 때문입니다.

꼬리 잘린 악어

우리 아버지요? 성인이셨죠! 도둑놈 눈에는 도둑놈만 보인다고, 아들이 도둑놈이다 보니 그런 아버지를 몰라봤던 거죠. 저는 지금도 사는 게 너무 힘들 때면 아버지에게 도와달라고 기도해요. 그럼 아버지가 제 겨드랑이에 손을 넣어서 지친 몸을 일으켜 세워주죠.

1

내가 태어나서 처음 본 동물은 악어였다. 아니, 정확히 말하면 실제 악어가 아닌 악어 문신이었다. 아버지의 오른팔 어깨에는 아이 손바닥만 한 악어가 새겨져 있다. 누군가 문신에 대해서 물으면 아버지는 과거에 명성을 떨쳤던 악어파의 일원이었다고 자랑스럽게 말했다. 그래서 아버지의 별명은 자연스럽게 '악어'가 되었다.

사람들은 악어를 존경하지 않았다. 나 역시 아버지를 존경하지 않았다. 나는 오랫동안 아버지가 창피했고, 부끄러웠다.

세월이 흘러 악어는 늙고 병들었다. 툭하면 행패를 부리고, 제 성질을 못 이겨서 길길이 날뛰던 악어는 기억 속에나 존재할 뿐이다. 아버지는 현재 여의도성모병원에 입원해 있다. 의사는 임종이 얼마 남지 않았다고 했다.

나는 서울에서 가전제품 대리점에 다녔다. 지방 소도시로 발령받은 건 두 달 전이다. 아이들 교육 문제도 있고, 아버지 간병 문제도 있고 해서 가족들은 남겨놓은 채 홀로 내려왔다. 서울까지는 자동차로 두 시간 남짓한 거리여서 마음만 먹으면 출퇴근도 가능했지만, 나는 바쁘다는 핑계로 병문안은커녕 전화조차 하지 않았다.

아버지라는 존재가 나에게는 침대 밑에 아무렇게나 처박아둔 양말 같은 것이었다. 언젠가는 꺼내서 세탁기에 넣어야겠지만 나는 되도록이면 생각하고 싶지 않았다.

까맣게 잊고 있던 아버지를 떠올린 것은 10월 셋째 주 금요일 밤이었다. 리모컨으로 채널을 이리저리 돌리는데, 내셔널 지오그래픽 채널에서 악어 특집 프로그램을 방영하고 있었다.

"악어는 공룡 시대부터 생존해온 파충류의 제왕입니다. 그래서인지 생김새부터 남다르죠. 오랜 세월 풍화작용을 거친 듯 갈라진 등은 메마른 심성을 짐작케 하고, 톱니바퀴를 연상시키는 촘촘한 이빨은 잔혹성을 짐작케 합니다. 아마존에 사는 악어는 물속에서 무적입니다. 그러나 육지로 올라오면 상황이 달라집니다."

내레이션이 깔리고 악어가 물 밖으로 어기적거리며 기어 나왔다. 풀밭에 배를 깔고 누워서 일광욕을 즐기는데 대형 수달이 다가와서 싸움을 걸었다. 악어는 단숨에 삼킬 듯이 위턱을 쩍 벌려서 수달을 공격했다.

"악어의 날카로운 이빨과 강인한 턱은 7.5센티미터의 철판 두 장을 뚫을 정도로 놀라운 파괴력을 지니고 있습니다."

수달은 악어의 무시무시한 공격을 가볍게 피했다. 한 발 뒤로 물러나는가 싶더니 악어의 등 뒤로 돌아가서 꼬리를 공격했다. 그러자 이번에는 악어가 기다렸다는 듯이 꼬리를 힘차게 휘저었다.

"악어의 긴 꼬리는 물속을 빠르게 이동할 때 유용하게 쓰입니다. 또한 싸울 때는 훌륭한 무기가 되죠. 어지간한 짐승의 다리는 휘두르는 악어의 꼬리에 맞으면 뼈가 으스러집니다. 물론 수달이라고 해서 예외는 아니죠."

그러나 수달은 악어의 꼬리 공격마저도 노련한 복서처럼 한 발 뒤로 물러서며 가볍게 피했다. 숨 막히는 싸움은 중천에 떠 있던 태양이 서편으로 기울 때까지 계속되었다. 먼저 지친 쪽은 육중한 몸을 지닌 악어였다. 몸놀림이 눈에 띄게 둔해지고, 악어의 눈에는 체념이 빛이 서렸다.

"패배를 운명처럼 받아들이는 걸까요? 악어가 저항을 멈추는군요."

수달은 악어의 뒤로 돌아가 꼬리 윗부분을 갉아먹기 시작했다. 수달의 턱이 게걸스럽게 움직일 때마다 마른 진흙 같은 살점이 떨어져 나갔다. 승리감에 도취한 수달이 탐욕스럽게 꼬리를 절단하는 동안 악어는 두 눈을 끔뻑였다.

"악어는 지금 무슨 생각을 하고 있을까요? 치욕을 감수하고서라도 생존해야만 할 이유라도 있는 걸까요?"

마침내 꼬리를 잘라내는 데 성공한 수달이 꼬리를 물고 유유히 사라졌다. 꼬리가 뭉텅 잘린 악어는 기이했다. 있어야 할 것이 없으니 슬펐다. 슬프다 못해 서커스단의 난쟁이처럼 우스꽝스럽기까지 했다.

"강력한 무기를 잃은 악어는 두 번 다시 뭍에 나와서 사냥하지 못할 겁니다. 이제부터는 나무토막처럼 물 위에 떠서 먹잇감이 눈앞을 지나가기만을 집요하게 기다려야 합니다. 배고픔과 외로움을 참고 견디다 보면 언젠가는 배를 채울 날도 오겠죠. 비록 꼬리를 잃었지만 아직 강인한 턱과 이빨이 남아 있으니까요."

2

아버지는 중학교를 졸업한 이듬해에 고향을 떠났다. 스물다섯 살에 잠깐 귀향해서 어머니와 성대하게 결혼식을 올렸다. 당시 아버지는 광부였다. 석탄 산업은 사양길로 접어든 지 오래됐지만 1970년대 중반만 해도 인기 있는 직종이었다. 탄광촌 강아지는 뼈다귀 대신 지폐를 물고 다닌다고 할 정도로 호시절이었다.

결혼식을 올린 뒤 어머니는 아버지를 따라갔다. 어머니가 본 태백의 첫인상은 새까맸다. 사람은 물론이고 산도, 들도, 하천마저도 까맸다. 파란 건 오직 하늘뿐이었다.

탄광은 산 중턱에 있었고, 사택은 산비탈에 길게 늘어져 있었다. 광부들의 사택은 방 둘에 부엌 하나였는데 크기는 여섯 평 남짓했다. 시멘트블록으로 외벽을 두르고, 벽돌로 공간을 나눠서 한 동에 열 가구가 모여 살았다. 구조가 똑같다 보니 술 취한 광부가 엉뚱한 집에 들어가는 일도 잦았다.

광부들은 하루 여덟 시간씩 삼교대로 일했다. 세 개의 톱니바퀴가 맞물려 쉬지 않고 돌아가면서 지층에서 끊임없이 석탄을 캐 올렸다. 광부가 캐낸 시커먼 어둠은 세상 밖으로 나가 빛이 되었다.

나는 광산촌에서 나고 자랐다. 비탈길에 세워진 초등학교에 다녔는데, 특별히 불행하다고 생각해본 적은 없었다. 학교 수업이 끝나면 불알친구들과 산으로 들로 싸돌아다녔다.

사고가 터진 것은 초등학교 2학년 여름방학 때였다. 사흘 동안 내린 비 이후의 하늘은 청명했다. 아버지는 변함없이 어머니가 싸준 도시락을 들고 출근했다.

⚜

탄가루가 씻겨 내려간 하늘은 이 세상의 것이 아닌 듯했다. 사흘 동안 비가 그토록 퍼부었음에도 불구하고 광업소 마당은 새까맸다. 인원 점검을 마친 뒤, 아버지는 도시락을 들고 갱도 입구로 갔다.

땡, 땡, 땡……. 깊은 땅속에서 수갱을 타고 케이지가 올라왔다. 출입문이 없는 케이지에는 자정부터 아침 여덟 시까지 작업을 한 병방 사람들이 타고 있었다. 그들은 치아만 제외하고는 온통 새까맸는데 눈빛은 수명이 다 된 램프의 불빛처럼 맥이 풀려 있었다.

"수고했수."

"욕들 보쇼!"

병방 사람들이 홀가분한 표정으로 내리자 갑방 사람들이 다소 긴장된 얼굴로 케이지에 올라탔다.

땡, 땡, 땡……. 다시 요란한 소리를 내며 케이지가 지하 갱도로 하강했다. 갑방 사람들이 내린 곳은 13편이다. 1편은 50미터다. 광업소에는 '4편'이 없으니 그들이 내린 곳은 지하 600미터다.

입구에서 광차를 타고 수평갱을 따라 이동했다. 곳곳에 물구덩이가 보였다. 원래 있던 물구덩이에 빗물이 스며들어 구덩이는 제법 커져 있었다. 구덩이에 고인 물을 마시던 생쥐는 광차가 다가서자 당황해서 이리저리 헤매다가 벽을 타고 쪼르르 달아났다.

"어, 생쥐다!"

광부가 된 지 보름밖에 안 된 햇돼지가 지하 600미터에서 생쥐를 발견한 게 신기한지 탄성을 질렀다.

탄광은 유해 가스의 정도에 따라 갑종 탄광과 을종 탄광으로 분류한다. 공기 중 산소가 희박하고 메탄가스 등 폭발성 가스가 발생하면 갑종 탄광, 가스 폭발 위험이 없으면 을종 탄광이다. 생쥐는 신기하게도 을종 탄광에만 산다. 생쥐가 산다는 건 광부에게 반가운 일이다. 담배를 피우기 위해 무심코 라이터를 켰다가 무참한 죽음을 맞는 최악의 사태는 피할 수 있으니까.

광차에서 내려 작업 준비를 했다. 갑방 식구들이 모두 모이자 각자 할 일을 정하는 방우리를 했다. 결근한 식구도 없고 폐쇄되거나 새로 늘어난 막장도 없었다. 그렇다면 어제 일의 연속이었다.

수평갱 옆으로는 개미굴처럼 크로스라 불리는 동굴이 드문드문 뚫려 있었다. 아버지는 햇돼지와 함께 제7크로스로 향했다. 선산부인 아버지가 삽과 곡괭이를 들고 앞장서자, 후산부인 햇돼지가 작업에 사용할 동발 두 개를 등에 짊어지고 묵묵히 따라왔다.

경사진 크로스를 10미터 남짓 올라가자 막장이 앞을 가로막았다. 더 나아가고 싶어도 한 발짝도 나아갈 수 없는 곳. 물러서려 해도 더 이상 물러설 수 없는 곳.

"어제는 숨이 턱턱 막히더니 오늘은 한결 낫네!"

햇돼지가 동발을 내려놓으며 신기한지 주위를 둘러보았다.

"그러게? 오늘 같기만 하다면야 일할 맛이 나지!"

탄밥을 10년 넘게 먹어온 아버지였지만 짐작조차 하지 못했다. 폭우로 인해 폐갱도에 물이 고였고, 그 물이 수평갱으로 스며들어서 뚝뚝 떨어지고 있다는 사실을…….

굴진부가 작업을 개시했는지 요란한 착암기 소리가 들려왔다. 아버지는 장갑을 끼고서 시꺼먼 어둠을 노려보았다. 헤드랜턴으로 탄의 결을 살핀 뒤 힘차게 곡괭이를 휘둘렀다. 반탄력에 의해 손아귀에 묵직한 힘이 전해져 왔다. 힘을 줘서 몇 차례 찍어내자 바윗장 같은 탄이 떨어져 나왔다.

아버지는 삽을 들고 크로스를 따라 길게 이어진 함석, 즉 조구통에 탄을 실었다. 경사를 타고 흘러 내려간 탄은 광차에 자동으로 실렸다.

작업을 개시한 지 한 시간쯤 지나자 전신이 땀으로 흥건히 젖었다. 장화 속은 탄가루와 땀이 범벅이 되어 질척거렸다. 곡괭이를 움켜쥔 손이 저려 왔다.

"악어 형, 좀 도와줘!"

햇돼지 목소리가 들려왔다. 아버지는 그제야 일손을 멈추고 뒤를 돌아보았다. 햇돼지가 손도끼로 동발을 다듬고 있었다. 터잡이를 끝내고 지주를 세우려는데 쉽지 않은 모양이었다. 굴진부에서 발파 작업을 했는지 굉음과 함께 발바닥을 타고 진동이 전해졌다. 잔석 몇 개가 천장에서 우수수 떨어졌다.

수건으로 흐르는 땀을 닦으며 햇돼지에게 다가서려는 순간이었다. 고여 있던 낙숫물에 철퍼덕 떨어지는 소리가 들리는가 싶더니 느닷없이 비상벨이 울렸다. 이어서 비명에 가까운 외침이 급박하게 들려왔다.

"뭐, 뭐야?"

햇돼지가 창백하게 질린 얼굴로 아버지를 돌아보았다. 아버지는 순간 깨달았다. 언젠가는 닥칠 걸 예감했지만, 오지 않기를 염원했던 그 순간이 마침내 다가왔음을…….

"뛰어!"

아버지의 말이 채 끝나기도 전에 햇돼지가 벌떡 일어나서 크로스를 달려 내려갔다. 헤드랜턴 불빛이 어지러이 흔들렸다. 막장에 갇히면 끝장이었다. 아버지도 허둥거리며 뒤를 따라갔다. 여러 차례 엉덩이를 찧었지만 아픈 줄도 몰랐다.

햇돼지가 7크로스를 빠져 나가려는 순간, 요란한 소리와 함께 시꺼먼 것이 앞을 가로막았다. 출수 사고였다. 물과 함께 죽탄이 쏟아지고 있었다. 마치 레미콘으로 콘크리트 반죽을 쏟아 붓는 듯했다.

"뭐해? 서둘러!"

아버지가 재촉하자 머뭇거리던 햇돼지가 죽탄 속으로 몸을 던졌다. 아버지도 곧바로 몸을 날렸다. 순간, 와지끈 하는 소리와 함께 거대한 힘이 뒷덜미를 밀쳤다. 줄 끊어진 연처럼 의식이 날아갔다.

얼마나 지났을까. 아버지가 제정신을 차려보니 깜깜한 어둠 속이었다. 갱도가 붕괴되면서 전기마저 끊긴 듯했다. 비상벨이 숨 가쁘게 울어댔다.

아버지는 미끈거리는 죽탄 속에 엎어져 있었다. 살았다는 안도감도 잠시였다. 한시라도 빨리 이곳을 빠져나가야 했다. 상체를 일으키고 앞으로 나아가려 했지만 마음뿐이었다. 오른발은 움직이는데 왼발이 전혀 움직이지 않았다. 있는 힘을 다해 발을 빼내려 했지만 소용없었다. 뒤를 돌아보니 시꺼먼 탄 더미가 산처럼 쌓여 있었다.

"야! 정호야!"

아버지는 목이 터져라 햇돼지를 불렀다. 위태로이 흔들리며 멀어져 가던 헤드랜턴이 멈췄고, 이내 돌아섰다.

"사, 살려 줘!"

잠시 머뭇거리던 불빛이 빠르게 다가왔다.

"악어 형, 왜 그래?"

"발에 뭐가 끼였나 봐. 옴짝달싹할 수가 없어!"

물이 빠르게 차오르고 있었다. 햇돼지가 허둥거리며 다가왔다. 죽탄으로 뒤덮인 갱도는 마치 늪지대 같았다. 햇돼지가 순식간에 종아리까지 차오른 죽탄을 헤치고 다가왔다. 출구가 막힐까 봐 불안한지 그는 연신 뒤를 돌아보았다.

햇돼지가 엎어져 있는 아버지의 등 뒤로 돌아가더니 왼쪽 다리를 붙잡았다.

"있는 힘껏 힘을 줘. 하나, 둘, 셋!"

구령에 맞춰서 힘을 써보았지만 왼발은 꼼짝도 하지 않았다. 아무래도 동발이나 바위 사이에 발이 끼고, 그 위로 탄 더미가 덮친 듯했다.

뚫린 천장에서는 물에 뒤섞인 죽탄이 계속 쏟아지고 있었다. 마치 여러 대의 레미콘으로 쏟아 붓는 듯했다. 이대로 가면 갱도는 죽탄으로 뒤덮일 게 분명했다. 케이지가 있는 갱도 쪽에서 철퍼덕거리는 소리가 났다. 깜짝 놀라 고개를 들었다. 갱도 천장이 요란한 소리와 함께 맥없이 허물어져 내렸다. 순간, 가슴이 철렁 내려앉았다. '이제 정말 죽었구나!' 하는 생각이 스쳤다. 아버지는 두 손으로 헬멧을 쓴 머리를 감싼 채 머리를 푹 숙였다.

붕괴가 멎기를 기다렸다가 슬그머니 고개를 들었다. 잔석이 천장에서 후두두 떨어졌고, 뚫린 구멍 사이로 물이 콸콸 쏟아졌다. 일단 고비는 넘긴 듯했다. 그러나 언제 다시 붕괴될지 모르는 상황이었다. 갇힌 건 아닐까 싶어서 헤드랜턴으로 출구를 살폈다. 다행히 출입구는 삼분의 일쯤 열려 있었다.

출구 쪽이 일부 막히자 물이 빠른 속도로 차올랐다. 이대로 간다면 머지않아 익사할 게 빤했다.

"형! 미, 미안해!"

겁을 집어먹은 햇돼지가 몸을 돌렸다.

순간, 아내와 아이들의 얼굴이 빠르게 스쳐지나갔다. 어린 새끼들이 둥지에서 어미가 먹이를 물어다주기를 기다리듯, 오로지 자신만 바라보며 살아가는 여린 목숨들이었다. 아무리 인생이 개떡 같은 거라고 해도 처자식을 남겨둔 채 이처럼 허망하게 끝낼 수는 없었다. 아버지는 두 주먹을 불끈 쥐었다.

"자, 잠깐만!"

아버지는 재빨리 몸을 날려 멀어지려는 햇돼지의 다리를 움켜잡았다. 그 바람에 햇돼지가 죽탄 속으로 나뒹굴었다.

"씨발, 놔! 살 사람은 살아야 할 거 아냐?"

햇돼지가 아버지를 손을 뿌리치려고 몸을 휘저었다. 그 순간 아버지는 햇돼지의 뒤춤에서 재빨리 손도끼를 빼냈다.

햇돼지가 겁먹은 눈길로 물었다.

"뭐, 뭐 하자는 거야?"

"잘라!"

"뭐? 뭐?"

"자르라고 새끼야! 살아야 부귀영화를 누리든 지랄염병을 하든 할 거 아냐!"

아버지가 손도끼를 햇돼지에게 내밀었다. 햇돼지는 말귀를 못 알아들었는지 입을 벌린 채 멍하게 있다가, 갱도 천장이 다시금 허물어지는 소리에 깜짝 놀라며 출구 쪽을 돌아보았다. 비상벨만 자지러질 듯이 울어대고 있을 뿐 쥐새끼 하나 보이지 않았다.

햇돼지는 입술을 꽉 깨물며 도끼를 받아들었다. 죽탄을 헤치며 허겁지겁 아버지의 등 뒤로 돌아갔다. 아버지는 뒤를 돌아보았다. 햇돼지가 손도끼를 움켜쥔 오른팔을 높이 치켜들었다. 한순간 허공에서 두 사람의 눈이 마주쳤다. 아버지가 어금니를 악문 채 고개를 끄덕였다. 도끼가 시꺼먼 어둠을 가르며 떨어져 내렸다.

3

꼬리 잘린 악어의 삶은 고단했다. 아버지는 오랫동안 몸담았던 광산촌을 떠났다. 보상금은 받았지만 푼돈이었다. 그 돈으로는 작은 가게 하나 차릴 수 없었다. 아버지는 식솔을 데리고 서울로 올라왔고, 산동네에 터를 잡았다. 한동안 아버지는 매일 술병을 끼고 살았다. 술에 취하면 행패를 부렸고, 아무나 붙잡고 시비를 걸었다. 동네 사람들이 슬금슬금 아버지를 피하기 시작했다.

그러던 어느 날, 아버지는 어머니와 함께 청계천에서 포장마차를 시작했다. 장사를 시작한 지 얼마 안 돼 불량배들이 몰려와 자릿세를 요구했다. 아버지와 어머니가 번갈아가며 사정했지만 막무가내였다. 그들은 포장마차를 부수기 시작했다. 포장마차는 아버지에게 전 재산이나 다름없었다. 그것은 우리 가족의 꿈이고 미래였다. 아버지는 그들을 만류하다 결국 식칼을 휘둘렀다.

상해죄로 감옥에 들어간 아버지는 그곳에서 도장 파는 기술을 배웠다. 출소해서 집에 있으니 감옥에서 만났던 한 사장이 찾아왔다. 한 사장은 지인의 시계가게 한편에다 도장가게를 내주었다. 아버지는 감격해 한 사장의 발아래 엎드려 눈물을 흘렸다. 그러나 한 사장에게는 다른 목적이 있었다.

한 사장은 종로에서 보석상을 하고 있었다. 그는 전과 4범의 장물아비였다. 감옥에서 친분을 쌓은 범죄자들은 물건을 훔치면 그를 찾아왔다. 값비싼 물건을 헐값에 사들여 비싼 값에 되팔 수 있기 때문에 그는 장물의 유혹에서 벗어나지 못했다. 더 이상 감옥에 가지 않고 헐값에 장물을 살 방법을 찾다가 끌어들인 사람이 바로 아버지였다.

절도범들은 훔친 물건을 들고 한 사장을 찾았다. 한 사장은 절도범들에게 아버지를 찾아가도록 했고, 아버지는 장물을 사서 한 사장에게 되팔았다. 그러니까 아버지는 중간에 끼어서 약간의 이문을 남기는 셈이었다. 아버지는 간단하게 돈을 벌었지만 지불해야 할 대가는 결코 만만치 않았다.

절도범들은 경찰에 붙잡히면 장물아비로 아버지를 지목했다. 한 사장은 교묘하게 법망을 빠져 나갔고, 아버지는 장물죄로 감옥을 드나들어야 했다.

아버지는 내가 대학을 졸업하던 해에 한 사장과 결별했다. 그동안 모아놓은 돈으로 상가 한편에 작은 가게를 차렸다. 도장도 파고, 열쇠도 복사해주고, 잠금장치도 팔고, 열쇠를 잃어버렸다면 잠겨 있는 문도 열어주었다.

하루는 젊은 여자에게서 전화가 걸려 왔다. 아버지는 오토바이를 타고 달려갔다. 여자는 신축빌라 2층에 사는데 열쇠를 잃어버렸다고 했다. 아버지는 간단히 현관문을 따주고 몇 푼의 돈을 받았다.

이틀 뒤 경찰이 찾아왔다. 아버지가 문을 열어준 집은 신혼부부가 살 집이었다. 신혼여행을 갔다 온 사이에 신혼살림이 모두 사라진 것이었다. 이웃들의 증언에 의하면 도둑들은 아예 트럭을 창가에 대 놓고 태연하게 짐을 실어갔다고 했다.

범인은 잡히지 않았다. 경찰은 장물아비인 아버지를 의심했다. 결국 아버지는 절도죄를 혼자 뒤집어쓰고 다시 감옥에 가야 했다.

4

"왔냐?"

아버지는 침상에 누워서 산소 호흡기를 단 채 퉁명스럽게 말했다. 그러나 나는 느낄 수 있었다. 퉁명함 속에 숨어 있는 반가움을…….

아버지는 진폐증으로 장해 3등급 판정을 받았다. CT 필름으로 들여다본 아버지의 폐는 군데군데 하얗게 뚫려 있었다. 마치 아버지가 젊은 날, 지층 깊숙한 곳에서 들어낸 어둠의 빈자리처럼…….

음식을 전혀 소화하지 못하는 아버지는 링거로 버티었다. 몸은 이미 쇠약해질 대로 쇠약해진 상태였다. 복수도 풍선처럼 터질 듯 차올랐고, 호흡은 날이 갈수록 가빠져서 걸음조차 제대로 옮기지 못했다.

링거가 꽂혀 있는 아버지의 가녀린 팔을 내려다보고 있으니 문득, 악어 문신이 떠올랐다. 지금 묻지 못하면 영원히 묻지 못할 거라는 예감 때문일까, 생각지도 못했던 말이 불쑥 튀어나왔다.

"아버지, 정말 악어파였어요?"

아버지가 고개를 돌렸다. 뒤늦게 말뜻을 깨달았는지 피식 웃었다.

"아니."

"그럼 악어 문신은 뭐예요?"

"고향 떠나…… 구미에서…… 공장에 다녔는데…… 아는 형이…… 태백에서…… 불렀어. 근데…… 친구 놈들이…… 겁주더라고……. 광부들은 거칠다고……. 내 그래…… 얕잡혀…… 보이지 않으려고……."

아버지가 말을 멈추고 자꾸만 밭은기침을 토해냈다.

"내가…… 덩치만 컸지…… 순둥이였거든."

옛 시절을 회상하는 걸까. 아버지의 눈동자가 흐려졌다.

문득, 가슴이 아려왔다. 병신에다 전과자였던 아버지. 나에게 아버지는 오랫동안 감추고 싶은 흉터였다. 광산촌을 떠난 이후로는 아버지가 부끄럽고 창피해서 한 번도 친구를 집에 데려간 적이 없었다. 길에서 아버지와 마주치면 멀찍이 돌아갔다. 나이를 먹고서도 아버지에 대한 이미지는 바뀌지 않았다. 결혼식을 올리기 전에 으레 치르는 양가 어르신 상견례마저도 내가 한사코 고집을 피워서 생략했다.

아버지는 술에 취해서 행패를 부리기도 했지만 어떻게든 가족을 먹여 살리려고 아등바등했다. 돈이 되는 일이라면 편법이든 불법이든 가리지 않았다. 그러나 나는 그런 아버지를 조금도 이해하지 못했다. 아니, 오히려 의아하게 생각했다. '인간이 도대체 왜 저렇게 살까?' 하고…….

아버지를 조금이나마 이해하기 시작한 것은 내가 가장이 되고 나서였다. 처음 들어간 직장이 IMF 시절에 부도가 나는 바람에 새 직장을 구해야 했다. 4년제 대학을 졸업했고, 경력까지 있음에도 불구하고 재취업은 쉽지 않았다. 일자리를 구하기 위해 발바닥에 불이 나도록 돌아다녔지만 선뜻 일자리를 내주는 곳은 없었다.

재취업 기간이 길어지면서 생활비가 바닥났다. 카드는 한도를 넘어셨고 당장 아이의 분유값을 걱정해야 할 처지였다. 결국 전셋집을 빼 평수가 작은 변두리로 이사를 가야 했다. 살길이 막막해지자 처음으로 광산촌을 떠났을 때의 아버지 심정을 알 것 같았다.

나는 몇 번을 망설이다 슬그머니 아버지 손을 잡았다. 지금 아니면 영원히 말하지 못 하리라는 걸 직감하면서…….

"아버지, 한쪽 다리로 세상 살기 힘드셨죠?"

제대로 본 걸까. 아버지는 한 번도 자식 앞에서 눈물을 보인 적이 없었다. 그런데 아버지의 눈꺼풀이 잠자리 날개처럼 파르르 떨렸다. 아버지가 고개를 저었다. 뭐라고 말을 하려 했으나 기침이 먼저 쏟아졌다. 밭은기침을 하면서도 아버지는 계속 말을 하려고 안간힘을 썼다. 그러나 나는 안타깝게도 단 한 마디도 알아들을 수가 없었다.

기침은 멈출 기미가 보이지 않았다. 버튼을 눌러 간호사를 호출했다. 간호사가 아버지에게 진정제를 놓아주었다. 대추처럼 붉게 달아올랐던 얼굴이 제 빛깔을 찾아가는가 싶더니 아버지는 스르르 잠이 들었다. 나는 죽은 듯 잠든 아버지의 얼굴과 침대 밑에 놓인 의족을 번갈아 내려다보았다. 다시 의족을 차고서 걸을 날이 영영 오지 않을 것만 같아서 마음이 무거워졌다.

아버지가 내게 무슨 말을 하려고 했는지 깨달은 것은 자취방으로 내려가는 승용차 안에서였다. 안성 휴게소를 지나는데 문득, 기침 소리에 감춰져 있던 아버지의 목소리가 들려왔다.

"내가…… 왜…… 다리가…… 하나야? 내…… 다리는…… 세…… 개야, 세…… 개……. 네 다리가…… 있었기에…… 쓰러지지 않고…… 버틸…… 수…… 있었던…… 거야."

갑자기 뜨거운 눈물이 주르르 흘러내렸다. 나는 핸들에 머리를 박고 오열했다. 부끄러운 건 병신이고 전과자였던 아버지가 아니었다. 어떻게든 자식을 먹이고, 입히고, 교육시키려고 한평생을 몸부림치며 살았던 아버지. 그런 아버지를 감추려고 안간힘을 쓰며 살아왔던 나의 지난날이었다.

STORY 4

정직이란 키 재기와 같습니다.
반듯하게 가만히 서 있으면 됩니다.
그러나 키를 잴 때면 발뒤꿈치를 슬쩍 들거나 무릎을 굽히듯이
살다 보면 이런저런 거짓말을 하게 됩니다.

아버지는 비록 자신은 그렇게 살지 못할지라도
자식은 정직하게 살기를 바랍니다.
눈앞의 작은 이익이나 편리를 챙기기보다
인생 전체를 바라보며 살기를 바라기 때문입니다.

자식은 거짓말을 할 때 가슴이 뜨끔하지만
아버지는 자식의 거짓말을 눈감아줄 때 가슴이 뜨끔합니다.
자식은 거짓말이 들킬까 봐 조마조마하지만
아버지는 자식이 거짓말쟁이로 자랄까 봐 조마조마합니다.

정직한 사람은 아름답습니다.
아버지는 자식이 아름다운 사람으로 자라기를 꿈꿉니다.
정직한 사회는 아름답습니다.
아버지는 자식이 아름다운 사회에서 살아가기를 꿈꿉니다.

아버지의 노래

뭐랄까? 지극히 정상적인 삶인데 다들 비정상적인 삶이라고 생각했어요. 그 시대 사람들과 삶의 방식이 완전히 달랐으니까. 저 역시 아버지를 이해하는 데 오랜 세월이 걸렸어요. 지금은 아버지가 무척 자랑스러워요. 아버지의 소중한 유산, 고이 간직했다가 자손대대로 물려줄 거예요.

1

아버지는 멋쟁이였다. 항상 양복을 입고 동그란 뿔테 안경을 쓰고 다녔다. 자전거에다 서류가방을 싣고 출퇴근하기도 했는데 지레짐작하기 좋아하는 이들은 선생님으로 오해하곤 했다. 아버지는 오해받는 것 자체를 즐겼다.

어릴 적 아버지의 꿈은 선생님이었다. 그러나 조부의 강요에 못 이겨 상고를 갔고, 졸업 후 시험을 봐서 세무 공무원이 되었다. 당시는 부정부패가 심한 시대였다. 힘 있는 기관에 취직하면 쥐꼬리만 한 권력을 휘둘러 자신의 이권부터 챙겼다. 그래서 이런 우스갯소리가 유행했다.

"세무 공무원, 경찰, 기자가 식당에서 밥을 먹으면 누가 밥값을 낼까?"

답은 식당주인이다. 국민들은 부패한 집단이라고 손가락질했지만 당사자들은 개의치 않았다. 욕을 먹을수록 오래 산다며, 욕먹는 직업을 가졌다는 사실을 자랑스러워했다. 욕을 먹는다는 것은 그만큼 권력의 상층부에 위치해 있다는 방증이기도 했다.

아버지가 세무 공무원이 되자 가장 기뻐한 사람은 조부였다. 조부는 물고기를 잡아 생계를 유지했던 순박한 어부였다. 그러나 바닷바람보다 거센 세상 풍파를 맞으며 살아왔기에, 자식만큼은 당하고 살지 않으리라는 기대감에 한껏 들떴다.

"이제 아무도 널 무시하지 못할 거다!"

신내림을 받은 무당처럼 호기롭게 예언했지만 유감스럽게도 조부의 예언은 빗나갔다. 아버지의 주변 사람들은 아버지를 무시했다.

부모님은 맞선을 봐서 처음 만났다. 아버지는 어머니에 끌렸지만 확신을 갖지 못했다. 그러던 어느 날 어머니가 자취방에 놀러 왔다가 김치찌개를 끓였다. 그 맛에 반한 아버지는 며칠 뒤 정식으로 청혼했다.

"신부는 건강하고, 음식만 잘하면 되는 거야!"

아버지가 세상을 보는 방식은 항상 그런 식이었다. 학생은 공부를 잘해야 하고, 주부는 살림을 잘해야 하고, 군인은 나라를 잘 지켜야 한다는 게 아버지의 지론이었다. 고리타분하기 짝이 없지만 단순 명료하기 때문에 좋은 면도 있었다.

세무 공무원의 비리는 지금도 언론에 자주 오르내린다. 그러나 아버지가 처음 세무 공무원으로 발을 내디뎠던 1960년대 중반에는 지금보다 훨씬 심했다.

1999년에 와서야 세정개혁의 일환으로 폐지되었지만 당시에는 '지역 담당제'라는 것이 있었다. 세무 공무원에게 지역이 할당되어 있어서 세금 고지, 체납 세금 징수, 세무 조사 등 해당 지역 납세자의 모든 것을 일 대 일로 관리하는 시스템이었다. 납세자들의 상황을 세세하게 알 수 있다는 것이 장점이라면 담당 공무원만 눈감아준다면 각종 탈세가 가능하다는 게 단점이었다. 그러다 보니 납세자에게 세무 공무원은 왕이나 진배없었다.

똥물에도 파도가 있듯이 뇌물에도 순서가 있게 마련이다. 작은 뇌물은 혼자 먹어도 되지만 액수가 크면 나눠 먹어야 안전하다. 그래야 감사 때 들통 나더라도 상사나 동료들이 사건을 무마시키기 위해 발 벗고 나선다.

아버지의 첫 번째 투쟁은 이런 돈을 거부하는 일이었다. 동료나 후배가 주는 돈은 거부할 수 있었지만 상사가 주는 돈만큼은 차마 거부할 수 없었다.

"그동안 수고 많았어! 집에 들어갈 때 와이프 좋아하는 과일이나 사서 가."

상사 역시 국가에서 주는 봉급으로 살아가기는 매한가지였다. 그런데 어느 날 갑자기 돈을 준다면 과연 그 돈은 어디서 났겠는가?

아버지는 수상한 돈 봉투를 처음 접했을 때 마음이 무척 불편했다. 그러나 차마 면전에서 거부할 수는 없었다. 그것은 곧 그들끼리만 통하는 조직의 관행을 거부하겠다는 의미와도 같았다.

결국 얼떨결에 받기는 했지만 냄새 나는 돈을 개인 용도로 쓸 수는 없었다. 그렇다고 해서 착한 아내에게 건네줄 수는 더더욱 없었다. 아버지는 일단 돈 봉투를 책상에 넣어두었다. 그런데 며칠 뒤, 다시 부서에 돈 봉투가 돌려졌다.

퍼뜩, 이렇게 무방비 상태로 있어서는 안 되겠다는 생각이 들었다. 아버지는 노트에다 언제 어디서 누구에게 돈을 받았는지 세세히 기록했고, 책상 서랍 안에 상자를 만들어 돈 봉투와 함께 보관했다.

반년 남짓 지나자 상자에 돈 봉투가 가득 찼다. 그러던 어느 날, 아버지가 서랍을 열쇠로 채우는 걸 깜빡하는 바람에 당직을 서던 동료가 우연히 서랍 속의 상자를 발견했다. 기겁을 한 동료는 상사에게 보고했고, 세무서 전체가 발칵 뒤집혔다. 아버지의 수첩은 명백한 뇌물장부로, 언제 터질지 모르는 폭탄이었다. 감사에 걸리면 줄줄이 모가지가 날아갈 판이었다.

세상물정 모르는 신참 때문에 밥줄이 끊길지도 모른다고 판단한 세무서 직원들은 일제히 긴장했다. 그들은 삼삼오오 모여 작전을 짰고, 최소한 아버지 앞에서만큼은 청렴한 공무원인 것처럼 행동하기 시작했다. 결국 아버지는 첫 부임지에서 1년도 못 채우고 전출을 가야 했다.

발 없는 말이 천 리를 간다고 했던가. 한국 사회는 학연, 지연, 혈연 등으로 뭉친 끈끈한 사회다. 공무원 사회라고 예외는 아니다. 좋은 소문은 묻히기도 하지만 나쁜 소문은 중세 유럽을 공포로 몰아넣었던 페스트보다 빠르게 퍼져나간다.

아버지가 옮겨 간 세무서는 지방 소도시에 있었다. 직원이 얼마 되지 않았지만 단결과 화합만큼은 그 어떤 조직보다도 잘됐다. 한 가족처럼 서로 허물도 덮어주고, 부정을 저지르는 자신만의 노하우도 교환해가며 화기애애하게 생활하던 그들은 아버지가 들어오자 잔뜩 긴장했다. 그들은 아버지를 세밀하게 관찰하는 한편 철저하게 뒷조사를 했다.

시간이 지나자 그들의 경계심은 서서히 누그러졌다. 비록 부정을 저지르지는 않지만 다른 사람의 부정을 고발하지도 않는다는, 아버지의 성향을 파악했기 때문이다. 눈이 세 개 달린 사람들 모임에 가면 눈 두 개 달린 사람은 병신 취급을 당하게 마련이다. 아버지의 용기 있는 행동은 '소심한 자의 몸조심'으로 변질되었고, 회식 자리마저도 따돌림을 당하기에 이르렀다.

외톨이가 된 아버지는 개의치 않았다. 주눅이 들기는커녕 오히려 당당하게 처신했다. 어쩌면 아버지는 따돌림을 당한 것이 아니라 구제불능인 동료들을 아버지 스스로 내친 건지도 몰랐다. 그들이 아버지를 경멸했듯 아버지 역시 그들을 경멸했다.

수없이 많은 세무서를 전전하면서 아버지는 자의든 타의든 간에 온갖 부정부패를 가까이서 지켜봐야 했다. 수단과 방법을 가리지 않고 재산을 축적해가는 공무원들과 함께 생활하는 사이, 강 하구에 모래가 쌓이듯 울화가 쌓여갔다. 딱히 하소연할 데도 없었던 아버지는 속이 답답할 때는 어린 자식들을 앞에 앉혀놓고 한바탕 훈계를 늘어놓았다.

"인간의 탈을 쓰고 있다고 해서 다 인간이 아니다. 인간이 인간 대접을 받으려면 인간답게 행동해야 하는 거야! 그러기 위해서는 어떻게 살아야 해?"

아버지의 물음에 우리 남매는 졸린 눈을 비비며 대답했다.

"정직하게요!"

"그래! 인간답게 사는 유일한 길은 정직이야. 그것이 가장 위대하고 멋진 삶이지!"

아버지는 최영, 정몽주, 링컨, 간디 같은 사람들의 삶을 그 예로 들었다. 어쩌면 그 시간은 당신 스스로에게 용기를 북돋워주고, 약해지려는 마음을 다잡기 위함인지도 몰랐다.

아버지는 철저하게 원칙을 지키려고 노력했다. 모름지기 세무 공무원이라면 조세정책을 통한 소득 재분배에 이바지해야 한다는 것이 아버지의 소신이자 원칙이었다. 아버지는 영세 사업자는 세금을 줄일 수 있도록 실질적인 도움을 주었고, 수익이 많이 나는 사업장은 조세법대로 처리해 탈세를 최대한 방지했다.

주어진 자리에서 누구 못지않게 성실히 일했음에도 불구하고 승진은 제일 늦었다. 아버지는 술을 좋아하지 않았다. 술자리에 가면 두세 잔 마시는 정도였다. 그러나 후배들이 승진한 날에는 만취가 되어서 돌아왔다. 어머니가 무슨 술을 그렇게 마셨느냐고 물으면, 선생님에게 혼나는 어린아이처럼 두 손을 앞으로 모으고 고개를 푹 조아렸다.

"여보, 미안해요! 고생만 시켜서……."

그 당시 공무원 월급은 쥐꼬리만큼밖에 되지 않았다. 웬만큼 아껴 쓰지 않으면 아이들 교육시키기도 어려웠다. 공무원의 부정부패가 만연했던 데는 빈약한 처우도 한몫했다.

업무 자체가 돈과 관련되다 보니 뇌물의 유혹은 끊이질 않았다. 아버지는 동료들이 재산을 불려갈 때 반대로 욕망의 크기를 줄여나갔다.

"국민의 세금으로 먹고사는 공무원이 서민들보다 좋은 집에서 잘 먹고 잘산다는 건 부끄러운 일이야!"

아버지가 입버릇처럼 말해서 가족들은 그러려니 했다. 그러나 주변 사람들은 달랐다. 그들은 아버지를 '벽창호'라 불렀고, 심지어

'병신' 이라며 등 뒤에서 손가락질을 했다.

부끄러운 역사였고, 오욕의 세월이었다.

⚜

어머니는 명절을 끔찍이도 싫어했다. 음식 장만 때문이 아니라 아버지에게 들어오는 선물 때문이었다. 갈비를 비롯해서 평상시에는 먹어보지도 못한 온갖 귀한 음식이나 진기한 물건들이 선물로 들어오지만 그림의 떡이었다. 아버지는 아무리 작은 선물이라도 반드시 되돌려 보냈다.

내가 열두 살 때였다. 추석 전날, 초인종이 울려서 나가 보니 사람은 보이지 않고 굴비선물 세트만 달랑 놓여 있었다. 겉은 물론이고 상자 속까지 살펴보았지만 명함은커녕 보낸 사람에 관한 그 어떤 흔적도 발견할 수 없었다.

가난이 어머니를 흔든 걸까. 아버지 몰래 찾아와서 돈 봉투를 놓고 가는 사람을 장장 한 시간을 쫓아가서 기어이 돌려주던 어머니였다.

"여보, 이건 그냥 우리가 받는 게 어떻겠어요? 달리 돌려줄 방법도 없고……."

아버지가 단호하게 말했다.

"그건 안 될 일이오. 나를 보고 주는 선물이라면 감사히 받겠지만 내 자리를 보고 주는 선물이 빤한데 어떻게 받겠소?"

"그럼 어떡하시게요?"

"추석 쇠고 누가 보냈는지 찾아보리다."

"못 찾으면요?"

"그때는 고아원이나 양로원에 갖다줍시다."

아버지의 결정에 어머니는 이내 체념했지만 섭섭한 기색을 감추지는 못했다.

당시 우리는 산비탈에 위치한 허름한 단독주택에 살고 있었다. 아버지가 받은 월급과 어머니가 각종 부업을 해서 모은 돈에다 은행 융자까지 받아서 결혼 14년 만에 가까스로 마련한 집이었다.

추석 연휴가 끝나고 이틀 뒤였다. 방과 후 현관에 들어서니 누나의 신발이 보였다. 누나는 당시 중학교 1학년이었는데 시험 기간이었다. 현관문을 열자 거실에서 밥을 먹던 누나가 당황해서 접시를 재빨리 상 밑에 감췄다. 뭔가 봤더니 반쯤 먹다 만 생선이었다.

"쉿!"

미처 내가 말하기도 전에 누나가 검지를 입술에 가져갔다. 순간, 누나가 먹고 있는 생선이 선물로 들어온 굴비라는 사실을 깨달았다. 아버지의 얼굴이 떠올랐고, 가슴이 철렁 내려앉았다.

"누나, 이건……. 아빠한테 이를 거야!"

"안 돼! 제발……."

누나가 무릎을 꿇고 두 손을 앞으로 모았다. 평상시 도도하던 누나가 설설 기자 기분이 좋았다. 나는 접시에 담긴 굴비를 유심히 바라보았다.

"근데…… 맛있어?"

"응, 엄청!"

"정말?"

"그래. 같이 먹자!"

누나가 접시를 상 위에 올려놓았다.

"싫어!"

"그러지 말고, 한 입만 먹어 봐! 진짜 눈 돌아가게 맛있어."

"안 먹어! 새 걸로 구워준다면 몰라도……."

"그럼 들킬 텐데……."

"싫음 관둬!"

내가 획 돌아서자 누나가 붙잡았다.

"에이, 모르겠다! 새로 구워줄게, 잠깐만 기다려."

누나는 선물상자에서 굴비를 한 마리 더 꺼냈다. 굴비를 빼낸 자리가 티 나지 않도록 새끼줄로 엮은 매듭을 끄른 뒤, 다시 상자를 덮었다. 나는 행여 누가 들어올세라 굴비에 밥 한 그릇을 뚝딱 해치웠다.

어부의 자식으로 자란 아버지는 풍랑이 인다며 휘파람을 불지 못하게 했고, 생선을 먹을 때는 배가 뒤집어진다며 절대로 뒤집지 못하게 했다. 어려서부터 교육을 받았기 때문에 나 역시 생선을 먹을 때는 위쪽 살을 먹고, 가시를 떼어낸 뒤 밑쪽 살을 먹었다. 그러나 그날만큼은 배가 뒤집어지든 말든 아예 고기를 통째로 들고서 먹었다. 제대로 씹지도 않고 삼켜서 미처 맛을 느낄 겨를조차 없었다.

쾌락의 순간은 짧았다. 창문을 열고 누나가 설거지하는 동안 나는 굴비의 머리와 뼈를 신문지에 싸서 이웃집 쓰레기통에 버렸다. 겉으로 드러난 증거는 말끔히 인멸했지만 마음은 편하지 않았다. 만약 아버지에게 들킨다면 우리는 어쩌면 집에서 쫓겨날지도 몰랐다.

기나긴 후회가 이어졌다. 불안 속에서 하루하루가 지나갔다. 선물을 보낸 사람은 끝내 나타나지 않았다. 마침내 아버지가 굴비 세트를 고아원에 보내라고 했고, 어머니는 굴비가 상하지 않았는지 확인하기 위해 상자를 열었다.

누나와 나는 조마조마한 심정으로 지켜보았다. 어머니는 새끼줄을 높이 치켜들고 한 마리씩 유심히 살폈다. 그러다 아버지 눈치를 슬쩍 살피는가 싶더니 재빨리 상자 뚜껑을 덮었다. 우리를 흘겨보는 눈빛이 예사롭지 않았다.

나는 당시 주방 옆에 딸린 작은 방을 쓰고 있었다. 한밤중에 어머니와 누나가 내 방으로 조심스레 들어왔다. 자리에 앉자마자 어머니가 물었다.

"누구 짓이야?"

누나와 나는 차례대로 손을 들어올렸다.

"너희 지금 제정신이야? 아버지가 분명히 말했지. 굴비는 우리 것이 아니라고. 너희가 지금 무슨 짓을 한 건지 알아? 남의 물건에 손댔으니 이건 명백한 도둑질이야!"

입이 열 개라도 할 말이 없었다. 우리는 참수를 기다리는 죄인처럼 목을 길게 늘어뜨렸다. 우리 집 가훈은 '정직하게 살자'다. 현관문을 열면 정면에 액자가 걸려 있어서 하루에도 몇 번씩 봐야 했다. 그런데 도둑질이라니!

"이건 아버지를 욕보이는 일이야! 다른 사람이 도둑질을 하면 말려야 할 너희가 앞장서서 도둑질을 해? 너희가 어떻게 이런 짓을 할 수가 있니!"

어머니가 흥분해서 목소리가 높아질 때마다 나는 파도에 출렁이는 돛단배에 몸을 실은 듯 어지러웠다. 아버지가 듣고서 한달음에 달려올 것만 같았다. 어머니는 "이제 어떡할 거야?"만 연발하다가 조금씩 현실을 받아들이기 시작했다.

"진짜 간도 크다! 한 마리도 아니고, 네 마리씩이나……."

순간, 나는 깜짝 놀라 누나를 돌아보았다. 누나는 고개를 푹 숙인 채 눈물을 흘리고 있었다. 나는 사실대로 고백할까 하다가 그만두었다. 한 마리든 세 마리든 훔쳐 먹었다는 사실에는 변함이 없었기 때문이다.

우리는 한 시간 가까이 훈계를 들었다. 어머니는 용서해주는 대신 새벽에 일어나 동네를 깨끗이 청소하라고 했다. 자그마치 네 달 동안이었으니, 굴비 한 마리에 청소 한 달인 셈이었다.

다음 날 어머니는 시장에서 굴비 네 마리를 사 왔고, 정성스레 새끼줄로 엮었다. 나는 그제야 굴비 한 두름이 스무 마리라는 사실을 알았다.

어머니는 우리를 데리고 집을 나섰다. 누나와 난 과일가게에서 산 사과 궤짝을 양편에서 든 채 어머니 뒤를 따라 고아원으로 들어갔다. 그 앞을 지나친 적은 많았지만 담장 안으로 들어가 보기는 처음이었다.

어머니가 원장실에서 이야기를 나누는 동안 우리는 마당 한쪽에 우두커니 서 있었다. 깡통을 양편에 세워놓고 축구를 하던 소년과 고무줄을 하던 소녀들이 힐끔거리며 우리를 쳐다보았다.

자신들과 똑같은 처지에 놓이게 될 거라고 지레짐작했던 걸까. 아이들의 눈에는 호기심과 함께 동정심이 어려 있었다. 어머니가 나와서 우리가 그 뒤를 따라가자 아이들의 눈빛은 이내 부러움으로 바뀌었다. 아이들은 놀이를 멈추고 우리를 오래도록 지켜보았다.

사실 그들과 나의 차이는 크지 않았다. 옷차림이나 운동화도 비슷했다. 그럼에도 불구하고 나는 그들의 눈빛과 표정을 통해 내가 얼마나 복 받은 아이인지 알 수 있었다. 그날 태어나서 처음으로 부모님에게 깊은 감사를 느꼈다. 나를 버리지 않고 키워준 데 대한 감사 말이다.

이듬해 우리는 변두리의 초라한 전셋집으로 이사했다. 아버지가 빚보증을 서줬는데 친구가 종적을 감췄다고 했다. 아버지는 집을 팔고, 빚을 얻어서 친구의 부채를 갚았다.

집안이 기울자 그 불똥은 곧바로 누나에게 떨어졌다. 누나는 인문계에 진학해서 대학에 가고 싶어 했다. 그러나 아버지는 실업계를 가라고 설득했다. 누나가 단식투쟁까지 하며 시위했지만 아버지는 물러서지 않았다. 결국 누나는 실업계 고등학교에 원서를 쓰고 와서 펑펑 울었다.

나는 그때부터 무능한 아버지를 미워했다. 오히려 수단과 방법을 가리지 않고 돈을 버는 친구 아버지들이 백배 천배 존경스러웠다.

'아버지는 가족을 사랑하지 않는 거야. 우리야 어떻게 되든 혼자만 독야청청하겠다는 거지!'

아버지에 대한 반발심은 날이 갈수록 커져갔다. 나는 죽어라 공부에만 매달렸다. 공부를 잘했던 누나도 실업계에 보내지 않았는가. 누나보다 월등히 공부를 잘하지 못한다면 나 역시 실업계에 가야 할 게 빤했다.

3학년 2학기가 되자 처음으로 전교 10등 안에 들었다. 원서 쓸 때가 되어 내가 인문계에 진학하겠다고 하자 아버지가 물었다.

"부모는 자식을 언제까지 교육시킬 의무가 있다고 생각하느냐?"

나는 당연하다는 투로 대답했다.

"대학 졸업 때까지요."

"대학생이 되면 몇 살이지?"

"스물이요."

"법적으로 성인은 몇 살부터인지 아니?"

"스물?"

"만으로 스물이면 법적으로 성인이다. 한국의 경우는 늦은 거야. 외국의 경우는 대개 만 십팔 세부터 성인으로 인정하거든."

갑자기 아버지가 성인 운운하는 이유가 뭘까? 나는 궁금증을 참지 못하고 잘라 물었다.

"그런데요?"

"고등학교 교육까지는 시켜주겠다. 단, 대학은 네 힘으로 가라. 네 힘으로 등록금을 벌어서 다닐 자신이 있으면 인문계를 가고, 그럴 자신이 없다면 실업계를 가도록 해라!"

아버지는 냉정하게 딱 잘라 말했다. 나는 "알았어요!" 하고는 인문계에 지원했다. 그것은 아버지에 대한 섭섭함의 발로였고, 일종의 오기였다.

'아버지 맞아? 자식이 공부하겠다는데 나 몰라라 하다니…….'

섭섭했다. 다른 건 몰라도 아버지는 당신 입으로 뱉은 말은 무슨 일이 있어도 지키는 사람이었다. 나는 이를 악물고 공부했다.

세상이 변했다. 대통령이 총에 맞아 죽고, 정국이 혼란스러워진 틈을 타 군사 쿠데타가 일어났다. 비상계엄이 선포되는가 싶더니 군사정권이 들어섰다. 박정희 정권도 탐탐치 않게 여겼던 아버지는 신군부에 대놓고 욕설을 퍼부었다.

"국민을 보호하고 나라를 지켜야 할 군인이 국민을 살상하고 나라를 강탈해? 세상이 갈수록 개판이 되어가는구먼!"

"그만 좀 하세요! 누가 들을까 봐 겁나네."

불안해진 어머니가 눈총을 주면 아버지는 그제야 공무원 신분임을 의식하고는 입을 꾹 다물었다.

'흥! 간은 밴댕이만 해 갖고 입만 살아서……. 저러니까 승진을 못 하지!'

내 마음속에서 아버지를 향한 미움의 줄기는 칡넝쿨처럼 빠른 속도로 뻗어나갔다.

고등학교 3학년 때였다. 공부하느라 숨 쉴 겨를조차 없었지만 할아버지 제사에 빠질 수는 없었다. 백부 집에서 제사를 지낸 뒤, 뒤치다꺼리를 하고 있는 어머니와 누나를 남겨놓고 아버지와 내가 먼저 일어났다.

버스를 탔는데 밤늦은 시간임에도 불구하고 빈자리가 없었다. 아버지는 선 채로 신문을 보았고, 나는 스쳐 지나가는 차창 밖 풍경을 보고 있었다.

이상한 낌새를 느낀 것은 세 정거장쯤 지났을 때였다. 옆에 서 있던 내 또래의 여고생이 금방이라도 울 것 같은 표정으로 나를 올려다보았다. 눈동자는 물기에 젖어 있었는데 '도와주세요, 제발!' 하는 소리가 내 머릿속에서 울려 퍼졌다.

뒤를 슬쩍 돌아보니 20대 초반의 건장한 청년이 여고생의 엉덩이에 하복부를 바짝 붙이고 있었다. 눈동자는 벌겋게 충혈되어 있고, 입술은 반쯤 벌어져 있었다.

'치한이다!'

내가 미간을 찡그리고 노려보자, 팔뚝에 독거미 문신을 한 그가 내 어깨에 손을 척 올리며 두 눈을 치켜떴다. 그의 눈빛에는 경고의 날이 서 있었다.

'남의 일에 참견 말고, 얌전히 찌그러져 있어!'

독거미의 예리한 발톱에 가슴을 베인 느낌이었다. 덜컥 겁이 났다. 고개를 돌려 외면하려는 순간, 여고생과 눈이 마주쳤다. 여고생의 눈빛은 경멸로 가득 차 있었다.

'겁쟁이 새끼!'

얼굴이 화끈 달아올랐다. 고개를 푹 숙이고 있는데 아버지의 날카로운 외침이 버스 안에 쩌렁쩌렁 울려 퍼졌다.

"뭐하는 짓이야?"

아버지가 나를 밀치더니 한 발 다가섰다. 그제야 여학생의 등 뒤에 붙어 있던 독거미가 떨어졌고, 재빨리 지퍼를 채웠다.

"세상이 아무리 말세라고 하지만 해도 너무하네! 소나 개도 아니고 버스 안에서 어린 여학생을 상대로 이게 무슨 짓이야?"

아버지가 여학생의 손을 잡아끌었다. 순간, 여학생이 참았던 울음을 터뜨렸다. 버스 안의 모든 시선이 한곳으로 쏠렸다. 궁지에 몰리자 독거미가 아버지에게 얼굴을 들이밀며 험악한 인상을 썼다.

"당신이 뭔데 참견하고 지랄이야? 남이사 전봇대로 귀를 후비든 타이어로 귀걸이를 하고 다니든 당신이 뭔 상관이야?"

"허, 이놈 봐라! 뭘 잘했다고 눈을 부라려? 아무리 세상이 미쳐 돌아간다고 해도, 적반하장도 유분수지! 장차 나라를 이끌어갈 청년이 대체 이게 무슨 추태야?"

"당신이 내 아버지야? 어디서 훈계를 하고 지랄이야, 지랄은!"

입씨름을 하는 사이에 독거미가 버튼을 눌렀다. 버스가 정류장에 멈춰 서자 독거미가 아버지를 버스에서 강제로 끌어내렸다.

"어, 아버지!"

내가 아버지의 팔을 붙잡아보았지만 소용이 없었다. 차문이 닫히려 해서 나도 재빨리 내렸다. 버스는 이내 떠나갔고 깜깜한 밤거리에는 달랑 세 사람만 남았다.

"이놈이 정말 콩밥을 먹어봐야 정신을 차리겠구먼! 지금이 어떤……."

아버지의 말이 채 끝나기도 전에 독거미의 주먹이 날아왔다. 아버지는 얼굴을 감싸고 몇 걸음 뒤로 물러섰다.

"아버지!"

내가 달려가 부축하려 하자 아버지는 손을 들어서 괜찮다는 신호를 보냈다.

"사람을 쳐? 이놈이 정말 말로 해서는 안 되겠구먼."

아버지가 시계를 끌러서 나에게 건네주었다. 독거미가 코웃음을 쳤다. 나는 가슴을 조이며 상황을 지켜보았다. 아버지가 꼭꼭 숨겨 놓은 무술 솜씨를 발휘해서 독거미를 멋지게 응징하기를 간절히 기도하며…….

그러나 그것이 헛된 바람이었음을 깨닫기까지는 그리 오래 걸리지 않았다. 아버지가 날린 회심의 주먹은 헛바람을 갈랐고, 독거미의 발길질 한 방에 중심을 잃은 아버지는 저만치 나가떨어졌다. 독거미는 일어서려는 아버지를 향해 발길질을 했다. 그러고는 달려들어서 아버지를 짓밟기 시작했다.

"멈춰, 새끼야!"

순간, 눈에 불똥이 튀었다. 내가 제정신을 차렸을 때는 허공으로 몸을 날리고 있었다. 멋지게 독거미의 등짝을 가격했지만 나의 활약은 거기까지였다. 독거미의 묵직한 주먹에 얼굴을 맞고 나뒹굴었고, 결국 의식을 반쯤 잃을 때까지 몰매를 맞았다.

순찰 돌던 경찰이 우리를 발견했을 때는 이미 맞을 만큼 맞은 뒤였다. 가해자는 줄행랑을 쳤고, 현장에는 피해자만 남았다. 우리는 걸음조차 제대로 옮길 수 없는 상태여서 경찰이 우리를 병원으로 데려다주었다. 엑스레이를 찍었는데 다행히 갈비뼈는 무사했다. 치아가 몇 개 흔들리는 걸 빼면 단순한 타박상이었다. 아버지도 상태는 비슷했다. 의사는 입원을 권했지만 우리는 간단한 치료만 받고 퇴원했다.

경찰서에 들러 진술서를 쓰고 나니 자정이 훌쩍 넘었다. 아버지는 왼쪽 눈두덩이 부어오른 데다 다리 근육이 뭉쳐서 걸음조차 제대로 걷지 못했다. 나는 아버지를 부축해주며 퉁명하게 물었다.

"싸움도 못 하면서 왜 남의 일에 끼어들어요? 가만이나 있지."

"어린 것이 그 꼴을 당하는데 인간의 탈을 쓰고 어떻게 가만있냐? 네 누이가 저런 험한 꼴을 당할 수도 있다고 생각하니 속에서 열불이 나더라!"

그 순간, 나에게 도움을 요청하던 소녀의 간절한 눈빛이 떠올랐다. 가슴에 맷돌을 얹은 듯 마음이 무거워졌다.

"휴우. 어쩌자고 세상이 이렇게 돌아가는지 모르겠다. 치한이 달아나기는커녕 오히려 폭력을 휘두르다니……. 나라를 지켜야 할 군인이 국민을 살상하고 나라의 통치자가 되는 세상이니 뭘 더 바랄까마는……."

아버지의 긴 한숨이 깜깜한 골목을 가득 채웠다. 수없이 들었던 아버지의 푸념인데도 느낌이 달랐다. 살을 맞대고 있기 때문일까, 같은 시간에 같은 일을 겪었기 때문일까. 아버지의 진심이 가슴 깊이 파고들었다.

2

나는 명문대를 갈 수 있었지만 4년 장학금을 받고, 중상위권 대학 영문학과에 입학했다. 캠퍼스는 어지러웠다. 공부할 수 있는 분위기가 아니었다. 매일 캠퍼스에서 집회가 열렸고, 교문 밖 진출을 위한 시위가 벌어졌다.

일찍이 세상이 부조리하다는 사실을 깨달았던 터라 나는 선배들의 사상 교육을 거부감 없이 받아들였다. 그러나 다른 친구들처럼 학생운동에만 전념할 수는 없었다. 장학금을 받으며 대학을 다니기 위해서는 평균 B학점 이상을 유지해야 했기 때문이다.

나의 처지를 알고 있던 선배와 동료들은 위험한 일에서 나를 제외시켰다. 나는 감옥에 가거나 수배되어서 도망 다니는 동지들에게 미안한 마음을 떨칠 수 없었다.

격동의 시기를 보내고 사회에 나오니 뭘 해야 할지 막막했다. 운동권의 때를 벗지 못했기 때문일까, 일종의 오기 같은 거였을까. 그도 아니면 노동운동에 투신한 동지들에 대한 예의를 지키고 싶었던 걸까. 나는 학생운동을 했지만 다른 동지들에 비해서 이력서가 깨끗했다. 군대도 갔다 왔고, 학점도 좋았다. 대기업에 입사하려고 마음먹으면 충분히 할 수도 있었다. 그러나 대학을 졸업하면서 거대 자본의 노예가 되어, 양복에 넥타이 매고 일정한 시간에 출퇴근하는 샐러리맨만은 절대로 하지 않겠노라고 다짐했다.

그러다 보니 할 수 있는 일은 한정되어 있었다. 용산전자상가에서 각종 부품을 사다 컴퓨터를 조립하기도 했고, 번역이나 과외 등을 하며 근근이 살아갔다.

혼자 살아가는 데는 조금도 불편하지 않았다. 그러다 대학 때부터 교제해왔던 여자와 결혼했다. 결혼하고 나서도 한동안은 아무 문제가 없었다. 아내가 대기업 홍보실에 다녔던 터라 경제적으로는 오히려 풍족했다. 그런데 아이들이 줄줄이 태어나자 문제가 심각해졌다.

두 아이의 뒤치다꺼리를 하느라 아내는 정신이 없었다. 복직할 생각은 전혀 없는 듯했다. 그동안 모아놓은 돈은 두 아이를 출산하는 과정에서 바닥이 났다. 이제부터는 오로지 내가 버는 수익으로 네 식구가 살아가야 했다.

비로소 가장으로서의 책임감이 느껴졌다. 나는 뒤늦게 정신을 차리고 여기저기 이력서를 냈다. 넥타이쯤은 한 개가 아니라 두 개, 세 개를 매고 출근하라고 해도 상관이 없었다. 뽑아만 준다면 매일같이 집에서 직장까지 일보삼배하며 출근할 각오가 되어 있었다. 그러나 나이는 많고 경력이 없으니 오라는 곳이 없었다.

"중소기업이어도 상관없어."

"사대 보험만 된다면 기술직도 괜찮아."

"영업직이면 어때? 생계를 유지할 정도의 기본급만 나오면 돼."

직장에 대한 기대치와 눈높이는 점점 낮아졌다. 결국 선배의 친구 소개로 들어간 곳이 출판사 편집부였다. 직원은 사장까지 포함해서 다섯 명에 불과했다. 4대 보험은 가입되어 있었지만 월급은 한숨이 절로 나올 정도였다.

'그래, 일단 경력이나 쌓자!'

출판사 경력일지라도 아무것도 없는 것보다는 낫지 않겠나 싶어서 묵묵히 직장을 다녔다.

아이들은 쑥쑥 자랐고, 돈 들어갈 구멍은 점점 커져갔다. 월급이 올라도 시원찮을 판에 매출이 부진하다 보니 그마저도 제때 나오지 않았다. 입사한 지 반년 만에 위기감을 느끼고 새로운 직장을 알아보기 시작했다.

출판사는 부도 직전에 놓였다. 사장은 출근하지 않았고 제지사, 인쇄소, 제본소 사장들의 전화만 빗발쳤다. 세 달치나 밀린 월급도 자칫하면 떼일 처지였다. 생존의 위기를 느끼고 있는데 대학 동창으로부터 반가운 소식이 들려왔다. 자신이 근무하는 사립고등학교에서 영어교사를 모집 중이라는 것이었다.

나는 뛸 듯이 기뻤다. 부자지간의 연을 끊겠다고 협박해서 기어이 교직 과목을 이수하도록 했던 아버지에게 큰절이라도 하고 싶은 심정이었다.

"교사도 할 만해! 복지도 괜찮고, 아직까지는 사회 인식도 괜찮고, 방학 때 보충만 없으면 여행도 실컷 다닐 수 있어. 무엇보다도 가장 큰 행복은 하루하루가 다르게 자라는 아이들을 보는 거야!"

사실 찬밥 더운밥 가릴 처지는 아니었다. 그러나 오랜만에 소식을 전해온 친구에게 궁색한 속내를 드러내고 싶지 않아 담담한 투로 물었다.

"요즘 애들은 어때?"

"입시 때문에 스트레스를 많이 받기는 하지만 다들 착해. 웃음도 많고, 눈물도 많고, 정도 많은 게 요즘 아이들의 특징이야."

"짱이니, 일진이니 하는 말도 많이 나돌던데, 무시무시한 애들은 없어?"

"더러 그런 애들도 있지. 삼 년쯤 됐나? 이학년 담임을 맡았는데 진짜 꼴통이 하나 있었어. 결국 사고 치고 학교 측의 권유로 자퇴했는데 근마가 올해 스승의 날에 찾아왔더라고. 그때 말썽만 부려서 죄송하다며 눈물을 뚝뚝 흘리는데 진짜 몸 둘 바를 모르겠더라. 담임인 내가 적극적으로 나섰더라면 충분히 구제할 수도 있었거든."

내 마음속 한구석에 교사에 대한 꿈이 숨어 있었던 걸까. 친구와 통화를 하고 나니 마음이 설레었다. 교생 실습을 나갔을 때 만났던 아이들의 초롱초롱한 눈빛이 떠올라 잠을 이룰 수 없었다.

며칠 뒤, 나는 이력서를 품에 넣고 학교를 찾아갔다. 학교는 지은 지 얼마 되지 않아 갓 포장을 푼 워크맨처럼 산뜻했다. 건물은 근사했고, 화단은 정갈했다. 교복 입은 학생들이 깔깔거리며 삼삼오오 몰려다니는 모습을 보니 절로 기분이 좋아졌다.

오랜만의 만남인데도 친구는 허물없이 대해주었다. 친구는 동창들을 통해 계속 내 소식은 듣고 있었는지 아이들의 이름은 물론이고, 내가 편집해서 낸 책 제목까지 알았다. 친구의 과다한 관심이 고맙기도 했지만 한편으로는 부담스럽기도 했다.

교장을 만나 이력서를 제출했고, 이사장실로 옮겨서 간단한 면접을 봤다. 친구가 흘린 정보에 의하면 이사장은 대학 동문이었다.

"눈매가 서글서글해서 학생들에게 인기가 많겠어요."

이사장은 나를 3학년 2반으로 데리고 들어갔다. 나는 한 시간 동안 이사장, 교장, 영어 선생이 지켜보는 가운데 수업을 했다. 친구가 미리 귀띔해주어서 충분한 리허설을 했던 터라 큰 실수 없이 마칠 수 있었다.

"고생했다! 늦어도 다음 주 안으로 결과가 나올 거야."

이력서를 낼 때까지만 해도 '되면 좋고 말면 말지, 뭐' 하는 심정이었다. 그런데 면접까지 보고 나자 '꼭 되어야 할 텐데……'로 마음이 바뀌었다. 초조하게 하루하루를 보내고 있는데 마침내 친구로부터 전화가 걸려왔다.

"다섯 명이 면접을 봤는데 최종적으로 네가 뽑혔다!"

그동안의 삶이 버거웠던 걸까. 나도 의식하지 못하는 사이에 눈물이 주르륵 흘러내렸다.

"축하주 한잔해야지!"

"물론이지!"

친구와 약속 장소를 잡고 곧바로 아내에게 소식을 전했다. 아내는 믿기지 않는지 "정말이지?"를 연발했고, 환호성을 지르다가 끝내 울음을 터뜨렸다. 아내의 흐느낌을 들으니 코끝이 찡해졌다.

'잘할게, 정말!'

나는 속으로 아내에게 약속하고, 또 약속했다. 이제 고생은 모두 끝났다고 생각했는데 진짜 고생은 그때부터였다. 친구를 만나 기분 좋게 술을 마시다가 뜻밖의 말을 들었다.

"참, 이천이다!"

순진했던 건지, 세상 물정을 몰랐던 건지 '이천'이라는 숫자가 무엇을 의미하는지 몰랐다. 단 한 번도 교직을 돈으로 살 수 있다고 생각해본 적이 없었기 때문이다. 나의 떨떠름한 표정을 살피던 친구의 표정이 굳어졌다.

"내가 괜한 짓을 했나 보다. 난 그냥 너에게 도움을 주고 싶어서……. 같은 직장에서 일하고 싶기도 했고……."

친구의 마음은 충분히 이해했다. 몇 번의 만남을 통해 사심 없이 나를 도와주고 있음을 느꼈다. 문제는 나의 양심이었다.

"근데…… 우리가 이래도 되는 걸까? 한때는 혁명을 꿈꾸었는데 이렇게 허무하게 무너져도 괜찮은 걸까?"

"야, 복잡하게 생각할 거 없어! 너도 학교 와봐서 알겠지만 신생학교이다 보니 돈 들어갈 데가 좀 많니? 선생들이 내는 돈, 재단 이사장이 치부하는 데 사용하지 않아! 색안경 쓰고 보지 말고, 그냥 순수하게 학교 발전 기금으로 받아들여!"

친구는 절대 돈으로 교사 자리를 사는 건 아니라고 했지만 '취업'을 미끼로 사용하고 있지 않은가. 이건 누가 보더라도 장사가 분명했다.

"알았다! 생각해볼게."

집으로 돌아가는 길, 같이 시위했던 동지들을 남겨놓고 경찰서 유치장을 혼자 나설 때처럼 마음이 불편했다. 정의사회를 구현하겠다고 최루가스를 마시고, 곤봉을 맞아가며 보냈던 지난날들이 허망하게 느껴졌다.

사회 생활을 해봤기 때문일까, 여자의 직감이었을까. 아내는 이미 예상하고 있었다는 듯이 담담하게 말했다.

"싸다! 이천이면 거저야."

나는 아내의 눈치를 살피다가 친구에게 했던 물음을 다시 던졌다.

"근데…… 우리가 이렇게 살아도…… 괜찮은 걸까?"

그러자 아내의 표정이 갑각류의 등딱지처럼 딱딱하게 굳어졌다.

"부탁인데…… 제발, 백조 마인드 좀 버려! 나중에는 어떻게 될지 모르지만 현재 우리가 사는 세상은 굴뚝 속이야. 살다 보면 얼굴에 시꺼먼 재가 묻는 게 당연한 거라고! 근데 왜 당신 혼자 새하얀 얼굴로 살아가려고 몸부림쳐? 당신은 물론 아니라고 하겠지만, 내가 볼 때는 그것도 일종의 현실 도피야!"

아내의 말을 반박하려 들면 천일 밤낮이라도 할 수 있었다. 청춘의 많은 날을 이와 비슷한 토론을 하며 보내지 않았던가. 그러나 나는 아무 말도 하지 않았다. 지금 이런 상황에서 아내와의 논쟁에서 이긴들 무슨 소용이 있겠는가.

내 마음속에서는 두 사내가 치열하게 논쟁을 벌였다. 잠든 아내와 두 아이의 얼굴을 내려다보고 있는 동안에도 그들의 논쟁은 계속됐다. 부윰한 여명이 밝아왔을 때 마음 깊숙한 곳에 무언가가 천천히 솟아올랐다. 국기를 계양하듯 솟아오른 것은 눈처럼 새하얀 백기였다.

⚜

아버지는 정년퇴직하고 세무사 사무실에서 임시직으로 일하고 있었다. 나는 덕수궁 인근의 무료법률사무소에 들러서 밀린 임금에 대해서 상담한 뒤, 아버지를 찾아갔다. 아버지가 단골이라며 데려간 곳은 허름한 선술집이었다. 연탄불이 뜨거운지 돼지껍데기가 이리저리 몸을 비트는 모습을 내려다보면서 갈등했다.

'이유는 묻지 말고 이천만 원만 빌려달라고 할까? 사실대로 말하고 이천만 원만 빌려달라고 할까?'

결국 나는 후자를 택했다. 비록 나의 치부를 드러내는 일이지만 그것이 돈을 빌리려는 자의 자세요, 부모에 대한 최소한의 예의였다. 묵묵히 듣고 난 아버지가 말했다.

"이천만 원을 빌려주마. 그 전에 내 이야기도 좀 들어보렴."

돈 문제가 해결되자 마음의 여유가 생겼다. 나는 그제야 젓가락을 들고 타들어가는 돼지껍데기를 뒤집었다.

"말씀해보세요."

"아마 네가 중학교 때였을 거다. 내가 보증을 잘못 서서, 집을 팔고 전세로 옮겨갔던 일 기억하니? 그때가 내 인생에서 가장 큰 위기였어. 돈에 쪼들릴 대로 쪼들려 있는데 네 누이가 아침밥을 먹으며 인문계에 진학하고 싶다고 하더구나. 나는 답을 주지 않고 출근했다."

아버지는 소주잔을 비운 뒤, 다시 말을 이었다.

"내가 세금관리를 하고 있던 지역에 제법 규모가 큰 무역회사가 있었지. 회계부장이 세금 문제로 상담할 게 있다고 해서 찾아갔더니 나의 궁색한 처지를 알았는지 달콤한 제의를 하더구나. 그 당시 액수로 번듯한 집 한 채를 살 돈을 줄 테니 딱 한 번만 탈세를 눈감아달라는 거야. 그때 정말 악마의 손을 잡고 싶은 강렬한 유혹을 느꼈어. 탈세에도 여러 유형이 있는데 그쪽에서 제안한 탈세 방법은 위험하지 않았거든. 나만 입 다물면 만사 오케이인 거지."

나는 아버지가 얄미웠다. 그 수많은 순간 중에서 하필이면 지금, 불의를 저지르려는 자식 앞에서 자신의 청렴을 자랑하려 든단 말인가! 돈을 빌려준다는 말만 하지 않았더라면 자리를 박차고 일어섰으리라. 나는 아버지의 눈을 정면으로 바라보며 도전적으로 물었다.

"받지 그러셨어요?"

만약 받았더라면 많은 것이 달라졌으리라. 아버지는 가족을 행복하게 해줄 수 있는 기회를 스스로 차버렸다. 과연 그것이 옳은 삶인가?

"나는 스스로 강하다고 생각하며 살아왔는데 그건 나의 착각이었음을 그때 확실히 알았다. 그 순간, 나는 태풍 앞의 꽃나무처럼 심하게 흔들렸어. 수많은 생각이 스쳐지나갔지. 이 돈만 있으면 아내가 더 이상 힘든 일을 하러 다니지 않아도 되고, 사랑스런 딸도 대학에 보낼 수 있다! 내가 집에서 큰소리만 쳤지, 가장으로서 가족들에게 해준 게 뭐가 있는가? 애들이 그토록 갖고 싶어 하는 운동화 한 켤레 제대로 사준 적 없지 않은가? 받자! 나를 위해서가 아니라 처자식을 위해서!"

아버지는 그때 상황으로 돌아간 듯했다. 젓가락을 움켜쥐고 있는 아버지의 손이 부들부들 떨렸다.

"그래, 이번 한 번만 눈 딱 감고 받자! 마침내 마음을 정하고 협상안을 받아들이려는 순간, 라디오에서 빌리 조엘의 '어니스티'가 흘러나왔어. 내가 좋아하는 노래여서 잠시 귀를 기울이고 있는데, 문득 이런 생각이 드는 거야. 이 세상에 돈이 필요하지 않은 사람이 어디 있는가? 부자는 더 큰 부자가 되기 위해 돈이 필요하고, 가난한 사람은 생계를 위해 돈이 필요하지 않은가. 돈이 필요할 때마다 불의와 타협한다면 인생에서 정직할 때는 언제인가?"

아버지의 검은 눈동자 속에서 '광선검'처럼 밝은 빛이 뿜어져 나왔다. 순간, 나는 고개를 푹 숙였다. 아버지의 고백은 망나니의 칼날이 되었고, 백기를 높이 치켜들고 있는 내 가슴속 사내의 목을 사정없이 쳤다.

다음 날 아버지는 약속대로 이천만 원을 입금시켜 주었다. 그러나 나는 그 돈을 학교에 건네지 않았다. '20,000,000'이라는 숫자가 찍힌 통장을 품에 넣은 채, 눈에 불을 켜고 일자리를 구하러 다녔다.

'제발, 통장의 돈을 꺼내 쓰기 전에 일자리를 얻게 해주세요!'

간절한 기도가 먹힌 걸까. 나는 변두리에서 학원 강사 자리를 얻었다. 첫 월급을 탄 날, 아버지에게 빌린 이천만 원을 다시 송금했다. 어려운 형편이었지만 그 돈을 쓰지 않고 버틴 나 스스로가 대견스러웠다.

'역시, 난 아버지의 자식이야!'

6개월쯤 지나자 강의 요령과 함께 아이들 다루는 요령도 터득했다. 입소문을 타면서 수강생 수가 빠르게 늘어갔다.

2년 만에 나는 대형 학원으로 자리를 옮겼고, 칠판의 먼지를 먹어가며 밤늦은 시간까지 강의했다. 돈은 벌었으나 행복하지 않았다. 형광등 불빛 아래서 졸음을 참아가며 공부하는 무표정한 얼굴이 아닌, 운동장에서 뛰어노는 아이들의 웃는 얼굴이 보고 싶었다.

그렇게 5년이 후딱 지나가자, 직업에 대한 회의가 밀려들었다.

'나는 돈 버는 기계인가? 처자식의 행복을 위해서라지만 나의 행복을 포기한 채 살아가고 있는 지금의 삶이 과연 정상적인 걸까?'

고등학교 동창회에 나갔다가 술김에 고민을 털어놓았다. 친구들의 반응은 아내의 생각과 비슷했다. 먹고살 만해지니까 배에 기름기가 껴서 그런 망상이 드는 거라며, 벌 수 있을 때 최대한 벌어놓으라고 했다.

'그래! 돈 벌 수 있는 기회가 자주 오는 것도 아니잖아. 나는 지금 배부른 고민을 하고 있는 거야.'

마음을 다잡은 뒤 강의를 했으나 오래가지 못했다. 이번에는 조울증 같은 게 찾아왔다. 퇴근하고 집에 가면 잠이 오지 않았다. 밤늦게까지 텔레비전을 켜놓고 낄낄거리거나 훌쩍거리자, 하루는 아내가 기분 전환을 시켜준다며 백화점으로 데려갔다.

"그동안 가족들 먹여 살리느라 고생 많았지? 오늘은 당신 날이니까 갖고 싶은 거 있으면 다 말해!"

아내는 롤렉스 시계와 아르마니 양복, 페라가모 구두를 사줬다.

나는 터무니없는 가격에 질려서 숨조차 제대로 쉴 수 없었다.

학원에 가자 관계자들과 강사들이 탄성을 질렀다. 학생들은 멋있다며 박수를 쳤고, 휘파람을 불기도 했다. 사람들의 관심에 어깨가 으쓱해졌다. 그러나 그 기쁨은 오래가지 못했다. 반짝이는 구두의 광채가 사라지면서 모든 게 일상으로 되돌아갔다. 아침에 눈을 뜨면 가슴이 답답했다. 나는 고민하다가 아버지를 찾아갔다.

"아버지도 마음만 먹으면 충분히 부자가 될 수 있었잖아요? 그런데 어떻게 그 많은 유혹을 뿌리칠 수 있었던 거죠?"

"로비의 귀재라고 불리는 한보그룹 정태수 회장 알지? 실은 그 양반도 세무 공무원 출신이야. 이십삼 년 동안 세무 공무원을 하다가 사업가로 변신해서 승승장구했지. 한때 재계서열 이십 위권까지 올랐으니까. 근데 넌 그 사람의 삶이 행복해 보이니?"

잘나가던 시절의 그를 본 적은 없었다. 내가 기억하는 모습은 한보 관련 청문회에 나왔을 때였다. 휠체어를 타고 커다란 마스크를 쓰고 나와서는 의원들의 질문에 모르쇠로 일관했다. 한창 잘나갈 때라면 모르겠지만 내가 본 그의 모습은 결코 행복해 보이지 않았다. 나는 천천히 고개를 저었다.

"다들 부자가 되기 위해 안달하는데, 부자가 되어야 행복하게 살 수 있는 건 아냐. 돈이 가져다줄 수 있는 건 편리함과 배부름일 뿐, 진정한 행복은 그 속에 깃들어 있지 않아."

"그럼 행복의 파랑새는 어디에 있는 거죠?"

"행복은 한곳에 묻혀 있지 않아! 살아온 날들과 가치관이 다르니까 행복도 제각각일 수밖에 없어. 네 행복은 너 스스로 찾아야 해."

나의 행복은 과연 어디 있는가?

"내가 인생 선배로서 말해줄 수 있는 건 이것뿐이야. 살아보니 인생은 예상했던 것보다 훨씬 짧더라. 그러니 다소 가난하게 살지라도 네가 행복해질 수 있다면 더 늦기 전에 그 길을 찾아 떠나거라!"

아버지의 충고는 어지러운 생각을 정리하는 데 많은 도움을 주었다. 나는 학원 강의를 하면서 틈틈이 임용고시를 준비했다. 강렬한 동기는 목표를 향해 달려가는 승용차가 되어준다. 나는 쉬지 않고 달렸고, 늦은 나이였지만 수많은 경쟁자를 물리치고 합격했다.

그러나 곧바로 교사가 되지는 못했다. 반년 남짓 기다린 끝에 마침내 중학교 교사로 발령받았다. 나는 뛸 듯이 기뻤다. 제일 먼저 아내에게 소식을 전했는데, 아내의 반응은 심드렁했다. 진심으로 기뻐하며 축하해준 사람은 아버지뿐이었다.

사람들은 아버지의 인생을 동정한다. 세무 공무원으로 평생을 일했으면서도 주변머리가 없어 번듯한 집 한 채 마련하지 못했다며……. 아버지는 그런 말을 들을 때마다 피식 웃고 만다. 아버지의 짧은 미소 속에는 이런 의미가 담겨 있다.

'내가 번듯한 집 한 채 마련하지 못했기 때문에 자식들 앞에서 당당하고, 세상 앞에서 당당할 수 있었던 거야!'

아버지의 정직한 삶은 나의 자산이다. 나는 이것들을 나의 자식들과 제자들에게 아낌없이 나눠주며 살아가고 있다. 가끔씩 내가 태풍 앞의 꽃나무처럼 나약하게 느껴질 때는 빌리 조엘의 '어니스티'를 들으면서…….

STORY 5

친구

아이가 걷다 멈추면
아버지도 걸음을 멈추고
다시 걸어가면 아버지도 걸어갑니다.
아버지는 아이의 그림자입니다.

아이가 홀로 놀이터에서 그네를 탈 때
아버지의 마음도 외로이 흔들립니다.
아이가 길을 잃고 엉엉 울 때
아버지도 등 뒤에서 슬피 웁니다.

아버지는 일요일에도 일하러 나갑니다.
아이는 놀아주지 않고 일만 하는 아버지가 밉습니다.
아버지는 아이의 그림자가 될 수밖에 없는 현실이 밉습니다.
언제쯤 아이의 친구가 될 수 있을까요?

파김치가 되어서 밤늦게 귀가하니 아이가 잠들어 있습니다.
아버지도 그 옆에 나란히 누워서 잠이 듭니다.
아버지 그림자가 아이의 그림자를 깨워서 밖으로 나갑니다.
텅 빈 골목에서 그림자 두 개가 뛰놀고 있습니다.

철 없는 아빠

사람들은 아버지를 철부지라고 손가락질했지만 아버지는 자유로운 영혼을 지닌 보헤미안이었지요. 사실, 아버지는 어머니에게 좋은 남편이 아니었어요. 하지만 저에겐 둘도 없는 친구이자 세상에 단 하나뿐인 아빠였죠. 유년 시절을 추억하면 한겨울에 솜이불 속에 누운 듯 마음이 푸근해져요.

1

내가 한쪽 다리를 절뚝이며 영안실로 들어서자 태영이 휘둥그레진 눈으로 자리에서 벌떡 일어났다. 코흘리개 이복동생은 어느새 어엿한 성인이 되어 있었다.

"형님, 오셨습니까!"

태영이 거의 백팔십도로 허리를 꺾었다. 그러자 고등학생으로 보이는 남동생이 비로소 내 정체를 눈치챘는지 자리에서 벌떡 일어났고, 재빨리 허리를 숙였다. 마치 조폭들이 큰형님 대하는 듯한 모습이 우스꽝스러웠지만 웃을 자리는 아니었다.

나는 목례로 대신하고 영정 앞에 섰다. 언제 찍은 걸까. 귀밑머리가 희끗희끗하지만 액자 속의 아버지는 여전히 매력적이었다. 나풀거리는 곱슬머리, 짙은 눈썹, 바다를 헤엄치는 날치처럼 눈웃음치는 눈매, 살짝 팬 보조개, 입가의 보일 듯 말 듯한 미소도 여전했다.

장례식은 전통 장례식과 천주교 장례식을 병행한 것이었다. 향을 피우고 절을 올릴 수도 있고, 국화 한 송이를 놓고 묵념으로 대신할 수도 있었다. 나는 잠깐 망설이다 후자를 택했다. 그쪽이 아버지 장례식다웠다.

눈을 감자 아버지의 장난기 어린 미소가 선하게 떠올랐다.

2

아버지가 어머니를 만난 것은 고등학생 때였다. 그 당시의 아버지 사진을 본 적이 있는데, 아버지는 그리스 신화에 나오는 아폴론처럼 아름다운 외모를 지니고 있었다. 여자는 물론이고 남자인 내가 보아도 질투를 느낄 정도였다.

어머니는 부산 출신인데 사업가의 딸이었다. 어려서부터 피아노를 친 어머니는 피아니스트의 꿈을 안고 상경해서 명문대 음대에 다니고 있었다. 고2였던 아버지는 대학생인 것처럼 속여서 신입생이던 어머니를 유혹했다.

어머니가 덜컥 임신을 하자 겁먹은 아버지는 낙태를 권유했다. 독실한 기독교 신자였던 어머니는 하나님이 주신 소중한 생명이니 낳겠노라고 고집을 부렸다.

한바탕 소동이 벌어졌다. 양쪽 집안이 만나서 몇 차례 논의한 끝에 어렵사리 결혼에 합의했다. 배가 너무 부른 탓에 복대로 임신 사실을 더 이상 숨길 수 없었던 어머니는 곧바로 휴학계를 냈고, 아버지는 학교를 계속 다녔다.

18세 소년, 졸지에 한 집안의 가장이 되었지만 아버지는 여전히 철부지였다. 친구들과 시시덕대며 당구장, 나이트클럽, 술집 등을 전전하다가 자정이 넘어서야 도둑고양이처럼 살금살금 기어들어 왔다.

어머니는 매일 밤 눈물을 흘리며 친정에 전화를 걸었다. 보다 못한 외할아버지는 아버지가 고등학교를 졸업하자마자 세계적으로 유명한 아이스크림 체인점을 번화가에 내주었다. 장사에 재미를 붙여보라는 의도였지만, 아버지는 장사는 뒷전이었다. 아버지는 매일 친구들과 어울려 놀았고, 틈만 나면 여자들을 유혹했다.

"난 모르는 여자라니까!"

배가 남산만 한 배불뚝이 여자가 집을 찾아온 것은 내가 일곱 살 때였다. 그 여자는 안방으로 들어가더니 아예 드러누웠다.

친구들과 포커를 치다 끌려온 아버지는 끝까지 오리발을 내밀었다. 그러나 그 누구도 아버지의 말을 믿지 않았다. 하물며 아버지 친구들까지도…….

어머니는 최대한 침착하게 여자에게 물었다.

"도대체 원하는 게 뭐예요?"

"나도 이 집에서 살아야겠어요!"

여자는 망치로 못을 박듯이 또박또박 말했다. 어머니는 지극히 상식적인 여자였다. 한 집에 두 명의 여자라니, 도저히 용납할 수 없는 일이었다.

다시 양가 어른들이 총동원되었다. 장인어른이 해처럼 나타나자 아버지는 달처럼 슬그머니 모습을 감췄다. 어른들은 번갈아가며 임신한 여자를 설득했다. 그것은 포성 없는 전쟁이었다. 전투는 사흘

동안 계속되었고, 결국 이쪽의 제의를 받아들인 여자가 철수했다.

그녀에게 어떤 제의를 했는지는 나로서는 알 수 없다. 단지 어렴풋이 짐작만 할 뿐이다. 어른들까지 모두 철수하자 그제야 아버지가 돌아왔다.

어머니가 폭탄선언을 했다.

"당신이 살림해! 내가 돈 벌 테니까."

밖으로 나돌며 사고 칠 바에야 집 안에 가둬두겠다는 극단의 조치였다. 아버지는 어머니 속을 무던히도 썩였지만 천성은 착했다. 어머니가 화나면 일단 꼬리를 내리고 손이 발이 되도록 빌었다. 그 순간만큼은 영락없는 어린애였다.

아버지는 싸워야 할 때와 물러설 때를 알았다. 양자 합의를 거치지 않은 일방적인 선포였음에도 불구하고 아버지는 반기를 들지 않았다. 다음 날부터 어머니가 아이스크림 가게로 출근했고, 아버지는 집에서 나를 돌보았다.

졸지에 자금줄이 끊겨버린 아버지……. 당신에게는 비극적인 사건이었지만 내 입장에서는 잘된 일이었다. 딱히 할 일이 없어지자 아버지는 자발적으로 내 친구가 되어주었다. 우리는 함께 블루마블이나 레고놀이를 했고, '동굴'에 들어가서 빌려온 만화책을 읽었다.

당시 우리가 살던 집은 방 세 개짜리 빌라였다. 그중 하나는 창고로 사용했다. 아버지와 나는 냉장고 박스와 전기장판 등을 이용해서 어머니가 모르는 비밀 공간을 만들었다. 터널 같은 구조인데, 안으로 들어가면 어슴푸레한 빛이 스며들었다. 아버지는 쪼그리고 앉아서, 나는 아버지의 무릎을 베고 누워서 낄낄거리며 만화책을 보았다. 그러다 몸이 근질근질해지면 인근 고등학교 운동장에 가서 축구, 야구, 농구를 했다.

공부하거나 책을 읽을 때, 아버지는 산만했다. 그러나 게임할 때만큼은 놀라운 집중력을 발휘했다. 우리는 운동할 때 항상 내기를 했는데 지면 토라지기도 했고, 진짜로 화를 내기도 했다. 아버지의 그런 모습을 보며 나는 오랜 친구에게나 느낄 법한 깊은 애정을 느꼈다.

"형이라고 불러야 한다?"

초등학교 2학년 여름방학 때였다. 아버지가 집을 나서며 다시 한 번 약속을 확인했다. 나는 힘차게 고개를 끄덕였다.

"알았어, 형!"

내가 아버지라고 부르지 않는 한 아무도 우리를 부자지간으로 보지 않았다. 열이면 열, 형제이거나 삼촌과 조카 사이로 알았다. 아버지는 스물일곱 살이었지만 동안이어서 스무 살처럼 보였고, 반면 나는 또래 아이들보다 발육이 빨라서 초등학교 고학년처럼 보였다.

어머니에게는 수영장에 간다고 했지만 아버지가 정작 나를 데려간 곳은 종로의 한 레스토랑이었다. 그곳에서 '경제학개론'을 핸드백처럼 옆구리에 끼고 다니는 대학생 누나를 만났다. 미모로 따진다면 어머니의 발뒤꿈치에도 미치지 못했지만 그녀에게는 어머니에게서 사라져버린 풋풋함이 있었다.

우리는 돈가스를 먹고 월미도로 갔다. 그녀는 나에게 점수를 따고 싶었는지 매사에 적극적이었다. 내가 원하는 것은 무엇이든 사주었고, 내가 원하는 놀이기구는 아버지의 반대에도 불구하고 태워주었고, 날 웃게 만들 수 있는 짓이라면 바보스런 표정이나 유치한 개그도 마다하지 않았다.

그날 아버지는 무척 행복해 보였다. 그러나 나는 아버지처럼 마냥 즐겁지만은 않았다. 그 무렵 아버지와 나 사이에는 어머니가 개입할 수 없는 의리 같은 게 황하의 강물처럼 도도히 흐르고 있었다. 그럼에도 그날 저녁, 아버지를 배신하고 싶은 강렬한 충동에 몸을 바르르 떨어야 했다.

"엄마!"

"응? 무슨 할 말 있니?"

"아, 아냐! 아무것도."

나는 수없이 망설이다가 결국 아버지와의 비밀을 지키기로 마음먹었다. 내가 비밀을 누설하지 않은 까닭은 아버지와 한 약속 때문도 아니었고, 가정의 평화를 지키기 위한 것도 아니었다. 놀이동산에서 무척 즐거워하던 아버지의 얼굴이 자꾸만 떠올랐고, 이른 나이에 가장이 된 아버지가 왠지 모르게 측은했기 때문이다.

중학교 1학년 여름방학 때였다. 우리는 운동장에서 매일 농구를 했다. 스포츠 마니아인 아버지는 특히 농구를 좋아했다. NBA 선수

중 카림 압둘 자바, 매직 존슨, 마이클 조던의 광팬이었다. 아버지는 그들의 경기를 비디오로 몇 번이나 되돌려 보곤 했다.

그러다 파라볼라 안테나 보급으로 NBA 경기를 위성을 통해 직접 볼 수 있게 되었다. 아버지는 거의 모든 경기를 시청했는데, 특히 마이클 조던의 경기만큼은 몇 시에 하든지 놓치지 않았다. 자다가도 벌떡 일어나 텔레비전을 켜서 어머니에게 잔소리를 듣기도 했다.

"나도 슬램덩크를 한번 해보고 싶어!"

하루는 아버지가 진지하게 말했다. 아버지는 자신의 키가 177센티미터라고 우겼지만 실제 키는 175센티미터였다. 물론 작은 키는 아니다. 1986년 NBA 덩크 콘테스트에서 우승했던 스퍼드 웹은 170센티미터에 불과했으니까. 그러나 아버지는 스퍼드 웹이 아니었다.

"네가 도와주면 아빠도 할 수 있는데……."

"어떻게?"

아버지는 눈동자를 반짝이며 계획을 설명했다. 장황하게 설명했지만 한마디로 나더러 농구골대 밑에 엎드려서 발판이 되어달라는 것이었다.

누군들 밟는 쪽이 아닌 밟히는 쪽을 택하겠는가. 아버지에게는 한번 집착하면 반드시 해내야 하는 집요함이 있었다. 나는 아버지의 미련을 단칼에 끊기 위해 단호히 말했다.

"싫어!"

그래도 아버지는 내 뒤를 졸졸 쫓아다니며 사정했다. 내가 계속 거절하자 마침내 아버지는 놀라운 제안을 했다.

"좋아. 대신, 운전 가르쳐줄게!"

아버지의 말에 귀가 번쩍 뜨였다.

6개월 전, 자동차를 산 사람은 어머니였다. 그러나 어머니는 기계치였다. 한 달 만에 사거리에서 접촉 사고를 냈고, 가벼운 사고였음에도 겁을 집어먹은 어머니는 다음 날부터 대중교통을 이용했다. 자동차는 자연스럽게 아버지 차지가 되었다. 아버지는 이동거리가 100미터만 넘어도 차를 몰고 다녔는데, 나는 그런 아버지가 부러웠다. 나에게 자동차는 마법의 양탄자였다. 나도 양탄자를 몰고 싶었다.

"콜! 대신 약속 꼭 지켜야 해?"

"물론이지!"

아버지와 나는 손과 몸으로 할 수 있는 모든 몸짓으로 약속을 했고, 세상의 모든 신에게 맹세했다. 우리의 약속은 지금까지 한 번도 깨진 적이 없는 신성한 것이었다.

"여기쯤 엎드리면 돼?"

"아니, 아니!"

나는 빨리 끝내고 싶었지만 아버지는 그 어느 때보다도 신중했다. 평상시에는 거의 사용하지 않는 수학 공식까지 동원하며 '인간 발판'이 놓여야 할 위치를 계산했다.

"여기야!"

한참 뒤, 아버지가 막대기로 원을 그렸다. 나는 아버지가 그린 원 안에 무릎을 꿇고, 두 손으로 바닥을 짚었다. 나는 그 순간, 인간이 아닌 아버지의 도약을 위한 발판에 불과했다.

모든 준비가 끝나자 아버지는 하프라인에 서서 농구 골대를 한동안 노려보았다. 그런 다음 힘차게 드리블을 하며 출발했다.

"간다!"

아버지는 드리블을 하면서 끊임없이 몸을 좌우로 흔들었다. 내 눈에는 보이지 않았지만 분명 아버지의 눈에는 보였을 유명한 NBA 선수들을 가볍게 제치면서…….

운동장에 자욱한 먼지가 일었다. 아버지가 멋지게 턴을 해서 최종 수비수를 따돌렸다. 득의양양한 미소와 함께 두 손으로 공을 잡고 땅을 박찼다. 정확히 오른발로 내 등을 힘차게 밟았고, 다시금 비상하는 새처럼 날아올랐다. 순간 나는 허리가 끊어지는 것만 같은 통증을 느꼈고, "악!" 하는 외마디 비명과 함께 고꾸라졌다.

그러나 아버지는 내 비명을 듣지 못했다. 림을 노려보며 난생 처음 시도하는 덩크슛 성공을 위해 고도의 집중력을 발휘하고 있었다. 아버지의 뇌에서는 신경전달물질인 세로토닌과 아드레날린이 터진 수도관처럼 뿜어져 나왔을 것이다. 아버지는 행복감에 전신을 부르르 떨었다.

아버지가 날 발견한 것은 슛을 하고 난 뒤였다. 흥분된 목소리로 쓰러져 있는 나에게 달려왔다.

"봤어? 봤어?"

대답 대신 내 입에서 신음이 줄줄 새어 나왔다.

"야, 장난치지 마!"

아버지는 쓰러져 있는 나를 발로 차려다가 고통으로 참혹하게 일그러진 내 표정을 발견했다. 뒤늦게 사태를 눈치챈 아버지가 나를 들쳐 업었다. 허둥거리며 한참을 달리다 갑자기 날 내려놓고 차를 가지러 달려갔다. 아버지를 기다리는 짧은 순간, 나는 말로 형언할 수 없는 외로움을 느꼈다. 둘도 없는 친구와 떨어져서 황량한 사막에 홀로 남겨진 기분이었다.

병원에서 진단을 받은 결과 허리의 근육과 인대가 놀라서 발생한 일종의 디스크였다. 링거를 꽂은 채 응급실 신세를 지고 있는 내게 어머니가 허겁지겁 달려왔다. 아버지에게 자초지종을 듣고 난 어머니는 어이가 없는지 한동안 말을 잇지 못했다.

어머니는 잔소리를 퍼부으려다가 사람들의 시선을 의식하고는 아버지를 밖으로 끌고 나갔다. 한참이 지나서 아버지가 데친 시금치처럼 풀이 죽어 돌아왔다. 어머니에게 얼마나 혼났는지 넋이 반쯤 나가 있었다.

나는 허리를 다치는 순간부터 아버지를 계속 원망했다. 그러나 평상시와 달리 무겁게 가라앉은 아버지의 표정을 보자 원망은 연기처럼 사라지고 안쓰럽다는 생각이 들었다. 나는 아버지의 손을 슬며시 잡으며 물었다.

"아빠, 덩크슛은 성공했어?"

그러자 언제 그랬느냐는 듯 아버지 얼굴이 보름달처럼 환해졌다.

"그럼! 야, 네가 봤어야 하는데……. 마이클 조던이 봤다면 울고 갈 정도였다니까! 내가 얼마나 힘차게 슛을 했는지 백보드가 부서질 듯 좌우로 흔들리는데……."

아버지의 큰 목소리에 간호사와 다른 보호자들이 눈총을 주었다. 그러나 아버지는 아랑곳하지 않고 계속 떠들어댔다. 결국 보다 못한

의사가 쫓아와 주의를 주었다.

"여기는 응급실이에요. 조용히 좀 하세요!"

뒤늦게 상황을 파악한 아버지는 움찔하면서 입을 다물었다. 순간, 뱃속 깊은 곳에서 까닭 모를 웃음이 치밀어 올랐다. 송곳으로 찌르는 것만 같은 통증이 잠깐 사이에 다시금 찾아왔지만 더는 아버지가 원망스럽지 않았고, 더 이상 외롭지도 않았다.

⚜

나는 보름 만에 병원에서 퇴원했다. 장마가 끝나고 본격적인 무더위가 시작되고 있었다. 내가 조르지도 않았는데 아버지는 나를 차에 태워 운동장으로 데려갔다. 아버지는 땀을 뻘뻘 흘리며 막대기로 운동장 한편에다 정성 들여 S자와 T자를 그렸다.

"뭐든지 처음 배울 때 제대로 배워야 해. 아빠가 수영할 때 자세가 개판인 것도 처음 배울 때 막 배워서 그래."

자동차 운전은 지금까지 나가 배웠던 그 어떤 것보다도 내 영혼을 강하게 끌어당겼다. 스릴이 넘쳤고, 말로 형언하기 힘들 만큼 재미있었다. 자동차는 아주 느리게 움직였지만 오락실에서 했던 운전과는 천지 차이였다.

아버지는 하루에 정확히 한 시간씩 나에게 운전을 가르쳐줬다. 그러나 나를 매료시켰던 운전 교습은 나흘 만에 끝이 났다. 아버지가 어머니와 대화하다가 무심결에 당신을 쏙 빼닮은 아들의 탁월한 운전 재능을 칭찬함으로써, 모든 게 탄로 났기 때문이다.

"아니, 당신 제정신이야? 무슨 애한테 운전을 가르쳐!"

"그게…… 약속도 있고……."

"약속은 무슨 개뿔……. 지킬 약속이 따로 있는 거지!"

아버지는 그날 밤, 물리도록 잔소리를 들었다. 실컷 욕을 얻어먹은 아버지는 내 방으로 들어와 집 안이 쩌렁쩌렁 울릴 만큼 큰 소리로 말했다.

"운전은 네가 좀 더 크면 가르쳐줄게!"

예상했던 결말이었다. 그러나 밀려드는 실망감은 어찌할 수 없었다. 내가 고개를 푹 숙이고 있자 아버지가 내 귀에 대고 속삭였다.

"있잖아, 대신 여자 마음 훔치는 법을 가르쳐줄게."

내 첫사랑은 열네 살에 시작되었다.

그녀는 우리 집 건너편 빌라 2층에 살았다. 내가 그녀를 발견한 것은 순전히 성적 호기심 때문이었다. 진달래가 만개한 봄날에 얇은 커튼 위로 비치는 여인의 실루엣을 보았다. 나는 좀처럼 잠을 이룰 수 없었다. 연상을 좋아하는 것도 유전일까. 나중에 알고 보니, 그녀는 나보다 두 살 많은 열여섯이었다.

아버지가 그 말을 꺼내기 전까지만 해도 대부분의 첫사랑이 그렇듯 내 첫사랑 역시 짝사랑으로 끝날 공산이 컸다. 솔직히 여자의 마음을 훔치기는커녕 내 마음을 남에게 들킬까 봐 전전긍긍하고 있었으니까.

나는 그녀를 죽을 만큼 사랑했지만 고작 내가 시도했던 거라곤 뜻 모를 팝송이나 록을 크게 틀어놓고, 창가에 앉아서 책 읽는 모습을 연출하는 것뿐이었다. 그녀에게 멋있고 지적인 남자로 보이기 위해서…….

아버지는 단호하게 말했다.

"네 방식은 너무 소극적이야. 여자들은 자신만의 세계에서 살기 때문에 남자들과 달리 외부 세계에 대한 관심이 적어. 그녀를 사랑한다면 그녀의 세계로 뛰어들어야 해."

아버지가 가장 잘 아는 분야이기 때문일까, 인생을 살아나가는 데서 자식에게 유용한 지식을 전수해주고 있다는 자부심 때문일까. 목소리에는 그 어느 때보다도 힘이 들어가 있었다. 나 역시 운전 교습을 받을 때보다 한층 더 높은 집중력을 발휘해서 아버지의 이야기를 경청했다.

아버지는 한 시간 넘게 열변을 토했다. 핵심은 간단했다.

1단계 전략. 마음의 문을 가볍게, 자주 두드려라.

여자는 기본적으로 외부 세계에 대한 경계심이 강하다. 단번에 마음의 문을 열려고 하면 저항에 부딪힌다. 그러므로 그녀의 주변을 맴돌면서 나는 안전하고 믿을 만한 사람이라는 인식을 심어줘라.

2단계 전략. 마음의 문이 열리면 재빨리 깃들어라.

만조가 되어야 바닷물이 차오르듯 여자의 마음도 열리는 시기가 있다. 대개는 환경의 변화나 내부적인 갈등을 겪으면 문이 스르르 열리게 된다. 그 시기를 놓치지 말고 여자의 마음에 재빨리 깃들어라. 그때 내미는 손수건은 다이아몬드보다 귀하고, 잡아주는 손길은 부모의 손길보다 따사롭다.

"어렵게 문을 열었는데 다시 닫히면 어떡해?"

"그건 걱정하지 않아도 돼. 여자의 마음은 한 번 열리면 예전처럼 꽉 닫히지 않거든. 뭐랄까? 틈새 같은 것이 생겨서 말이야."

전부 이해할 수는 없었다. 그러나 접근의 중요성과 호감을 사야 할 때만큼은 확실히 알 수 있었다.

다음 날부터 나는 1단계 전략을 실행했다. 그녀의 방을 관찰하다가 외출할 기미가 보이면 재빨리 빌라를 나섰다. 그녀와 마주치면 가볍게 목례를 했다. 본 체 만 체하던 그녀도 같은 상황이 반복되자 가볍게 고개를 끄덕여 인사를 해왔다.

하루는 학교에서 돌아오는 길에 우연히 그녀와 마주쳤다. 기분이 유난히 좋아 보여서 용기를 내 말을 건넸다.

"어느 학교 다녀?"

"은성."

"몇 학년?"

"3학년."

"와아, 그래요? 누나네! 난 1학년인데……."

나는 그녀의 속옷 색깔까지 알고 있었지만 아무것도 모르는 양 순진하게 행동했다.

"이제부터 누나라고 불러야겠네. 괜찮죠?"

그녀는 손해 볼 게 없다고 생각했는지 흔쾌히 고개를 끄덕였다.

나는 그 뒤로 몇 차례 그녀와 가벼운 대화를 나눴고, 전략을 실행한 지 넉 달 만에 그녀의 생일파티에 초대받았다.

"선물, 꼭 사 올 필요는 없어!"

그녀가 귀엽다는 듯이 손으로 내 볼을 잡아당기며 말했다. 나는 뛸 듯이 기뻤다. 아버지의 조언과 나의 인내심이 마침내 빛을 발하는 순간이었다.

제일 먼저 아버지에게 달려가서 그 사실을 알렸다. 아버지는 보조개가 보일락 말락 할 정도로 살짝 미소를 지었다. 예상하고 있던 성적표를 받아든 것처럼……. 들뜬 내게 아버지는 그날 입고 갈 옷과 선물 등에 대해 세세히 조언해주었다. 그러면서 슬쩍 말을 흘렸다.

"잘하면 첫 키스도 할 수 있겠는데……."

"정말? 어떻게?"

그러나 유감스럽게도 아버지는 그 이상은 알려주지 않았다.

아버지는 경험을 중시했다. 당신 역시 학창 시절에 공부를 좋아하지 않았기 때문인지 나에게 공부를 강요하지 않았다.

나는 1학년 2학기에는 아버지보다 친구들과 더 많은 시간을 보냈다. 특히 기말고사가 끝난 뒤부터는 학원에 가기 싫어하는 몇몇 친구들과 거의 매일 붙어 다녔다.

아버지는 그 무렵, 온라인 바둑에 빠져 있었다. 급수는 나와 비슷한 5급인데, 집중력만큼은 프로기사 이상이었다. 한번 두기 시작하면 지진이 난다 해도 눈치채지 못할 정도였다.

내가 사고를 친 것은 그녀의 생일을 이틀 앞두고서였다. 그날은 아침부터 성긴 눈발이 내렸다. 어머니가 인근 가게 주인들과의 송년회 때문에 늦게 들어올 거라고 전화를 했다. 물론 아버지는 온라인 바둑에 빠져 있었다. 나는 친구 두 명과 함께 내 방에서 피자를 시켜 먹으며 만화책을 보았다.

"야, 눈 죽이게 온다!"

밤 열 시 무렵이었다. 친구의 말에 우리는 모두 창가로 모여들었다. 함박눈이 펑펑 내리고 있었다. 그때, 어디선가 오토바이 굉음이 들려왔다. 눈이 온다고 폭주족들이 번개를 친 모양이었다.

"자식들 좋겠다! 나도 신나게 한번 달려봤으면……."

그 순간, 내 입에서 뜻하지 않은 말이 흘러나왔다.

"나, 운전할 줄 아는데……."

그와 동시에 친구들이 돌아보며 한목소리로 외쳤다.

"정말?"

나는 어깨에 힘을 주며 힘차게 고개를 끄덕였다.

"울 아빠가 가르쳐줬어!"

"우와, 대박!"

"야, 우리 드라이브 가자!"

친구들의 제의에 뒤늦게 괜한 자랑을 했다고 후회했지만 이미 엎질러진 물이었다. 친구들에게 운전 솜씨를 뽐내고 싶은 영웅심과 '눈 내리는 날 도로를 달리면 어떤 기분일까?' 하는 호기심이 잭의 콩 나무처럼 빠르게 자라기 시작했다.

"좋아, 딱 한 시간만 태워줄게!"

나는 다시는 돌아오지 못할 다리를 건넜다. 나는 도둑고양이처럼 살금살금 안방으로 들어가 아버지의 바지 주머니에서 승용차 키를 빼냈다. 여전히 함박눈이 펑펑 쏟아지고 있었다.

주차장에 세워둔 차에 올라타 시동을 걸었다. 부릉거리는 소리를 내며 엔진이 용트림을 하는 순간, 짜릿한 전율이 전신에 흘렀다. 신난 친구들이 "오, 예!", "미쳐, 미쳐!" 같은 감탄사를 연발했다.

앞 유리에는 눈이 수북하게 쌓여 있었다. 윈도 브러시를 작동시킬 줄 몰라 헤매고 있으니 조수석의 친구가 작동시켜 주었다. 시야가 걷히면서 아름다운 눈밭 세상이 눈앞에 펼쳐졌다. 나는 아버지에게서 배운 기억을 되살리며 천천히 차를 빼내 골목을 빠져 나왔다. 차 옆을 이웃들이 종종걸음으로 스쳐 지나갔으나 아무도 우리를 눈여겨보지 않았다.

"오, 잘하는데!"

"완전 카 레이서야, 카 레이서!"

친구들이 사소한 운전 조작에도 침을 튀기며 칭찬했다. 골목을 빠져 나와 도로로 접어들 때쯤에는 이미 간이 배 밖으로 나와 있었다. 나는 신호등을 피하기 위해 시가지와 반대편으로 차를 몰았고 한참을 신 나게 달렸다.

도로 한편에 경광등을 켠 채 버티고 선 경찰차를 발견한 것은 시외로 벗어나기 직전이었다. 어지러이 뿜어져 나오는 불빛을 보자 잊고 있었던 두려움이 와락 밀려들었다. 그 순간, 나는 이성을 잃었다. 집으로 되돌아가기 위해 급하게 핸들을 꺾었다. 중앙선을 침범한 유턴이었다.

차가 넘어질 듯 비틀거렸다. 다시 중심을 잡고서 왔던 길을 되돌아가는데 친구가 겁먹은 목소리로 말했다.

"어떡하지? 경찰차가 따라오는데?"

"잡히면 좆 되는 거야. 밟아, 밟아!"

나는 액셀러레이터를 사정없이 밟았다. 차가 지면을 박차고 튕겨 나갔다. 커브 길을 돌기 직전에 힐끗 백미러를 보았다. 경광등을 번뜩이는 경찰차가 멀리서 따라오고 있었다.

"앞에, 앞에!"

친구의 다급한 목소리에 고개를 재빨리 돌렸다. 시커먼 숲이 앞을 가로막았다. 차가 도로를 벗어나기 직전이었다. 나는 얼른 핸들을 꺾었다. 그러나 차체는 눈길에 미끄러지며 그대로 가로등을 들이박았다.

비명이 차 안에 울려 퍼졌던가? 이내 시꺼먼 어둠이 밀려들었다.

나는 병원에서 1년 남짓 보냈다. 사고 순간은 떠올리고 싶지 않았지만 친구들의 소식만큼은 궁금했다.

조수석에 탔던 친구는 유리창 밖으로 튕겨 나갔다. 다행히 몇 군데 골절상을 입는 데 그쳤다. 뒷좌석에 탔던 친구도 상황은 비슷했다. 코뼈가 부러지고, 갈비뼈에 금이 갔다고 했다. 친구들은 삼사 개월 만에 퇴원했고, 정상인으로 돌아갔다.

그러나 나는 여러 차례 수술을 받았음에도 불구하고 끝내 정상인으로 돌아가지 못했다. 재활 치료를 받았지만 소용없었다. 부서진

척추 뼈로 인해 신경이 손상되어서 한쪽 다리를 절어야만 했다. 나는 절망했고, 뒤늦게 후회했다.

나는 그때 인간에게는 저마다 자신만의 바다가 있다는 사실을 처음 알았다. 나는 나만의 바다에 깊이 침잠했다. 부모님은 물론이고 세상 그 누구의 말도 귀에 들어오지 않았다. 도대체 그 안에서 얼마나 지냈던 걸까. 내가 수면 밖으로 고개를 내밀었을 때는 당연히 곁에 있을 줄 알았던 아버지가 보이지 않았다.

"아빠는?"

"지방에 내려갔어. 취직했거든."

엄마는 내 눈을 보지 않고 대답했다. 나는 아버지에게 무슨 일이 생긴 거라고 짐작했으나 더 이상 캐묻지 않았다.

아버지의 빈자리는 부산에서 올라온 외할머니와 막내이모가 대신했다. 그들은 좋은 간병인이었지만 나는 아버지가 보고 싶었다. 사고는 순전히 내 잘못이었다. 결코 아버지의 잘못이 아니었다. 그러나 어른들의 생각은 달랐다. 약속이나 한 것처럼 입을 모아서 "하나뿐인 자식을 불구로 만들었다"며 아버지를 원망했다.

기나긴 병원 생활을 끝내고 집으로 돌아왔다. 집 안은 조금도 변한 것이 없었으나 아버지의 흔적은 어디에서도 찾을 수 없었다.

"아빠는 어디 계셔?"

내가 아버지에 대해서 집요하게 묻자 어머니는 그제야 진실을 털어놓았다. 법적 절차를 밟아 합의하여 이혼했다는 것이다. 아버지의 성격상, 변호사를 앞세운 어머니의 일방적인 요구를 순순히 받아들였을 것이다.

나중에야 알았지만 아버지에게는 접근금지처분이 떨어져 있었다. 어머니의 허락 없이는 나를 만나는 것은 물론이고 전화조차 할 수 없었다. 아버지는 내가 보고 싶을 때마다 어머니를 찾아가 애원했다. 마음만 먹으면 세상 모든 여자의 마음을 열 수 있다고 장담한 아버지였지만, 굳게 닫힌 어머니의 마음만은 끝내 열지 못했다.

나는 그 뒤로 아버지를 두 번 만났다. 첫 번째는 중학교 졸업식을 앞두고서였다. 아버지는 말끔한 양복 차림으로 학교 앞에서 나를 기다리고 있었다. 기억 속의 아버지는 항상 추리닝 차림이었기에 조금은 낯설었다.

아버지는 내 뒤통수를 손바닥으로 쓸며 물었다.

"잘 지냈지?"

"응. 아빠는?"

"나 요즘 잘나가!"

"뭐 하는데?"

"제약회사 다녀."

"연구원이야?"

"아니, 영업사원. 우리 어디 폼 나는 데 가서 뭐 좀 먹자!"

음식점으로 가기 위해 아버지의 차를 탔다. 뒷좌석에는 여러 종류의 과자 상자가 있었다.

"이건 다 뭐야?"

"약국이나 병원에서 일하는 아가씨들한테 주는 거야. 먹고 싶으면 아무거나 꺼내 먹어."

나는 사탕봉지를 뜯었고, 그중 하나를 입에 넣었다. 입 안에 계피

향이 퍼져나갔다. 차에서는 로비 네빌의 '쎄라비'가 흘러나왔다. 음악을 들으며 달콤하고 쌉싸름한 계피 사탕을 빨고 있으니 인생을 알 것 같은 기분이 들었다. 아버지와 어머니가 왜 이혼했고, 내가 왜 장애인이 되었는지……. 로비 네빌의 노래처럼 '그것이 인생'이었다. 나는 내게 주어진 모든 상황을 순순히 받아들여야겠다고 생각했다. 그러자 비로소 마음이 편안해졌다.

우리는 예전에 운동장에서 실컷 놀고 나서 종종 들렀던 중국집에 갔다. 탕수육과 짬뽕을 시켜 먹었는데 예전에 먹던 그 맛이 아니었다. 환장할 만큼 허기지지 않았기 때문인지 환장할 만큼 맛있지도 않았다.

"엄마한테 나 만났다는 얘기하지 말고, 이건 내 연락처니까 무슨 일 있으면 연락해라."

우리는 중국집 앞에서 헤어졌다. 모퉁이를 돌기 전에 돌아보니 아버지는 그 자리에 우두커니 서 있었다. 시선이 마주치려는 순간, 아버지가 재빨리 시선을 돌렸다. 눈가에 반짝이는 물방울이 맺혀 있는 걸로 봐서 분명 울고 있었다.

가끔씩 아버지가 보고 싶었지만 나는 일부러 아버지에게 연락하지 않았다. 어쩌면 아버지의 도움 없이도 잘 살아가고 있다는 걸 증명하고 싶었는지도 모른다. 나는 다리를 절뚝이면서도 여전히 스포츠를 즐겼다. 농구와 야구는 물론이고, 축구할 때는 자청해서 골키퍼를 맡았다.

두 번째 만남은 대학을 졸업하고 미국 유학을 결심했을 때다. 떠나기 전에 아버지를 꼭 만나보고 싶었다. 전화번호가 바뀌었으면 어떡하나 걱정했는데 기우였다. 신호음이 몇 차례 울리고 나서 아버지의 목소리가 흘러나왔다. 우리는 간단히 서로의 안부를 물은 뒤, 다음 날 시내 레스토랑에서 만나기로 약속했다.

아버지는 일곱 살 남짓한 소년의 손을 잡고 나왔다. 청색 양복에 파란 줄무늬 넥타이를 매고 있었는데, 오랜만에 입은 것처럼 어색했다. 내가 "누구야?" 하고 묻자, 아버지는 "네 동생"이라고 짧게 대답했다. 순간, 묘한 배신감이 들었다. 어머니는 내가 고등학교 2학년 때 재혼했는데, 그때도 느끼지 못했던 감정이다.

한동안 침묵이 흘렀다. 웨이터가 주문한 돈가스를 갖고 왔다. 나는 오래전, 경제학과에 다니던 여대생이 그랬던 것처럼 소년의 접시를 내 쪽으로 가져와 돈가스를 먹기 좋게 잘라주었다.

"언제 돌아와?"

"몰라. 얼마나 걸릴지……. 뭐, 영영 안 돌아올 수도 있고……."

원래 계획은 6년이었다. 마지막 말은 아버지에 대한 섭섭함의 발로였다.

어색한 기운이 감도는 가운데 우리는 묵묵히 식사를 했다. 식사를 마치고 난 나는 급한 볼일이 있는 사람처럼 서둘러 자리를 떴다.

레스토랑을 빠져나오자 시원섭섭했다. 오랫동안 질질 끌어왔던 중요한 계약을 마친 기분이었다. 좀 더 정확히 표현하자면 아버지를 소년에게 고스란히 양도한다는 양도 계약서에 도장을 찍어버린 기분이었다. 나는 집으로 돌아가며 앞으로 어떤 순간이 닥쳐도 아버지를 그리워하지 않으리라 다짐했다.

그러나 그것은 헛된 다짐이었다. 오랜 유학 생활을 하는 동안, 외롭고 힘들 때마다 나를 달래준 것은 아버지와의 추억이었다. 특히 '동굴'에서 살을 맞대고 만화책을 볼 때의 아늑함과 아버지의 따뜻한 살결이 그리웠다.

미국에서 박사학위를 받기까지 꼬박 8년이 걸렸다. 그동안 나는 혼자였지만 늘 아버지와 함께였다. 아버지는 불쑥불쑥 나타나서 나에게 말을 걸었다. 내가 아내를 처음 발견했을 때도 그랬고, 그녀가 꽤 많은 남성에게 둘러싸여 있음을 알고는 포기하려 할 때도 그랬다. 나는 아버지의 조언대로 용기를 내서 그녀에게 접근했다. 우여곡절 끝에 결국 쟁쟁한 경쟁자들을 물리쳤고, 그녀의 마음에 깃들 수 있었다.

나는 많은 이의 부러움 속에서 결혼식을 올렸고, 아내와의 사이에서 아들과 딸을 두었다. 이 모든 일의 결실은 아버지의 가르침 덕분이었다.

3

아버지는 쉰넷의 나이에 췌장암으로 세상을 떠났다. 아버지의 부음을 들은 것은 외국 출장길에서였다. 어머니는 번거롭게 조문할 필요는 없고, 그래도 아버지니까 알고만 있으라고 했다. 그러나 내 생각은 달랐다. 내 인생에서 그것보다 소중한 일은 없었다.

서둘러 귀국했고 곧장 장례식장으로 향했다. 조마조마했는데 다행히도 마지막 가는 길은 지켜볼 수 있었다.

장례가 모두 끝나자 이복동생이 편지봉투를 내밀었다. 아버지가 암 선고를 받고 나서 쓴 편지라고 했다. 나는 집으로 돌아오는 길에 봉투를 열었다. '그리운 태훈에게'로 시작하는 편지에는 이른 나이 아버지가 된 탓에 처자식에게 제대로 해주지 못한 미안함과 그날의 사고에 대한 안타까움이 가득했다.

'내가 너에게 운전을 가르쳐주지만 않았더라도, 아니 그날 자동차 키만 잘 간수했더라도…… 그날 다리를 절뚝이며 걸어가는 너를 지켜보면서 전신주에 이마를 대고 수없이 울었단다. 어떻게 너에게 속죄해야 할지…….'

편지를 읽다 보니 눈물이 주르륵 흘러내렸다. 그것은 순전히 아버지에 대한 연민 때문이었다. 생전에 찾아뵙고 "그 일은 결코 아버지 잘못이 아니었어요!"라고 말했어야 하는데 그러지 못한 게 후회스러웠다. 진작 그랬더라면 좀 더 편안히 눈을 감을 수 있었을 텐데…….

편지를 다 읽고 차에서 내렸다. 하늘을 한동안 올려보았다. 아버지가 슬픈 눈으로 나를 내려다보았다. 라이터를 꺼내 편지에 불을 붙였다. 종이는 순식간에 불길에 휩싸였다. 나는 재만 남은 편지를 내려다보다가 손나발을 만들어 허공에 대고 목청껏 소리쳤다.

"아빠, 이제 더 이상 미안해하지 마. 다른 사람 눈에는 철없는 아빠였을지 몰라도, 내게는 세상에서 가장 좋은 아빠였으니까!"

STORY 6

생일날 놀이공원에 갔습니다.
아버지는 목마도 태워주지 않으면서
놀이기구도 태워주지 않으면서
아이스크림을 사달라고 하자 버럭 화를 냈습니다.
아버지가 자신을 사랑하지 않는다고 믿어버린 아이는
잡고 있던 손을 슬그머니 놓습니다.

아버지는 허리 디스크 때문에 실직했습니다.
입장료를 내고 나니 슬프게도 돈이 없습니다.
사랑하는 아이에게 아이스크림 하나 사줄 수 없는
무능력한 자신에게 화가 났습니다.
버럭 소리를 지르자 아이가 겁먹은 눈길로 뒷걸음질칩니다.
아차, 했지만 이미 엎질러진 물입니다.

그 뒤로 아이는 슬슬 아버지를 피해 다닙니다.
어느새 그들 사이에는 건널 수 없는 강이 생겼습니다.
친구들은 아이가 어른이 되면 오해가 풀릴 거라고 하지만
아버지는 영원히 오해가 풀리지 않기를 기도합니다.
자신처럼 무능력한 아버지가 될 바에는
차라리 오해받고 사는 게 마음 편하기 때문입니다.

그 인간 죽었나 보다

아빠를 생각하면 지금도 가슴이 아파요. 이어폰 끼고 음악을 들으면 누가 부르는 소리 못 듣잖아요? 저 역시 오랜 세월 내 안에 갇혀 있는 바람에 아빠가 부르는 소리를 못 들었어요. 무척 후회돼요! 아주 잠깐이라도 아빠의 부름에 대답할걸…….

1

아버지와 어머니는 대학에서 만났다. 두 사람은 학교에서 유명한 캠퍼스 커플이었지만 공통점이라고는 오리궁둥이라는 것밖에 없었다.

아버지는 이른바 '촌놈' 가운데서도 일진이었다. 여덟 가구밖에 살지 않는 데다 워낙 깊은 산골이어서, 6.25전쟁이 터졌는지도 몰랐다는 전설의 '까막골' 출신이었다. 어려서부터 머리가 비상해 어디 가든 칭찬을 들었지만 할아버지에게는 골칫덩어리였다.

"쯧쯧! 먹고살기도 팍팍한데 아무짝에도 쓸모없는 공부라니……."

그러나 마을 사람들의 여론에 몰려 할아버지는 울며 겨자 먹기 식으로 유학을 보낼 수밖에 없었다. 지방 도시에 사는 먼 친척집에 얹혀 지내며 중고등학교를 졸업한 아버지는 서울의 공과대학 건축학과에 입학했다. 마을 사람들이 기대했던 명문대와는 다소 거리가 있는 평범한 대학이었고, 입학 성적도 지극히 평범했다.

'서울의 대학교에 합격'했지만 할아버지는 줄여서 '서울대학교 합격'이라고 말했다. 그 바람에 마을에는 한바탕 잔치가 벌어졌다. 얼마나 시끌벅적했던지 사람보다 더 흔히 마주쳤던 산속 동물들이 그날 이후로 한동안 자취를 감출 정도였다.

마을이 생긴 이래로 가장 떠들썩했던 밤이 지나가고 다음 날, 할

아버지는 집안의 전 재산이나 다름없는 황소를 내다 팔았다. 불콰하게 취해서 돌아온 할아버지는 소 판 돈을 아버지 손에 꼭 쥐어주었다.

"나가 애비로서 해줄 수 있는 건 예까지여. 나머지는 너가 알아서 혀!"

"야, 아부지!"

위로는 초등학교만 졸업하고 농사짓는 형과 혼기가 찬 누이가 있었고, 아래로도 어린 동생들이 줄줄이 알사탕이었다. 아버지는 그 돈의 의미를 너무도 잘 알았기에 닭똥 같은 눈물을 뚝뚝 흘렸다.

반면, 내 어머니는 서울의 부유한 집안에서 귀하게 자란 막내딸이었다. 모친의 각별한 사랑을 받고 자란 데다 가정부까지 두고 있어서, 고등학교 졸업할 때까지 라면 한번 끓여본 적이 없었다.

할머니는 일찍부터 어머니가 공부에 재능이 없다는 것을 알았다. 그러나 다른 사람들 앞에서는 이렇게 말했다. 공부에 재능이 없는 것이 아니라 공부에 무심한 체질이라고…….

고심하던 할머니는 음악에 눈을 돌렸다. 그러나 어머니는 공부뿐만 아니라 음악에도 무심한 체질이었다. 어머니는 10년 남짓 피아노, 바이올린, 첼로, 비올라, 플루트, 바순, 가야금, 해금, 아쟁 등 온갖 악기를 전전하며 악기상과 과외 선생을 행복하게 했다.

행복한 사람이 있으면 불행한 사람도 있게 마련이다. 보다 못한 할머니는 어머니의 손에서 악기를 뺏고, 붓을 쥐어주었다. 유명 화가를 초빙해 개인 지도까지 받았지만 어머니의 그림은 아이들의 낙서 수준을 벗어나지 못했다.

그러던 어느 날, 어머니의 그림이 지도하던 화가의 도움으로 화랑에 걸렸다. 할머니는 친구들을 대동해서 위풍당당하게 전람회를 찾았다. 베레모를 눌러쓴 노(老) 화백이 어머니의 그림 앞에서 돌아서며 중얼거렸다.

"쯧쯧! 똥개에게 붓을 물려줘도 저것보다는 잘 그리겠다!"

할머니는 뒤도 돌아보지 않고 줄행랑을 쳤다. 그날 이후로 할머니는 막내딸을 예술가로 만들겠다는 꿈을 완전히 접었다.

자유인이 된 어머니는 비로소 자신의 숨겨진 재능을 드러내기 시작했다. 천지창조를 한 신처럼 진흙으로 인간을 만들었고, 소와 말 등의 가축을 빚었다. 결국 어머니는 여전히 의심의 눈길로 바라보는 할머니와 한마디 상의도 없이 예술대학 조소과에 입학했다.

두 사람은 같은 캠퍼스에서 생활했다. 그러나 3학년이 될 때까지 밤하늘의 별들처럼 단, 한 번도 맞붙은 적이 없었다. 서로 사는 은하계가 달랐고, 운행 시간이 달랐기 때문이다. 그런 두 사람을 이어준 것은 다름 아닌 비너스였다.

아버지는 3학년 1학기를 마치자마자 단기 하사관으로 자원입대했다. 병역 문제도 해결하고, 돈도 벌기 위해서였다. 아버지는 가급적 PX 출입을 자제했고, 휴가조차도 반납해가며 악착같이 돈을 모았다.

제대를 앞두고서 모친의 부음을 들었다. 잔칫집에서 돼지고기를 먹다 얹혀서 급체로 돌아가신 것이었다. 갑작스런 모친의 죽음에 아버지는 망연자실했다. 허리 한번 제대로 펴볼 겨를 없이, 평생 자식들 뒷바라지만 한 가엾은 모친이었다.

아버지는 전역하고 복학했다. 그러나 모친을 잃은 슬픔에서 헤어날 수 없었다. 마음을 다잡고 책을 펼쳤지만 오래가지 못했다. 서늘한 가을바람이 불어오자 모친에 대한 그리움과 안타까움은 점점 더 심해졌다.

아버지와 어머니가 만난 날은 10월의 넷째 주 금요일이었다. 아버지는 학교 후문 쪽 선술집에서 학우들과 술을 마셨다. 가을바람에 낙엽이 우수수 흩날렸다. 아버지는 우수에 젖어서 연신 술잔을 기울였다.

술집을 나선 건 열 시가 넘어서였다. 아버지는 걸음을 제대로 옮기지 못할 정도로 취해 있었다. 자취방으로 향하려다가 허전함을 느꼈고, 이내 학과 사무실에 가방을 두고 왔다는 사실을 떠올렸다. 아버지는 고개를 푹 숙인 채 학교로 향했다. 노란 은행잎을 밟으며 따사로운 불빛이 쏟아져 나오는 건물을 향해 다가갔다.

아버지가 공과대학 건물이라고 믿고 들어간 곳은 예술대학이었다. 두 건물은 생김새부터 완전히 달랐다. 하지만 술에 취한 데다 공과대학은 정문에서 가깝고, 예술대학은 후문에서 가깝다 보니 일으킨 착각이었다.

로비에 들어선 아버지는 낯선 풍경에 어리둥절했다. 어디로 가야 할지 몰라 두리번거리다가 기다란 의자에 털썩 주저앉았다. 혼란스러운 머릿속을 가다듬기 위해 담배를 빼어 물었다. 지포라이터로 불을 붙이고 한 모금 빨려는 순간, 모친의 음성이 들려왔다.

"개똥아, 뭐하니?"

깜짝 놀란 아버지는 물고 있던 담배를 바닥에 떨어뜨렸고, 행여 모친이 볼세라 재빨리 신발로 담뱃불을 밟아 껐다. 그러고는 고개를 돌렸다.

모친이 등 뒤에서 내려다보고 있었다. 반가움도 잠시였다. 모친은 놀랍게도 알몸이었다. 이토록 추운 날씨에 발가벗고 있다니!

"엄마!"

눈물이 핑 돌았다. 또 어느 자식을 위해서 자신의 옷마저 내어주었단 말인가. 아버지는 주저 없이 입고 있던 점퍼를 벗었다. 눈물 때문에 앞이 잘 보이지 않았지만 아버지는 조심스레 모친에게 점퍼를 입혀주었다.

어머니는 국전에 작품을 출품하기 위해, 작업실에서 석고로 간디의 흉상을 만드는 중이었다. 형체는 그럭저럭 잡혔다. 그런데 문제는 표정이었다. 아무리 고심해도 고뇌하는 간디의 표정이 살아나지 않았다. 카세트에서는 어머니가 수백 번도 더 들었을 비틀즈의 '렛 잇 비'가 흘러나왔다.

주름이 깊게 팬 간디의 얼굴을 바라보던 어머니의 손에서 조각칼과 망치가 스르르 떨어졌다.

"미스터 간디! 왜 자꾸 숨는 거야? 내 앞에 당당하게 모습을 드러내란 말이야!"

어머니는 망치로 부숴버리고 싶은 충동을 가까스로 억눌렀다. 흥분도 가라앉힐 겸 자판기 커피 한 잔 뽑아먹을 겸 작업실을 나섰다.

복도를 걸어가며 어머니는 웃옷을 걸치지 않고 나온 걸 후회했다. 어머니는 상체를 움츠린 채 종종걸음을 치다가 이상한 광경에 걸음을 멈췄다.

반팔 차림의 건장한 남자가 자판기 옆에 세워놓은 밀로의 비너스 상에다 자신의 점퍼를 입히고 있었다. 그는 지퍼를 채우기 위해 비너스 상 앞에 무릎을 꿇었다. 그러나 지퍼가 쉽게 채워지지 않는지 한참을 헤맸다. 연신 뭐라고 혼잣말을 중얼거리는데 거리가 멀어서 잘 들리지 않았다. 호기심이 발동한 어머니는 소리 없이 다가섰다.

"많이 춥죠? 이젠 괜찮을 거예요."

애틋하게 떨리는 남자의 목소리에서 진심이 느껴졌다. 그 순간 어머니는 눈밭에 오줌을 눈 개처럼 몸을 바르르 떨었다.

'아, 조각상을 마치 살아 있는 사람처럼 대하다니!'

남자의 따뜻한 마음씨에 어머니는 감동했다. 살아오면서 한 번도 느껴보지 못했던 전율이 가슴 깊숙한 곳에서 파문처럼 온몸에 퍼졌다.

마침내 지퍼를 끝까지 올린 남자가 서서히 몸을 일으켰다. 비너스 상에게 깍듯이 허리 숙여 인사를 하고는 돌아섰다. 바로 등 뒤에 서 있던 어머니에게는 눈길 한번 주지 않고 건물을 나섰다.

어머니는 흩날리는 낙엽을 뒤로 한 채 반팔 차림으로 유유히 멀어지는 남자의 뒷모습을 넋 놓고 바라보았다. 시야에서 완전히 사라진 뒤에도 동상처럼 꼼짝하지 않았다. 아니, 꼼짝할 수가 없었다.

제정신을 찾아준 것은 오싹한 한기였다. 어머니는 다시금 몸을 한 차례 부르르 떨었고, 오늘 밤 쉽게 잠들지 못하리라는 걸 예감한 듯 블랙커피를 뽑았다. 걸음을 옮기려다가 멈춰 서서 고개를 돌렸다. 비너스 상이 수줍은 듯 고개를 숙이고 있었다. 어머니는 따뜻한 점퍼를 입고 있는 비너스 상이 부러웠다.

"야, 네가 나보다 낫다! 추울까 봐 옷 벗어주는 남자도 있고……."

어머니는 종이컵을 의자에 내려놓고 비너스 상에게 다가갔다.

"젊은 남자가 대시하니까 기분이 어때? 그것도 이천 살 가까이 어린 남자……."

어머니는 지퍼를 내리고 점퍼를 벗겼다. 점퍼는 예상보다 훨씬 무거웠다. 냄새를 맡아보았다. 야생마에게서나 풍길 법한 마른 건초 냄새가 났다. 그러나 싫지는 않았다. 점퍼를 입어보았다. 무척 컸지만 담요를 걸친 것처럼 따뜻했다. 주머니에 손을 넣으니 담배와 지포라이터가 잡혔다. 안쪽 주머니에 손을 넣자 반지갑이 잡혔다.

잠시 망설이던 어머니는 지갑을 열었다. 제일 먼저 학생증이 눈에 들어왔다. 눈 가까이 대고 사진을 들여다보았다. 증명사진을 그토록 집중해서 들여다본 건 그때가 처음이었다. 가슴이 쿵쾅쿵쾅 뛰었고, 왠지 모르게 숨이 가빠왔다.

⚜

어머니는 점퍼를 손수 세탁했다. 그런 다음 지갑, 담배, 라이터를 원래 있던 곳에 넣은 뒤 반듯하게 접었다.

월요일, 어머니는 건축학과 사무실을 찾아갔다. 수염이 새까만 남자들뿐이었다. 마치 도적 떼 소굴에 들어온 기분이었다. 위축되지 않기 위해 고개를 꼿꼿이 치켜들고서 아버지를 찾았다. 그러나 기대했던 만남은 이루어지지 않았다.

감기에 심하게 걸린 아버지는 고열에 시달리다가 목요일에야 등교했다. 아버지가 나타나자 학과 선배와 후배들이 우르르 몰려왔다. 천사가 매일같이 학과 사무실에 와 아버지를 애타게 찾았다며 한바탕 수선을 떨었다. 조교가 쪽지를 건네주었다.

'점퍼를 보관하고 있으니 조소과에 와서 찾아가세요. - 정하연'

아버지는 아무것도 기억하지 못했다. 함께 술을 마셨던 사람들과 선술집 주인에게 점퍼의 행방을 수소문했지만 아무런 소득이 없어서 포기하려던 참이었다.

같은 캠퍼스에 자리하고 있지만 맨정신으로 예술대학 건물에 들어간 적은 한 번도 없었다. 아버지는 용기를 내어 조소과를 찾아갔다. 눈이 휘둥그레질 정도로 예쁜 여자들이 향긋한 냄새를 폴폴 풍기며 학과 사무실을 들락거렸다. 아버지는 학과 사무실 앞에서 한동안 우체통처럼 서 있다가 말없이 돌아섰다.

8교시 강의가 끝날 무렵, 아버지는 다시 조소과를 찾아갔다. 오전과는 달리 한산했다. 학과 사무실에서 나오는 남학생을 붙잡고 정하연이라는 학생의 행방을 물었다.

"하연 선배요? 아마 작업실에 있을걸요?"

남학생은 친절하게 작업실 위치까지 알려주었다.

작업실은 복도 끝에 있었다. 아버지는 조심스럽게 문을 두드렸다. 그러나 아무런 반응도 없었다. 문을 열자 한창 작업을 하던 여자와 눈이 마주쳤다. 그녀가 망치 든 손을 번쩍 들어 올리며 손을 흔들었다.

"들어오세요!"

아버지는 작업실 안으로 조심스레 걸음을 옮겼다. 어머니가 플라스틱 의자를 내밀었다.

"잠깐만 기다리세요!"

"아, 네! 천천히 하세요."

아버지는 의자에 앉아서 작업하는 그녀의 모습을 바라보았다. 이마에 주름이 깊게 팬 석고상은 어딘지 모르게 평생을 농사일만 하며 살아오신 부친을 연상시켰다.

원래 아버지는 먼저 말을 건네는 성격은 아니었다. 다른 사람이 말을 걸어오면 머릿속에서 먼저 생각을 한 뒤에 꼭 할 말만 걸러서 했다. 그런데 그날은 왠지 모르게 입 안이 근질거렸다.

"내가 알고 있는 분과 무척 닮았네요."

순간, 어머니가 손길을 멈췄다. 간디를 말하는 거라고 철석같이 믿은 어머니는 고개를 끄덕였다.

"아, 그래요? 아마도 그분이 그분일 겁니다."

"저는 그분의 삶을 사랑합니다."

어머니는 간디를 사랑한다는 아버지를 다시 한 번 보았다. 마음만 따뜻한 줄 알았는데 정신마저도 이토록 건전하다니!

"정말 훌륭한 분이죠."

"네. 그분의 희생을 생각해서라도 열심히 살 생각입니다."

두 사람 사이에 한동안 선문답이 오갔다. 어머니는 뭔지 모를 아버지의 묘한 매력에 빠져들었고, 아버지는 어머니의 환한 미소 앞에서 급격히 무너졌다.

2

만남이 이어졌고, 두 사람은 서로의 실체를 조금씩 알아갔다. 아버지가 예술에 무지하다는 사실을 파악했을 때 어머니는 이미 아버지의 순박한 심성에 매료된 뒤였다. 아버지 역시 마찬가지였다. 어머니가 '사치스러운 여자(촌놈 일진답게 아버지는 백화점에서 물건을 사는 여자는 무조건 사치스러운 여자로 분류했다)'라는 사실을 알았을 때는 이미 사랑에 빠진 뒤였다.

아버지는 졸업하고 굴지의 건설회사에 입사했다. 결혼 허락을 받기 위해 처가를 찾았는데 아버지의 첫인상을 외할머니는 이렇게 표현했다.

"우람한 황소 한 마리가 음메, 하며 대문으로 들어오더라니까!"

예상했던 대로 빈농 출신이다 보니 어머니네 식구들은 아버지를 탐탁지 않아 했다. 그러나 상황은 '착한 심성은 돈으로도 살 수 없는 소중한 것'이라는 외할아버지의 한마디로 말끔히 정리됐다.

결혼식을 올린 지 불과 6개월 뒤, 아버지의 회사는 리비아에서 32억 9,700만 달러에 이르는 대형 공사를 수주했다. 단일 공사로는 세계 최대 규모였다. 처가 식구들의 만류를 뿌리치고, 아버지는 대수로 공사를 하기 위해 리비아로 떠났다.

아버지와 어머니는 딸을 셋 낳았다. 우리는 모두 아버지 휴가 때 잉태되었다. 나는 장녀여서 외할머니와 어머니의 사랑을 듬뿍 받고 자랐다. 그러나 아버지와는 그리 친하지 않았다. 아버지는 1년에 두 차례 휴가를 왔다. 낯이 익어 서먹서먹함이 사라지고 품에 안길 만하면 아버지는 다시 비행기를 타고 떠나갔다.

1차 대수로 공사를 마치고 귀국했을 때 나는 여덟 살이었다. 어머니와 나는 김포공항으로 마중을 나갔다. 검게 그을린 아버지는 동남아시아 원주민을 연상시켰다. 나는 아버지를 피해 도망 다녔고, 아버지는 어떻게든 나를 한번 안아보려고 내 뒤를 졸졸 따라다녔다.

아버지는 귀국한 지 3개월 만에 사직했다.

"아이들에게 너무 미안해. 세월이 더 가기 전에 아이들과 함께 시간을 보내고 싶어."

과부 아닌 과부의 설움을 겪어야 했던 어머니는 두 손 들어 환영했다.

사직서를 낸 뒤 아버지는 경기도 외곽에 전원주택을 지었다. 도심의 아파트에서 한적한 시골로 이사했을 때, 가장 기뻐한 사람은 나였다. 예술혼에 목마른 할머니의 유전인자를 물려받았기 때문일까. 어머니는 내가 걸음을 떼기 무섭게 피아노, 바이올린, 첼로, 발레, 발리댄스 등을 가르쳤다. 하루 평균 네 시간씩 교습을 받았는데, 아무리 찾아도 없는 예술적 재능을 끄집어내려니 죽을 맛이었다. 그러나 시골로 이사한 뒤로는 더 이상 과외를 강요하지 않았다.

그다음으로 기뻐한 사람은 어머니였다. 전원주택은 2층집인데 아버지는 위층에 어머니가 그토록 원했던 작업실을 꾸며주었다. 조각에 필요한 비품 및 재료까지 완벽하게 구비해놓고는 어머니를 감동시켰다.

어머니는 작업실을 자주 드나들기는 했지만 작업을 하지는 않았다. 주로 음악을 틀어놓고 차를 마시며 책을 읽었다. 가끔 창가에 앉아서 창밖 풍경을 하염없이 바라보곤 했다.

⚜

아버지는 집 앞의 농가를 사들여서 허문 뒤 식당을 지었다. 물레방아에 주차 시설까지 갖춘 제법 규모 있는 고깃집이었다. 사막의 모래바람을 마시며 벌어들인 돈을 전부 식당에다 쏟아 부었다.

개업식 날, 외갓집 식구들이 몇 대의 차에 나눠 타고 왔다. 외할머니가 차에서 내리며 탄성을 질렀다.

"야, 경치 좋네!"

그러자 외할아버지가 혼잣말로 중얼거렸다.

"쯧쯧! 여기는 별장 자리지, 식당이 들어설 자리가 아냐. 동란 때 굶어죽은 귀신이 밥 한 술 얻어먹고 싶어도 어딘지 알아야 찾아오지!"

그 당시에 나는 외할아버지의 말을 흘려들었다. 그러나 시간이 지날수록 점점 또렷하게 떠올랐다. 외할아버지 말대로 인근에 식당을 이용할 만한 고객도 없었고, 도로변과도 너무 멀리 떨어져 있었다. 식당 앞에 도로가 나 있기는 했지만 자동차보다는 경운기가 더 많이 다녔다.

손님들은 친인척과 아버지 친구들이 전부였다. 넓은 식당은 이내 파리 떼들의 천국이 되었다. 매월 종업원이 한 명씩 해고되었다. 주방 식구들도 월급만 받아먹고 있자니 염치가 없었는지 자기 발로 떠나갔다. 그렇게 2년이 지나자 주방장인 고모만 이러지도 저러지도 못한 채 식당을 지켰다.

그러던 4월 초였다. 식당 앞 도로에 오후 두세 시 경부터 자동차 행렬이 길게 이어졌다. 손님이 간간이 들어오는가 싶었는데 저녁 식사 시간이 되자 앉을 자리가 없었다. 식당이 생긴 이래, 최초이자 마지막으로 대기 손님이 줄을 서는 진풍경이 펼쳐졌다.

어머니는 물론이고 나와 어린 동생들까지 투입되었다. 손님은 자정 무렵까지 이어졌다. 아버지는 주방과 테이블, 카운터를 분주히 오갔다. 그동안 마음고생이 심했는지 아버지는 작은 일에도 연신 너털웃음을 터뜨렸다.

이장이 경찰관과 함께 찾아온 건 그로부터 이틀 뒤였다.

"어떤 망할 놈이 이따위 장난질을 했대!"

식구들은 하나, 둘 마당으로 모여들었다. 자초지종을 들어보니 이런 내용이었다.

주말이 되면 서울로 진입하려는 행락객의 차들로 도로는 몸살을 앓았다. 차가 거북이걸음을 하면 행락객들은 도로변 식당에서 저녁을 먹으며 정체가 풀리기를 기다렸다. 그러나 우리 식당은 도로 안쪽에 자리하고 있어서 그동안 어떤 혜택도 받지 못했다.

정체가 이어지는 중간 지점에 우리 식당까지 이어지는 일차선 도로가 나 있고, 입구에 '퇴계원까지 25KM'라는 표지판이 세워져 있었다. 그런데 누군가 페인트로 2자를 지워, '퇴계원까지 5KM'로 바꿔놓았다. 행락객들은 차가 막히자 돌아가려고 방향을 틀었고, 식당

앞의 도로까지 막히면서 본의 아니게 우리 식당에 손님들이 들이닥쳤던 것이다.

가도 가도 퇴계원이 나타나지 않자 뒤늦게 속은 걸 안 운전자들은 다음 날 공공기관에 항의했다. 결국 면장은 이장을 소집했고, 동네 사정을 잘 아는 이장이 경찰관과 함께 범인 색출에 나섰다.

"김 사장은 짐작 가는 사람 없수?"

이장은 아버지를 의심하는 눈치였다. 그러나 뚜렷한 물증이 없으니 빙빙 돌려서 말하며 아버지의 눈치를 살필 뿐이었다.

범인은 끝내 잡히지 않았다. 결국 그 사건은 아이들의 단순한 장난으로 마무리되었다. 다시 우리 식당에는 파리 떼만 신 나게 날아다녔다.

그로부터 한 달쯤 지난 어느 날이었다. 나는 현관문 옆의 작은 방을 혼자서 쓰고 있어서 집 안팎의 동태를 훤히 알았다. 밤 열 시가 넘은 시간이었는데, 현관문 열리는 소리가 미세하게 났다. 누군가 싶어서 창문으로 내다보니 어머니가 밖으로 나가고 있었다.

'이 늦은 시간에 어디 가는 거지?'

시골은 도시와 달라서 밤 열 시면 한밤중이었다. 나는 호기심을 참지 못하고 몰래 어머니 뒤를 밟았다. 도로변을 따라 한참을 걸어가던 어머니가 걸음을 멈춘 곳은 '퇴계원까지 25KM'라고 적혀 있는 표지판 앞이었다. 어머니는 자동차가 나타나면 풀숲에 몸을 숨겼고, 사라지면 표지판 앞으로 다가가서 무언가를 했다.

잠시 뒤, 어머니가 돌아섰다. 나는 재빨리 나무 뒤에 숨었다. 어머니가 시야에서 완전히 사라지기를 기다렸다가 표지판 앞으로 가보았다. 놀랍게도 표지판의 '25'라는 숫자가 '5'로 바뀌어 있었다. 그런데 어머니가 사용한 것은 페인트가 아닌 매니큐어였다. 바탕색과 같은 검정색 매니큐어가 노란색 숫자 위에 덧칠되어 있었다. 가까이서 들여다보지 않는 한 눈치채지 못할 만큼의 깔끔한 솜씨였다.

'세상에! 엄마가 범인이었어!'

직접 눈으로 보았지만 믿을 수 없었다. 평상시 어머니는 한 마리의 학처럼 고상하고 우아한 여인이었다. 음악도 뽕짝이나 트로트는 절대로 듣지 않았고 팝송, 재즈, 가곡, 클래식 등을 주로 들었다. 또한 아무리 화가 나도 상소리는 일절 입에 담지 않았다.

법 없이도 살 수 있는 분이라고 믿었던 어머니가 범죄를 저지르다니! 마치 내가 죄를 지은 기분이었다.

이장과 함께 우리 집에 찾아왔던 정복 차림의 경찰관과 더불어 영화나 텔레비전에서 봤던 감옥 풍경이 떠올랐다. 가슴이 조마조마해서 표지판을 바라보고 있는데 누군가 어깨에 손을 턱 얹었다. 순간, 심장이 덜컥 내려앉았다. 깜짝 놀라 돌아보니 아버지였다.

"밤이 늦었다. 들어가서 자렴."

아버지의 목소리는 차분했다. 마치 거실에서 밤늦게 텔레비전을 보고 있는 자식들에게 말하듯이…….

한창 재롱을 부릴 시기에 떨어져 지낸 탓일까. 아버지와 나 사이에는 벽이 있었다. 아버지도 그 벽을 허물기 위해 노력했고, 나 역시 몇 차례 노력해보았지만 쉽게 허물어지지 않았다.

"네, 아빠."

나는 순순히 돌아섰다. 집으로 가는 척하다가 뒤를 돌아보았다.

아버지는 한 손으로 턱을 만지며 표지판을 뚫어져라 쳐다보고 있었다. 나는 그 틈을 타 재빨리 나무 뒤로 몸을 숨겼다.

아버지는 좌우를 둘러보더니 표지판을 앞뒤로 흔들기 시작했다. 헤드라이트를 환하게 밝힌 자동차가 지나갔지만 아버지는 조금도 개의치 않았다. 땀을 뻘뻘 흘리며 한참을 표지판과 씨름하더니 마침내 표지판을 무 뽑듯 쑥 뽑았다. 번쩍 들어서 풀숲에 내던지고는 손에 묻은 흙먼지를 툭툭 털었다.

당신의 행위가 스스로 생각해도 멋쩍었던 걸까. 아버지는 주위를 한 번 휘둘러보고는 휘파람을 불기 시작했다. 아버지는 내가 숨어 있는 곳을 지나치는가 싶더니 걸음을 우뚝 멈췄다. 그와 동시에 휘파람도 멎었다.

"은영아, 가자!"

순간, '들켰구나!' 싶어 가슴이 철렁했다. 내가 천천히 풀숲에서 나가자 아버지가 손을 내밀었다. 나는 아버지의 손을 꼭 잡았다. 공사 현장에서 오랫동안 일했기 때문일까. 아버지의 손은 투박하고 거칠었다. 그러나 '어머니가 잡혀서 감옥에 가면 어떡하지?' 하고 가슴 졸였던 터라, 내가 잡았던 그 누구의 손보다도 따뜻했다.

집으로 돌아가는 길, 논에서는 개구리와 맹꽁이가 경쟁하듯이 울었다. 아버지는 나지막이 휘파람을 불었다. 한 번도 들어본 적 없는 노래였다. 가사도 모르지만 왠지 그 노래가 좋았다. 내가 휘파람에 맞춰 콧노래를 흥얼거리자 아버지가 나를 향해 싱긋 웃었다.

사흘 뒤, 주방을 꿋꿋이 지키던 고모가 짐을 싸서 떠났다. 식당은 헐값에 팔렸고, 그 돈으로 은행 빚을 청산했다. 아버지는 새로운 일자리를 알아보러 서울을 들락날락거렸다. 3개월쯤 지난 어느 날, 아버지는 지방의 아파트 공사 현장 소장으로 가게 되었다며 짐을 쌌다.

아버지는 여자들만 남겨놓고 떠나려니 마음이 놓이지 않았는지, "집을 팔고 서울로 이사 가는 게 어때?" 하고 어머니에게 의향을 물었다.

"전 여기가 좋아요. 작업실도 있고……. 저랑 아이들 걱정은 마시고 건강이나 잘 챙기세요."

어머니가 아버지의 넥타이를 바로 잡아주며 안심시켰다. 아버지는 막내를 번쩍 안고 뽀뽀했다. 그런 다음 내 머리카락을 손으로 마구 헝클었다. 그건 쉽게 다가가지 못했던 딸에게 건네는, 아버지 나름대로의 애정 표현이었다.

아버지는 현장 소장으로 전국을 떠돌았다. 집에는 불규칙적으로 들렀다. 현장이 가까운 곳에 있을 때는 매일 들르기도 했지만 드문 경우였다. 대개는 1주나 2주에 한 번 꼴로 집에 들렀다.

세월은 빠르게 흘렀고 나는 열여섯 살이 되었다. 그 일이 터진 것은 아버지가 앞마당에 심어놓은 자목련이 뚝뚝 떨어지던 5월 초 어느 날이었다.

나는 수업이 끝난 뒤, 학원에 가지 않고 동네 뒷산으로 향했다. 그곳에는 전시에 사용할 방갈로가 있었는데, 동네 아이들의 아지트였다. 우리는 그곳을 '비트'라고 불렀다. 내가 '비트'에 가는 이유는 남몰래 좋아하는 진수 오빠가 자주 오는 곳이었기 때문이다.

방갈로에 들어서니 본드 냄새가 진동했다. 한구석에 소주병과 함께 본드를 부는 데 사용했을 검은 봉투가 나뒹굴었다. 진수 오빠와 그의 친구 두 명이 콘크리트 벽에 기댄 채 담배를 피우고 있었다.

"은영아, 이리 와봐."

돌아서서 나가려는 순간, 진수 오빠가 불렀다. 나는 잠시 망설이다가 다가갔다. 오빠가 물고 있던 담배를 내게 건네주었다.

진수 오빠와는 두 살 차이에 불과했지만 동네에서는 하늘같은 선배였다. 거절할 수가 없어서 마지못해 한 모금 빨았다. 마른기침이 쏟아졌다. 웃어야 할 타이밍인데 아무도 웃지 않았다. 나는 다시 한 모금 빨고 건네주었다.

왠지 평소와 분위기가 달랐다. 눈에는 보이지 않지만 시꺼먼 안개 같은 것이 주변을 에워싸고 있는 듯했다. 알 수 없는 두려움이 가슴을 옥죄었다. 비트를 빠져나가려고 자리에서 벌떡 일어섰다. 그 순간, 진수 오빠가 내 팔목을 거칠게 잡아끌었다. 그러고는 나를 바닥에 강제로 눕혔다.

"이러지 마!"

힘껏 밀치려고 했지만 꼼짝할 수가 없었다. 그의 눈동자는 이미 풀려 있었다. 그의 입가에서 침이 주르륵 흘러내렸다. 나는 덜컥 겁이 났다.

"저리 가! 나 소리 지를 거야!"

나는 기를 쓰고 반항했다.

퍽! 그가 내게 주먹을 휘둘렀다. 그는 내가 알던 '그 사람'이 아니었다. 성욕을 주체하지 못하는 한 마리 수컷에 불과했다. 나는 진심으로 그를 좋아했고, 순결 따위는 하찮게 여겼다. 그가 원한다면 기꺼이 줄 용의도 있었다. 그러나 이런 식의 관계는 내가 원하는 게 아니었다. 눈물을 흘리며 애원했고 온몸으로 거부했지만 소용없었다.

한참 뒤, 거친 숨을 몰아쉬며 그가 떨어져 나갔다. 그러나 그게 끝이 아니었다. 곧바로 눈동자가 벌겋게 충혈 된 두 마리 야수가 침을 질질 흘리며 내게 다가왔다.

악몽의 시간이 지나갔다. 야수 한 마리가 처음으로 입을 열었다.

"아가리 단단히 봉해라. 네 집에다 불을 확 지르든지, 네 식구들 모조리 죽여버리든지 하는 수가 있으니까!"

모두가 잠든 시간, 시커먼 한밤중이 인적을 몽땅 삼켜버렸다. 나는 영혼 없는 좀비처럼 어둠 속을 헤매다가 간신히 우리 집, 내 방으로 기어들어 갔다. 나는 불도 켜지 않은 채 곧바로 침대에 쓰러졌다. 따뜻한 온기가 몸을 감싸자 멈췄던 눈물이 다시 주르르 흘러내렸다. 사랑하는 남자에게마저 배신당한, 세상에서 가장 비참한 창녀가 된 기분이었다. 흐느끼다가 스르르 잠이 들었다.

지독한 악몽을 꾸었다. 수많은 뱀이 나의 전신을 칭칭 동여맸다. 뱀의 머리는 비트에서 만났던 세 마리 야수 형상을 하고 있었다. 그들은 입을 떡 벌렸고 날카로운 독니로 나의 가슴과 음부를 마구 물어뜯었다.

"아아악!"

나는 비명을 지르며 그들을 떨쳐내기 위해 손발을 마구 휘저었다. 갑자기 방 안에 불이 탁, 켜졌다. 어머니가 입을 가린 채 나를 내려다보았다. 내 몰골은 말이 아니었다. 어머니에게 들켰나 싶어 가슴이 철렁 내려앉았다. 설움이 왈칵 치밀어 올랐다. 나는 터져 나오는 눈물을 도무지 어쩌지 못했다.

그때까지만 해도 방 안에 다른 사람이 있다는 걸 전혀 몰랐다. 무심코 어머니의 시선을 따라가다가 침대 밑에 있는 아버지를 발견했다. 팬티 차림의 아버지는 침대에서 떨어지며 부딪혔는지 머리를 감싸고 있었다. 아버지는 몸을 가누지 못할 만큼 고주망태가 되어 있었다.

아버지는 술을 마시고 들어오면 가끔씩 내 방에 들렀다. 대개는 잠자는 내 엉덩이를 토닥여주거나 이마에 입맞춤을 하고는 안방으로 건너갔다. 그런데 그날은 술에 너무 취한 탓에 내 옆에서 그대로 잠든 모양이었다.

자라 보고 놀란 가슴 솥뚜껑 보고 놀란다고 했던가. 잠결에 아버지가 내 어깨에 손을 얹었고, 순간 나는 소스라치게 놀라며 비명을 질렀던 것이다. 좁은 침대 한쪽에서 칼잠을 자던 아버지는 그대로 침대 밑으로 떨어졌던 것이고, 날카로운 비명에 놀란 어머니는 무슨 일인가 싶어 방으로 뛰어 들어왔던 것이다. 침대 밑에 팬티 차림으로 누워 있는 아버지와 겁에 잔뜩 질린 채 오열하는 내 모습은 누가 보더라도 오해할 만한 상황이었다.

"아니, 도대체 애한테 무슨 짓을 한 거야?"

어머니는 술과 잠에 취해서 정신을 못 차리는 아버지와 슬피 울고 있는 나를 번갈아 바라보았다.

그때, 나는 내게 일어난 일을 똑바로 고백했어야 했다. 비록 아무도 인정해주지 않을지라도 '아버지'라는 보잘것없는 명예를 지키기 위해서, 묵묵히 험한 세상을 헤쳐 나가는 존재……. 다른 사람도 아닌 내 아버지에게 그토록 치욕스러운 굴레를 씌워서는 안 되는 일이었다.

나는 아버지가 그런 게 아니라고 말하려고 했다. 그러나 그 순간, 야수의 목소리가 내 입을 틀어막았다.

"아가리 단단히 봉해라. 네 집에다 불을 확 지르든지, 네 식구들 모조리 죽여버리든지 하는 수가 있으니까!"

나는 침대에서 후닥닥 뛰어내렸다. 내 머릿속은 온통 도망쳐야 한다는 생각뿐이었다. 그 끔찍한 현실로부터…….

영문을 모른 채 주변을 두리번거리던 아버지, 충격에 빠져 눈물을 흘리는 어머니, 또랑또랑한 두 눈으로 방 안을 들여다보는 동생들을 뒤로한 채 집을 뛰쳐나왔다.

"은영아!"

어머니가 맨발로 달려 나왔다. 그러나 오열하며 깜깜한 도로 위를 미친 듯이 달리는 소녀를 붙잡을 수는 없었다.

⚜

친구 집을 전전하다가 일주일 만에 집으로 돌아갔다. 아버지는 보이지 않았고, 어머니가 초췌한 얼굴로 나를 맞이했다. 어머니는 불과 일주일 만에 10년은 더 늙어 보였다. 팽팽하던 피부는 쭈글쭈글해졌고, 모든 꿈을 잃어버린 사람의 그것처럼 눈동자는 초점을 잃었다. 그러나 나는 진실을 밝힐 기분이 아니었다. 또한 그 누구도 위로할 기분이 아니었다.

방에서 음악을 듣다가 거실로 나왔다. 어머니는 구석에서 나물을 다듬고 있었다. 리모컨으로 채널을 이리저리 돌리고 있는데 어머니가 조심스럽게 물었다.

"은영아, 한 가지만 물을게. 그날 정말로 아빠가……."

"제발, 날 가만히 좀 놔둬!"

나는 고함을 버럭 지르며 소파에서 벌떡 일어났다. 나는 내 방으로 들어가며 문이 부서져라 방문을 닫았다.

어머니는 더 이상 캐묻지 않았다. 대신 아버지가 초췌한 모습으로 나를 찾아다녔다. 친구들에게 수소문하기도 했고, 방과 후에 교문 앞에서 기다리기도 했다. 나는 필사적으로 아버지를 피해 달아났다.

아버지와 대면하고 싶지 않았다. 아버지에게 진실을 털어놓으면 더 큰 불행이 닥칠 것만 같아 두려웠다. 나는 진수 오빠에게 당한 배신만으로도 충분히 불행했다.

열흘쯤 지났을까. 갑자기 아버지가 사라졌다. 어머니가 추방 명령이라도 내렸는지 집에 돌아오지 않았다. 하지만 매월 26일이면 꼬박꼬박 월급의 대부분을 보내주었다.

나는 악몽 같았던 그날 하루를 내 인생에서 완전히 지우고 싶었다. 그러나 그 기억들은 너무도 선명해서 마치 한 마리 하이에나 같았다. 현실에서는 물론이고 꿈속까지 쫓아와서, 날카로운 발톱과 이빨로 나를 할퀴고 물어뜯었다.

이 상태가 계속되면 미쳐버릴 것만 같았다. 나는 가상의 상자를 하나 만들기 시작했다. 눈을 감고 직접 상자를 만들었고, 그 속에 그날 있었던 모든 일들을 통째로 집어넣었다. 뚜껑을 닫은 뒤 커다란 자물쇠를 채웠다. 그러나 상자가 완벽하게 밀봉되지 않았는지 기억들이 수시로 비집고 흘러나왔다. 그때마다 나는 기억들을 재빨리 상자 속에 쓸어 담았다.

나쁜 기억들과 신경전을 벌이느라 그날 생긴 오해 때문에 아버지가 곤경에 처해 있다는 사실조차도 잊고 지냈다. 세월이 흐르면서 나는 아버지의 부재를 당연하게 받아들였다. 아버지가 일 때문에 바빠서 집에 못 오는 거라고 생각했다.

잊고 있었던 아버지의 향기를 맡은 것은 고등학교 2학년 때였다. 수학여행을 마치고 돌아오니 집안 분위기가 평상시와 달랐다. 집 안의 형광등 불빛이 평상시보다 밝았고, 물이 잘 안 빠지던 욕실 배수구가 뻥 뚫려 있었고, 타일은 반짝반짝 빛이 났고, 그 사이에 낀 곰팡이는 흔적조차 찾을 수 없었다.

정원도 손질한 흔적이 역력했다. 잡초처럼 무성하던 잔디가 말끔해졌고, 이리저리 뻗어 있던 장미넝쿨이 철망 사이로 예쁘게 정리되어 있었다. 귀신머리처럼 치렁치렁하던 대추나무 가지도 손질되어 있었고, 밑으로 축 처졌던 감나무와 은행나무 가지는 베어내서 보기에 좋았다. 게다가 철망 옆에 못 보던 나무 한 그루가 심어져 있었다.

나는 아버지가 왔었느냐고 물을까 하다가 돌려서 물었다. 왠지 내가 먼저 아버지에 대해 입을 열면 안 될 것 같은 느낌이 들었기 때문이다.

"저 나무는 뭐야?"

"모과나무."

어머니가 내 눈을 피하며 말했다.

"누가 심은 건데?"

"있어, 그런 사람……."

나의 상처를 헤집고 싶지 않았던 걸까. 어머니는 끝까지 아버지가 왔었다는 사실을 밝히지 않았다. 동생들도 약속이나 한 듯 내 눈치만 살필 뿐 입을 꾹 다물었다.

그날 이후로 어머니는 작업실에서 작품을 만들기 시작했다. 여태까지 한 번도 보지 못했던 진지한 표정으로 꼬박 두 달을 매달렸고, 마침내 '소녀의 기억'이라는 작품을 완성했다. 재료는 철근과 석고였다. 철근은 시조새를 연상시켰으며, 타원형의 둥근 석고는 껍질을 깨고 생명이 태어나기 직전의 알을 연상시켰다.

어머니는 작품을 정원에 설치했다. 굳이 집에 들어오지 않더라도 밖에서도 감상할 수 있는 위치였다.

⚜

어디에도 마음 줄 곳이 없던 나는 오랫동안 방황했다. 결석을 많이 한 탓에 고등학교를 졸업하는 데도 애를 먹었다. 집에서 빈둥거리며 놀다가 친척의 소개로 세종로에 위치한 여행사에 취직했다. 처음에는 임시 직원으로 잔심부름을 도맡아했지만 1년 만에 정식 직원이 되었고, 다시 4년 만에 대리로 승진했다.

대리 직함을 달았을 때 나는 사랑에 빠졌다. 상대는 우리 여행사의 VIP 고객 중 하나인 무역회사 직원이었다. 일로 만나다가 자연스럽게 영화도 보면서 연인 사이로 발전했다.

나는 주중에는 외갓집에서 출퇴근했고 주말이 되면 집에 들렀다. 그런데 하루는 어머니가 근심스러운 얼굴로 불쑥 말했다.

"그 인간 죽었나 보다."

순간적으로 '그 인간이 누구를 말하는 거지?' 하는 생각이 들었지만 이내 아버지라는 사실을 깨달았다.

"어떻게 아세요?" 하고 묻자, 매달 들어오던 통장의 돈이 갑자기 뚝 끊겼다고 했다. 여태까지 단 한 차례도 없었던 일이라며…….

방심하고 있다가 갑자기 공격당한 것처럼 가슴이 철렁했다.

돌아보면 참 무책임한 짓이었지만 나는 '그날 하루'를 상자 속에 가둔 채 살아왔다. 물론 완벽하게 가둘 수는 없었다. 영화를 볼 때, 혹은 밤늦은 시간에 엘리베이터 안에서 불쑥 그날이 튀어나오곤 했다. 그러면 나는 익숙하게 나쁜 기억들을 붙잡아 다시 상자 속에 가뒀다.

상자의 봉인이 풀린 것은 활발하게 직장 생활을 하면서부터였다. 세월의 힘인지, 내가 예전보다 강해진 탓인지 그날 일을 조금씩이나 되돌아볼 수 있는 여유가 생겼다. 하지만 아버지에게 해서는 안 될 실수를 저질렀다는 사실을 떠올린 것은 본격적으로 결혼 이야기가 오가면서부터였다. 나는 비로소 아버지의 부재에 대해 진지하게 생각했고, 그 부재가 나로부터 시작되었다는 사실을 깨닫고는 소스라치게 놀랐다.

'세상에! 대체 아빠한테 무슨 짓을 한 거야?'

더 늦기 전에 가족 모두에게 진실을 털어놓으리라 결심했다. 그러나 해묵은 일을 끄집어내는 일이다 보니 그 또한 생각처럼 쉽지 않았다. 주저하고 있던 차에 어머니에게 "그 인간 죽었나 보다"라는 말을 듣고 나니 더 다급해졌다. 평소 전화 한 통 하지 않던 무심한 딸이었는데, 나는 수시로 아버지에게 전화를 걸었다. 그러나 아버지의 핸드폰은 전원이 꺼진 채 먹통이었다.

뒤늦게라도 아버지에게 용서를 빌 기회는 영영 찾아오지 않았다. 어머니의 예감이 맞아떨어졌다. 며칠 뒤, 건설회사 관계자들이 집으로 찾아왔다. 아버지는 아파트 공사장에서 일하다 인부들이 실수로 떨어뜨린 연장에 머리를 맞고 그 자리에서 숨졌다고 했다.

나는 회사에서 아버지의 부음을 접했다. 눈앞이 깜깜해졌고 심장이 터질 듯 호흡이 가빠졌다. 언제, 어떻게 회사를 나왔던 걸까. 제정신을 차렸을 때, 나는 퍼붓는 빗속을 우산도 없이 하염없이 걷고 있었다.

나는 죄인이었다. 그토록 착하고 순박한 아버지를 딸 범하려는 파렴치한으로 몰아세운 죄인이었다. 억울한 누명을 쓰고 객지를 떠돌며 괴로워했을 아버지를 생각하자 미칠 것만 같았다. 어떻게 해야 아버지에게 진 죄를 조금이라도 씻을 수 있단 말인가.

남산 팔각정으로 오르는 층계 중간쯤에 주저앉아서 나는 뒤늦게 아버지를 부르며 용서를 구했다.

"미안해, 아빠! 못난 나 때문에……. 바보 같은 딸 때문에……."

3

이듬해 봄에 결혼했다. 임신을 하고 출산 휴가를 받았지만 아이를 기르는 재미에 푹 빠져서 복직하지 않았다.

초보 엄마인 데다 남자아이라서 손이 많이 갔다. 나는 아이와 씨름하다 지칠 때면 친정으로 달려갔다. 어머니는 싫은 기색 없이 아이와 놀아주었고, 나는 그 틈을 타 마음껏 휴식을 취하곤 했다.

어머니는 가을이 되면 마당의 모과를 따서 모과차를 만들었다. 차를 탈 때는 꼭 두 잔을 탔다. 한 잔은 당신이 마셨고, 한 잔은 비틀즈의 멤버였던 존 레논에게 바쳤다.

그날도 나는 아이를 어머니에게 맡기고 홀가분한 기분으로 작업실로 올라갔다. 늘 그랬던 것처럼 테이블에는 예쁜 찻잔에 담긴 따뜻한 모과차가 놓여 있었다. 액자 속에서 동그란 안경을 쓴 존 레논이 찻잔을 바라보고 있었다. 오디오를 켜자 비틀즈의 '렛 잇 비'가 흘러나왔다.

"엄마도, 참! 소녀처럼……. 아직도 비틀즈가 그리 좋을까?"

나는 액자를 집어 들려다가 실수로 바닥에 떨어뜨렸다.

"이런! 엄마가 아끼는 건데……."

깨진 유리를 치운 뒤 액자를 테이블에 올려놓았다. 사진이 기울어서 바로잡아 주려다가 느낌이 이상해 뒷면을 열었다. 놀랍게도 존 레논의 사진 뒤에 다른 사진이 끼워져 있었다. 사진 속의 청년은 검정으로 물들인 야상 점퍼를 걸치고 있었다. 자세히 보니 아버지였는데 미소가 마치 활짝 핀 쑥부쟁이나 들국화를 연상시켰다.

'모과차의 주인이 존 레논이 아닌 아버지였다니!'

나는 비로소 어머니가 왜 마당에다 '소녀의 기억'을 설치했는지 알 것 같았다. 그것은 어머니가 아버지에게 바치는 작품이었다. 한때 죽을 만큼 사랑했지만 세상에서 가장 비참하게 전락해버린 한 남자에게 바치는…….

가슴이 먹먹해졌다. 내가 두 분의 소중한 사랑을 깨뜨렸다고 생각하니 미칠 것만 같았다. 나는 원래대로 존 레논의 사진 뒤에 아버지의 사진을 넣으려다 생각을 바꿨다. 존 레논의 사진을 구겨서 쓰레기통에 넣었다. 그러고는 직장에 다니는 동생과 대학생 막내에게 차례로 전화를 걸었다. 할 말이 있으니 집으로 빨리 돌아오라고…….

아버지가 액자 속에서 환하게 웃고 있었다. 공항에서 어린 딸을 한번 안아보려고 뒤를 졸졸 쫓아오던 그날처럼…….

'그래, 늦었지만 지금이라도 진실을 털어놓자!'

오래전에 내렸어야 할 결정이었다. 아버지가 살아 있을 때……. 그랬더라면…….

창밖에는 처절하도록 아름다운 노을이 지고 있었다. 서편 하늘을 온통 붉게 물들이며 서서히 사그라지는 노을을 보고 있자니, 어디선가 아버지의 낮은 휘파람이 들려오는 것 같았다. 창문을 통해 들어온 바람이 마치 아버지의 손길처럼 나의 앞 머리카락을 흐트러뜨렸다. 내 가슴은 안타까움과 그리움으로 미어터질 것만 같았다. 울지 않으려고 했는데 나도 모르게 눈물이 주르륵 흘러내렸다.

"아빠, 정말 미안해."

괘종시계가 여섯 시를 알렸다. 모두가 사랑하고 존경했던, 남편과 아버지를 내 가족에게 돌려줄 시간이 점점 다가오고 있었다.

STORY 7

아버지는 술만 마시면 행패를 부립니다.
가족들에게 손찌검을 하고
어떤 때는 식칼을 들고 길길이 날뛰기도 합니다.
자식은 교회에 가서 하나님께 애원합니다.
제발 아버지를 데려가 달라고…….
아버지 없는 평화로운 세상에서 살게 해달라고…….

세월이 흐르자 아버지도 약해졌습니다.
소주 몇 잔에 형편없이 취해 시체처럼 잠들곤 합니다.
가끔 꿈속에서 어머니를 보았다는 핑계로 전화를 걸어 오지만
자식은 냉정하게 끊어버립니다.
유년 시절에 쌓인 아버지에 대한 미움이
산비탈의 잔설처럼 남아 있기 때문입니다.

아버지는 앵무새처럼 한 가지 말밖에 못 합니다.
의사 선생님에게, 어린 손주에게, 주스 병에게
아버지는 연신 머리를 조아리며 "미안합니다" 라고 사죄합니다.
자식은 교회에 가서 하나님께 애원합니다.
제발 아버지를 데려가지 말아달라고…….
아버지를 사랑할 시간을 조금만 더 달라고…….

아버지의 손

오랫동안 아버지를 미워했어요. 내게 닥친 모든 불행은 다 아버지 때문이라고 생각했죠. 영원히 용서하지 않겠노라 수없이 다짐했는데, 병상에 누워 계신 아버지를 보자 마음이 흔들렸어요. 모르겠어요! 혈육의 정이라는 건 이성으론 설명할 수 없는 절대 감정인가 봐요.

1

"보고 싶구나."

아버지의 말을 듣는 순간, 한국전쟁 때부터 묻혀 있던 녹슨 폭탄이 뱃속에서 펑 터진 느낌이 들었다. 나는 내장을 전부 쏟아낼 것만 같은 기세로 미친 듯이 웃었다. 눈물, 콧물이 범벅이 되었지만 웃음을 멈출 수 없었다. 홀 안에 앉아 있던 50대 초반의 손님이 눈을 휘둥그레 뜨고 돌아보았다.

"이 년 남짓 못 본 사이에 유머가 많이 느셨네요."

얼마나 웃었는지 옆구리가 결렸다. 폭발로 인해 자욱했던 먼지가 가라앉자 불쾌한 감정이 스멀스멀 올라왔다.

"그런데 재미없다! 앞으로는 전화해서 친한 척하지 마세요. 여기에 당신 농담 받아줄 사람, 아무도 없으니까!"

나는 내동댕이치듯 송수화기를 내려놓았다. 홀 안의 손님이 겁먹은 눈길로 조심스레 내 눈치를 살폈다.

다시 손님 테이블에 가서 앉으려면 분노부터 가라앉혀야 했다. 그러나 흥분은 좀처럼 가라앉지 않았다. 나는 손님을 안심시키기 위해 미소를 지었다. 그러나 생각처럼 입꼬리가 위로 올라가지 않았다.

"잠깐 화장실 좀……."

손님은 기다리고 있었다는 듯이 황급히 머리를 끄덕였다.

밤거리는 후텁지근했다. 담배를 빼어 물고 불을 붙였다. 앰뷸런스

한 대가 경광등을 반짝이며 도로 저편으로 숨 가쁘게 달려갔다. 여름밤인데도 별은커녕 달조차도 보이지 않았다. 나는 시꺼먼 하늘을 올려다보며 최대한 담배 연기를 길게 내뿜었다. 내 몸 안에 가득 찬 불길한 기운을 몰아내기 위해서…….

2

아버지는 한때 신발 장사를 했다. 동대문시장 도매상으로부터 보세 신발을 떼다가 시골 장터를 돌며 팔았다. 어머니를 만난 건 성남 모란장에서였다.

가난한 집안의 5남매 중 장녀로 태어난 어머니는 중학교를 다니다 중퇴하고, 화장품 가게에서 점원으로 일하고 있었다. 장날이 되면 어머니는 가게 앞 도로변에 매대를 내놓고 화장품을 팔았다.

어머니는 기러기 날개처럼 처진 눈매에 사슴처럼 커다란 눈을 지닌 미인이었다. 첫눈에 반한 아버지는 몇 차례 말을 붙여보았지만 어머니는 쉽게 마음을 열지 않았다.

그러던 어느 날, 아버지는 식당에서 밥을 먹고 나오다가 계산대 위에 놓여 있는 금반지를 발견했다. 퍼뜩 어머니가 떠올랐다. 아버지는 금반지를 재빨리 손안에 감췄다. 주머니에 넣으려는데 느낌이 이상했다. 유리창을 올려다보니 30대 중반의 여주인이 총총걸음으로 다가오고 있었다. 당황한 아버지는 반지를 입에 넣어 꿀꺽 삼켰다.

심증은 있지만 물증이 없었던 여주인은 아버지의 표정을 조심스레 살피며 물었다.

"아저씨! 혹시 여기 있던 반지 못 봤어요?"

"못 봤는데……. 얼마예요?"

"이상하다? 손가락에 물집이 잡혀서 방금 전에 반지를 빼 여기에

됬는데……."

"돈 안 받아요, 돈?"

아버지는 천 원짜리 지폐 몇 장을 카운터에 올려놓고 돌아섰다. 가게를 나서려는데 단골인 듯한 중년 남자가 속삭였다.

"저 사람이 범인이에요. 내가 반지를 삼키는 걸 봤어요."

"저기…… 잠깐만요!"

비로소 확신을 가진 여주인이 달려 나와서 아버지의 팔을 꽉 붙잡았다.

"어라? 왜 그래요? 가뜩이나 바빠 죽겠는데……."

"내 반지 내 놔!"

한동안 실랑이가 이어졌다. 처음에는 등 뒤에서 낮은 목소리로 속삭였던 목격자는 시간이 지나자 목청을 높이며 전면에 나섰다.

"이 사람이 어디서 오리발 내밀어? 당신이 반지 꿀꺽 삼키는 걸 내가 이 두 눈으로 똑똑히 봤는데!"

"내가 반지를 삼켰다고? 반지가 무슨 알약인가? 삼키고 말고 하게!"

"이 사람아, 봤으니까 봤다고 하는 거지! 내가 노망들 나이도 아닌데 안 본 걸 봤다고 하겠어?"

"만약 내가 안 삼켰다면 어떡할 거요?"

아버지가 험악한 인상을 써가며 겁을 주었지만 중년 남자는 쉽게 물러서지 않았다. 인근 가게 주인들과 행인들이 식당으로 모여들었다. 이대로 간다면 파출소로 끌려갈 확률이 높았다. 다급해진 아버지는 주방으로 뛰어들었고, 식칼을 들고 나왔다. 겁을 집어먹은 사람들이 뒷걸음질쳤다.

"좋아! 내기를 하자!"

아버지는 중년 남자에게 성큼 다가섰고, 식칼을 그의 손에 쥐어주었다.

"당신이 내 배를 갈라! 만약 내 뱃속에서 반지가 나오면 내가 이 자리에서 혀를 확 깨물고 죽고, 안 나오면 당신 눈깔을 뽑는 거야! 어때?"

아버지의 등등한 기세에 눌린 중년 남자는 더 이상 대꾸하지 못했다. 그러자 식당 여주인이 나섰다.

"이러지 말고 말로 합시다. 일단 파출소에 가서 차근차근……."

"씨팔! 이렇게 억울한 누명을 쓰고는 단 한 발짝도 못 움직여. 두 눈 똑똑히 뜨고 잘 봐! 반지 있나 없나!"

아버지는 중년 남자의 손에서 식칼을 빼앗아 자기 배를 그었다. 붉은 피가 흐르자 사람들이 비명을 질렀다. 아버지가 다시 그으려고 칼 잡은 손에 힘을 주려는 순간, 중년 남자가 달려들어 아버지의 팔을 붙잡았다.

"미, 미안하오. 내, 내가 잘못 봤소!"

뒤늦게 괜한 일에 참견했다가 화를 입을지도 모른다고 판단한 중년 남자는 황급히 식당을 빠져나갔다. 여주인은 아버지를 파출소 대신 병원으로 데려갔다. 아버지는 열여덟 바늘을 꿰맸다.

그로부터 일주일 뒤 아버지는 어머니를 찾아갔고, 반짝거리는 금반지를 손에 끼워주며 정식으로 청혼했다.

⚜

결혼하고 나서 둘은 사이좋게 장터를 돌며 장사를 했다. 어머니는 연년생으로 오빠와 나를 낳았다. 식구가 늘자 아버지는 서서히 장사에서 손을 떼었고, 팔자를 바꿔줄 '한 방'을 찾아다니기 시작했다.

당시 우리가 살던 곳은 도시와 시골의 경계 지점이었다. 그 중간에 철로가 놓여 있었는데 철로 안쪽은 거름 냄새가 폴폴 풍기는 시골이었다. 그러나 바깥쪽은 대규모 아파트가 건립되면서 빠른 속도로 도시화가 이루어지고 있었다.

동네에서 아버지는 '개고기'로 통했다. 코흘리개 세 살배기 어린아이부터 여든 살 노인까지 아버지를 '개고기'라고 불렀다. 야생동물들이 오줌으로 영역 표시를 하듯 아버지는 동네 구석구석 돌아다니며 자신의 존재감을 드러냈다. 동네 어른들의 심심풀이 노름판부터 중고등학생들의 술자리까지 끼지 않는 곳이 없었다. 하루가 멀게 하는 싸움질 때문에 얼굴에는 상처 가실 날이 없었다.

아버지의 마흔세 번째 생일이었다. 당시 나는 열다섯이었다. 어머니는 늘 그래왔듯이 안방에 교자상 두 개를 붙여놓고, 상다리가 부러질 정도로 음식을 차렸다. 전날 연락을 받은 친척 어른들과 동네 어른들이 이른 아침부터 속속 모여들었다.

어머니와 아버지는 전날 사소한 일로 말다툼을 했다. 장사꾼 황씨와 어머니가 함께 밥을 먹었다는 사실을 아버지가 누군가로부터 전해 들은 게 화근이었다. 아버지는 "그 자식, 질이 안 좋으니까 말도 섞지 마!"라고 명령했고, 어머니는 "같이 장사하는 사람끼리 어떻게 말 한마디 안 하고 살아요?" 하며 항변했다.

감정 상한 일이 있어도 때로는 참고 묻어둘 줄 알아야 하는데, 아버지는 나쁜 감정을 반드시 터뜨려야 직성이 풀리는 성격이었다. 언제 터질까 불안했는데, 결국 생일상 앞에서 터지고 말았다.

손님들이 모두 모이자, 어머니는 마지막으로 따뜻하게 데운 미역국을 사람 수대로 상 위에 올렸다. 빈 쟁반을 들고 안방을 나서려는데 아버지가 말했다.

"오늘은 문산에 가지 말고 적성으로 가."

황씨가 보나마나 문산장에 나타날 테니 그를 피해서 적성장으로 가라는 의미였다.

"말이야 안 섞으면 그만이지만 어떻게 장을 바꿔요? 단골손님은 어떡하고……."

어머니의 말이 채 끝나기도 전에 아버지가 "이런 쌍년이, 어따 대고!" 하며 벌떡 일어났고, 어머니의 머리채를 낚아채서는 그대로 상 위에다 내동댕이쳤다. 교자상이 엎어지며 음식이 사방으로 튀었다. 아버지는 온갖 욕설과 함께 어머니를 짓밟기 시작했다.

모처럼 기름진 음식으로 허기진 창자를 채워보려 했던 손님들은 행여 불똥이 튈까 전쟁터와 진배없는 안방에서 허둥거리며 빠져나왔다.

오빠는 건넌방에 있었고, 나는 부엌에서 어머니 일을 돕고 있었다. 열여섯 살이었던 오빠가 안방으로 들어가 야생마처럼 날뛰는 아버지를 뒤에서 끌어안았다.

"진정하세요, 아버지. 생일날, 대체 이게 무슨 추태예요?"

"안 봐? 이 새끼가, 어디서……."

아버지는 고개를 숙였다가 힘껏 뒤로 젖혔다. 뒤통수에 콧등을 제대로 맞은 오빠는 "악!" 하는 비명과 함께 코를 감싸며 주저앉았다.

방 안은 음식과 피로 범벅이 되었다. 어머니는 새우처럼 몸을 잔뜩 구부린 채 꼼짝하지 않았다. 용서를 빌지도 않았고, 차라리 죽이라고 대들지도 않았고, 비명을 지르지도 않았다. 아버지의 발길질이 꽂힐 때마다 이를 악문 채 두 주먹을 불끈 쥐고 몸을 부들부들 떨었다.

"이년아, 서방이 말하면 잠자코 듣고 있을 일이지. 뭘 잘했다고 꼬박꼬박 말대꾸야?"

당시, 어머니는 그 자리에서 혀를 깨물어 죽어버리고 싶을 만큼 극심한 수치심을 느꼈다고 했다. 다른 사람도 아닌, 하늘처럼 떠받들던 지아비였다. 자신을 보호하고 감싸줘야 할 지아비가 지인들과 친척들 앞에서 개처럼 짓밟다니…….

세상에는 어쩔 수 없이 해야 할 일이 있고, 어떤 경우라도 해서는 안 되는 일이 있게 마련이다. 아버지는 어쩔 수 없었다고 변명할지 몰라도 그건 어떤 상황에서라도 해서는 안 될 짓이었다.

"그만하게! 이러다가 사람 잡겠네!"

아버지의 광기가 다소 누그러들자 손님들이 달려들어 아버지를 만류했다. 친척 어르신이 여전히 씩씩거리는 아버지를 달래 집 밖으로 데리고 나갔다.

나는 대청마루에 서서 울음을 삼키며 모든 광경을 지켜보았다. 어머니는 아버지가 나간 뒤에도 죽은 사람처럼 꼼짝하지 않았다. 깨지고 엎어진 크고 작은 사발과 스테인리스 그릇……. 잡채, 김치, 떡, 전, 미역, 생선, 돼지고기 등으로 범벅이 된 채 엎어진 교자상을 병풍 삼아 죽은 듯 엎어져 있던 어머니……. 부러진 코뼈를 부여잡고 고통스러워하던 오빠……. 잔뜩 겁에 질려서 울음조차 뱉어내지 못하던 소녀…….

그것은 그야말로 저승의 풍경이었다.

코뼈가 부러진 오빠가 며칠 뒤 가출했다. 아버지는 잡히면 발모가지를 부러뜨리겠다며 눈에 불을 켜고 찾아다녔다. 나는 아버지의 손에 잡혀서라도 오빠가 돌아오기를 바랐다. 그러나 학교는 물론이고, 그 어디에서도 오빠의 흔적을 찾을 수 없었다.

어머니와 나는 깊은 상실감을 느꼈다. 오빠는 비록 어렸지만 말 그대로 우리 집의 기둥이었다.

그날 이후로 어머니는 속이 거북하다며 식사를 하지 못했다. 동네 어른들과 장사치들이 병원에 가보라고 해도, 가뜩이나 가난한 살림인데 병원에서 큰 병이라도 걸렸다고 하면 어떡하느냐며 한사코 거부했다.

아버지는 귀가 시간이 일정하지 않았다. 장사를 마치고 돌아오면 어머니는 저녁상을 치우기 무섭게 곯아떨어졌다. 코를 골며 자다가도 아버지가 골목길로 접어들면 귀신같이 알아채고는 벌떡 일어났다. 재빨리 마당으로 나가서 아버지를 맞았고, 정성껏 밥상을 차려주었다.

어머니는 트럭에 옷을 잔뜩 싣고 5일장을 돌아다녔으나 오빠를 찾느라고 장사는 뒷전이었다. 오빠와 비슷한 사람을 발견했다 하면 흥정을 하다가도 뒤따라갔다.

오빠가 가출한 지 1년쯤 지나자, 어머니는 속 쓰림과 함께 가슴 통증을 호소했다. 손바닥으로 가슴을 수시로 두드렸으나 막힌 가슴은 좀처럼 뚫리지 않았다. 숟가락으로 떠먹는 소화제를 입에 달고 살다시피 했다. 식사량은 점점 줄어갔고, 몸은 미라처럼 말라갔다.

하루는 보다 못한 외삼촌이 강제로 어머니를 끌고 종합병원으로 갔다. 의사는 어머니에게 증상을 물은 뒤, 일반인은 봐도 알 수 없는 전문용어를 사용해서 차트에 꼼꼼히 기재했다. 플래시로 눈동자를 비추었고, 혓바닥을 살폈고, 손으로 복부 구석구석을 눌렀다.

문진이 끝나자 의사는 피 검사를 받고 오라며 검사실을 알려주었다. 진료실을 나선 어머니는 배를 움켜쥐고 화장실로 들어갔다. 화장실 앞에서 한참을 기다려도 나오지 않았다. 이상해서 들어가 보니 이미 창문을 통해 병원을 빠져나간 뒤였다.

외삼촌과 나는 의사를 찾아갔다. 솔직하게 사정을 말한 뒤, 무슨 병 같으냐고 물었다. 의사는 정밀 검사를 해봐야 알 수 있다는 말만 되풀이했다. 그러나 계속 매달리자 조심스럽게 의견을 내놓았다.

"단순한 위궤양일 수도 있고……."

의사는 잠시 말을 멈추고 내 얼굴을 빤히 바라보았다.

"최악의 경우…… 위암일 수도 있습니다."

나는 의사의 눈동자에서 진심을 읽었다. 병원을 나와 나는 외삼촌과 헤어졌다.

집으로 돌아가는 길에 아버지를 보았다. 제법 쌀쌀한 날씨임에도 불구하고 아버지는 팬티만 입은 알몸이었다. 아버지는 사설 게임장 앞에서 하늘에다 삿대질을 하며 온갖 욕설을 퍼부어대고 있었다.

"쌍놈의 새끼들아! 동냥은 하지 못할망정 쪽박을 깨면 안 되지. 차비 좀 달랬더니 시퍼렇게 젊은 놈의 새끼가 어르신 뺨을 때려? 좆같은 세상, 개미 좆만큼의 미련도 없으니까 사시미로 회를 뜨든 포를 뜨든 니들 꼴리는 대로 해봐!"

사람들이 하나둘 모여들었다. 닫혀 있던 문이 열렸고, 건장한 사내 두 명이 나왔다. 그들은 양편에서 아버지의 팔을 붙잡더니 게임장 안으로 끌고 들어갔다. 한 사내가 다시 나와 셔터를 내렸고, 모여든 사람들을 내쫓았다.

나는 집으로 터벅터벅 걸어가며 가출한 오빠 생각을 했다. 진심으로 오빠가 부러웠다. 나도 할 수만 있다면 이 참혹한 현실로부터 감쪽같이 사라지고 싶었다.

어머니는 점점 마른 명태를 닮아갔다. 장사를 마치고 집에 들어오면 곧바로 쓰러졌고, 이내 잠이 들었다. 나는 거친 호흡을 몰아쉬는 어머니를 내려다보다가 문득, 공부가 나에게는 사치임을 깨달았다. 서서히 죽어가는 어머니를 이대로 지켜보고만 있을 수는 없었다.

학교를 그만두겠다고 하자 아버지가 물었다.

"학교 관두고 뭐하게?"

"돈 벌 거예요! 아주 많이 벌어서 엄마 병 반드시 고쳐줄 거예요!"

"흥! 효녀 났네. 네 인생이니까 네가 알아서 해."

그러나 어머니는 필사적으로 반대했다. 당신 역시 중학교를 다니다 중퇴했던 터라 자식 교육 욕심은 여느 집 부모 못지않았다. 그러나 나는 끝내 중학교 졸업을 세 달 남겨놓고 자퇴했다.

어머니를 따라다니며 장사를 배우기 시작했다. 한시라도 빨리 돈을 모으고 싶은 욕심에 새벽부터 밤늦게까지 억척을 떨었다. 그러나 장터에서 벌어들이는 수익은 한계가 있었다. 장날임에도 불구하고 장을 찾는 사람은 많지 않았다. 새로운 장소를 물색하다가 근래 들어 자주 열리는 바자회나 박람회 등을 찾아다니면 수입이 쏠쏠하다는 정보를 얻었다.

우리는 다음 날부터 '심장병 어린이 돕기 바자회'나 '팔도 음식박람회' 같은 곳을 찾아다녔다. 주최 측에게 적잖은 자릿세를 지불해야 했지만 수많은 사람이 몰려들어서 장사는 썩 잘됐다. 말 그대로 옷이 날개 돋친 듯 팔린 날도 있었는데, 집에 와서 정산해보면 입이 쩍 벌어질 정도였다.

통장에 돈이 차곡차곡 쌓여갔다. 나는 수학을 무척 싫어했는데 장사를 하면서부터 숫자에 대한 생각이 바뀌었다. 하루하루 늘어나는 통장의 숫자를 보고 있으면 세상이 무척 아름답게 느껴졌다.

해가 바뀌어 친구들은 고등학생이 되었다. 예쁜 교복을 입은 친구들이 지지배배 새처럼 수다를 떨며 몰려다녔다. 눈물이 핑 돌 정도로 부러웠지만 내가 택한 길이었다. 나는 한층 더 발걸음을 재게 놀렸다. 새벽에 동대문시장에서 옷을 떼어 왔고, 사람들이 많이 모이는 곳이라면 아무리 먼 곳이라도 마다하지 않았다. 지방에서 며칠씩 장사할 때는 라면으로 끼니를 때웠고, 숙박비를 아끼기 위해 트럭 안에서 어머니와 함께 쪽잠을 잤다.

3년이 지나자 돈이 제법 모였다. 돈이 모이는 만큼 반대로 어머니의 체력은 점점 바닥이 났다. 깨어 있을 때보다 졸고 있을 때가 더 많았다. 잠깐 눈을 붙이라고 하면 트럭에서 온종일 자기 일쑤였다.

"엄마, 몸 안 좋으면 집에서 쉬어. 오늘은 나 혼자 갔다 올게."

"싫어!"

"왜?"

"이놈의 집구석에 혼자 있으면 갑갑하고 숨 막혀."

어머니는 찬바람이 휘몰아치는데도 기어코 나를 따라나섰고, 담요를 뒤집어쓴 채 모닥불 앞에서 온종일 불을 쬐었다. 그러다 가끔씩 오빠와 닮은 사람이 지나가면 벌떡 일어나 뒤를 쫓아갔다. 그러나 숨이 가빠 몇 걸음 못 가서 이내 주저앉곤 했다.

나는 그날을 정확히 기억하는데, 11월 28일이었다. 수은주가 갑자기 뚝 떨어지면서 행인들의 발길이 뜸해졌다. 우리는 일찍 장사를 접고 집으로 돌아왔다.

저녁을 먹은 뒤, 통장을 펼쳐 어머니에게 보여주었다.

"엄마, 이것 좀 봐. 우리도 돈 많아! 그러니까 병원에 한번 가보자, 응?"

"병원은 절대로 안 간다니까 그러네."

어머니는 아예 돌아누웠다. 나는 계속 설득했지만 어머니는 묵묵

부담이었다. 잠든 것 같지는 않은데 아예 두 눈을 꼭 감고 있었다. 그러나 나는 포기하지 않았다.

"엄마를 위해서가 아니라 나를 위해서 가자는 거야. 엄마가 검사 한번 제대로 못 받고 죽으면 내가 얼마나 슬프겠어?"

나는 말을 하다가 감정이 복받쳐서 울컥 울음을 터뜨렸다. 그제야 어머니가 눈을 뜨고 일어나 앉았다. 앙상한 손으로 내 등을 어루더듬으며 중얼거렸다.

"울지 마. 엄마는…… 괜찮아."

"내 소원이니까 딱 한 번만 가자, 응?"

"그놈의 소원…… 참…… 시시하다."

"가는 거지?"

"그래. 가자, 가! 하나뿐인 딸의 소원이라는데……."

어머니는 다시 모로 누웠고, 눈을 스르르 감았다. 기력이 부쩍 떨어진 어머니를 보니 너무 늦은 게 아닌가 싶어서 은근히 불안했다.

'엄마 마음이 변하기 전에 내일은 만사 젖히고 병원에 간다!'

나는 이런저런 상상을 하다가 잠이 들었다. 새벽녘에 심한 갈증을 느끼고 눈을 떴다. 시꺼먼 것이 머리맡에서 꿈틀거렸다. 소스라치게 놀라 일어나 보니 아버지였다. 아버지는 손에 무언가를 들고 있다가 재빨리 등 뒤로 감췄다.

아주 짧은 순간이었지만 나는 그것이 무엇인지 알 수 있었다.

"안 돼!"

나는 재빨리 달려들어서 통장을 쥐고 있는 아버지의 손을 붙잡았다.

"선화야, 내가 급한 일이 있어서 그래. 딱, 사흘만 쓸게!"

"안 돼요! 그건…… 그것만은……."

통장을 빼앗으려고 있는 힘을 다했지만 꽉 쥔 아버지의 손아귀는 당최 벌어지지 않았다. 다급한 마음에 아버지의 손등을 힘껏 깨물었다. "아악!" 하는 비명과 함께 아버지의 손에서 통장이 떨어졌다.

"이런 쌍년이!"

통장을 집으려고 허리를 숙이는 순간, 아버지의 왼손이 허공을 세차게 갈랐다. 집채만 한 파도가 해안의 암석을 때리듯 거대한 소리가 들려왔다. 그러나 그뿐이었다. 그 뒤의 소리가 이어지지 않았다. 한순간, 세상의 모든 소리가 증발해버린 것처럼 고요해졌다. 귀에 손을 대었다가 떼어보니 피가 묻어 있었다.

사라졌던 소리들이 한순간에 다시 들리기 시작했다.

"사흘, 사흘만 쓰고 갚을게!"

아버지의 목소리가 메아리처럼 들려왔다. 나는 방문을 나서려는 아버지를 향해 몸을 던졌다.

"안 돼, 안 돼!"

아버지가 밀쳤고, 나는 뒤로 넘어지며 벽에 머리를 찧었다. 다시 일어났을 때 아버지는 신발을 대충 꿰차고 대문을 나서고 있었다. 나는 아버지를 향해 목청이 터져라 외쳤다.

"아버지!"

그것은 외침이라기보다는 비명이었다.

⚜

오른쪽 고막이 터졌다. 그러나 그 당시에는 전혀 몰랐다. 나는 극도의 불안감 때문에 전신을 부들부들 떨었다.

'엄마 병원비를 모두 써버리면 어떡하지? 어떻게 모은 돈인데…….'

나는 제정신이 아니었다. 잠옷 차림으로 한쪽에는 어머니 슬리퍼를, 다른 쪽에는 아버지 슬리퍼를 걸친 채 온 동네를 헤맸다. 교회 십자가를 찾기보다 쉬웠던 아버지는 감쪽같이 사라졌다.

그보다 더 끔찍한 지옥이 있을까. 나는 지옥에서 사흘을 뜬눈으로 보냈다. 누군가 나의 피부를 벗겨내고 소금을 뿌리고, 독수리가 날카로운 부리로 심장을 쫀다 한들 그토록 고통스럽지는 않았으리라.

약속했던 사흘이 지났다. 아버지는 돌아오기는커녕 전화 한 통도 없었다. 일주일이 지나고, 열흘이 지나고 한 달이 지났다. 아버지는 나타나지 않았고, 나는 모든 게 끝났음을 직감했다. 신이 어머니에게 허락한 단 한 번뿐인 기회가 허망하게 사라져버렸다.

가난한 자의 불길한 예감은 이상하리만치 정확하다. 그로부터 6개월 뒤, 어머니가 돌아가셨다. 직접적인 사인은 호흡부전이었다. 그러나 죽음의 원인을 제공한 건 위암이었다.

어떻게 장례식을 치렀는지, 뼛가루를 어디다 뿌렸는지 기억나지 않았다. 내가 제정신을 차렸을 때는 서울의 밤거리를 무작정 걷고 있었다. 마침내 나는 집을 나왔다. 오빠가 그랬던 것처럼!

그토록 원했던 자유를 얻었지만 조금도 행복하지 않았다. 몇몇 직업을 전전하다 룸이 있는 술집에 취직했다. 오른쪽 귀가 안 들린다는 사실을 깨달은 것은 일을 시작하고 얼마 지나지 않아서였다. 손님의 왼편에 앉으면 괜찮은데 오른편에 앉으면 파리가 날갯짓하는 것처럼 윙윙거리는 소리만 들렸다. 나는 이비인후과에 가볼까 하다가 그만두었다. 두 귀가 멀쩡한 딸보다는 한쪽 귀가 먼 딸이 아버지의 딸답다는 생각이 들었기 때문이다.

5년 동안 룸과 룸을 전전하며 살았다. 치욕적인 일도 무수히 겪었다. 그러나 그것들은 내가 아버지와 함께 살며 겪었던 일들에 비하면 새 발의 피였다. 아버지를 제외한 세상 모든 남자는 나의 상대가 되지 못했다. 그들이 아무리 야비하고 잔혹한 짓을 해도 아버지가 그랬던 것처럼 나의 가슴을 후벼 판 뒤 심장을 꺼내 씹어 먹지는 못했다.

억척을 떨며 모은 돈으로 커피숍을 차렸다. 나는 잠이 안 오는 밤이면 승용차를 몰고 십리포해수욕장을 찾았다. 어머니와 함께 트럭을 몰고 돌아다니며 옷장수를 할 때 잠시 쉬어갔던 곳이다. 잠깐의 휴식이었지만 어머니는 무척 즐거워했었다.

십리포. 만리포도 아니고, 백리포도 아닌 십리포. 어머니가 바랐던 행복은 지명만큼이나 작고 아담한 것이었다. 그러나 어머니는 그마저도 갖지 못했다.

카페를 하다가 한 남자를 만났다. 중소기업에 다니는 시골 출신의

평범한 남자였다. 그는 대다수의 남자와 달리 허세를 부리지 않았고, 거짓말도 하지 않았다. 나는 아버지에게선 눈 씻고도 찾아볼 수 없던 그의 성실함에 매료되었다.

세상 여자들처럼 평범하게 사는 게 나의 오랜 꿈이었다. 우린 결혼했고, 평범한 주부가 되기 위해 커피숍도 정리했다. 주부들이 그랬듯 나 역시 남편을 출근시킨 뒤, 집 안 청소를 하고 빨래를 했다. 저녁상을 차려놓고 남편을 기다렸는데 저녁 여덟 시만 넘으면 호흡곤란에 시달려야 했다. 아버지가 그랬던 것처럼 남편이 돌아오지 않을지도 모른다는 불안감 때문이었다. 진정제를 먹어보기도 했지만 증상은 좀체 사그라지지 않았다.

남편에 대한 신뢰가 생기자 다소 나아졌다. 그러다 아이를 임신하면서부터 증상이 다시 악화됐다. 남편은 퇴근하면서 수시로 전화를 해 나를 안심시켰다. 그러나 나는 남편이 집 안에 들어서는 것을 확인한 뒤에야 비로소 긴장의 끈을 놓을 수 있었다.

임신 6개월째로 접어든 여름밤이었다. 그날따라 가슴이 답답하고 잠도 오지 않았다. 거실에서 서성이고 있으니 남편이 바람이나 쐬자고 제의했다. 우리는 연애할 때 자주 갔던 십리포해수욕장으로 갔다.

바닷바람을 쐬고 나니 막혔던 숨통이 트였다. 남편은 치킨에다 소주를 마셨고, 기분이 좋은지 내 어깨에 팔을 두르고 나지막이 노래를 불렀다.

보고 또 보고 또 쳐다봐도 싫지 않은 내 사람아

비 내리는 여름날엔 내 가슴이 우산이 되고

눈 내리는 겨울날엔 내 가슴은…….

아버지의 목소리를 아는지 뱃속에서 아이가 가볍게 발길질을 했다. 시원한 바닷바람에 실려서 행복감이 잔잔하게 밀려들었다.

집으로 돌아가는 길에 내가 운전을 했다. 옆자리에 앉은 남편은 술에 취해 자꾸만 말을 걸었다. 나는 오른쪽 귀가 안 들리기 때문에 남편 말을 제대로 들으려면 고개를 남편 쪽으로 돌려야 했다.

자정이 넘은 시간이라 도로가 한산한 탓도 있었지만 자주 다녔던 길이라 방심하기도 했다. 삼거리에서 좌회전을 하려는데 남편이 뭐라고 외쳤다. 나는 습관적으로 남편 쪽으로 고개를 돌렸는데 트럭이 덮쳤다.

아주 짧은 순간, 나는 어머니를 보았다. 어머니가 단 한 번뿐이었던 기회를 잃어버렸듯이 나 역시 인생에 단 한 번 찾아온 행복이 끝났음을 직감했다.

병원에 오랫동안 입원해 있으면서 한 가지 사실을 깨달았다.

'신은 결코 인간을 사랑하지 않는다. 신은 인간을 궁지에 몰아넣고, 벗어나려고 몸부림치는 모습을 보며 즐거워한다.'

남편은 죽었다. 나는 사산했고, 네 번의 수술과 다섯 번의 성형수

술을 받았다. 또한 3년에 걸쳐 재활치료를 받았다. 수술은커녕 종합검진 한번 받지 못했던 어머니에 비하면 과도한 사치였다.

어쨌든 나는 살았다. 그러나 내가 최초로 손에 쥐었던 행복의 유리구슬은 산산조각이 났다. 누군가 말했다. 목숨이 붙어 있다면 무언가를 바라게 된다고……. 그러나 나는 아무것도 바라지 않았다. 그냥 하루하루를 살아갔다. 신이 내게 주는 온갖 모욕을 견뎌내며…….

수중의 돈이 바닥나자 다시 룸을 드나들기 시작했다. 한물간 나이와 얼굴의 흉터를 감추기 위해 가부키 배우처럼 화장으로 떡칠하고 조명이 어두운 술집을 전전했다. 나는 룸에서 갖은 아양을 떨었고, 주는 술은 버리지 않고 마셨고, 팬티만 입은 채 신나게 노래를 불렀고, 목젖을 드러낸 채 깔깔거렸다. 주어진 역할에 지나치게 충실한 나머지 내 직업이 호스티스인지 연극배우인지 혼란스러울 정도였다.

그러나 남자들은 '세상을 살 만큼 살아버린 여자'를 좋아하지 않았다. 나는 점점 변두리 룸으로 밀려났다. 그러다 아는 언니에게서 살림도 하고, 술도 팔 수 있는 싸구려 술집을 넘겨받았다. 여자 생각은 간절한데 지갑이 얇은 젊은이나 여자의 체온이 그리운 홀아비들이 고객이었다.

종업원도, 웨이터도 없었다. 여러 명의 손님이 몰려와서 여자를 찾으면 인근 술집 주인들을 불렀다. 가끔씩 세상 물정 모르는 순진한 남자나 만취한 손님에게 바가지를 씌우기도 했다. 돈을 모을 수는 없었지만 목에 풀칠할 수는 있었다.

지루한 세월이었다. 그렇게 3년쯤 지난 어느 날이었다. 도로 맞은편에서 술집을 하는 동생에게서 전화가 걸려왔다.

"언니, 진상 때문에 돌아버리겠어!"

손님에게 계산서를 내미니 바가지라며 돈을 안 내고 버틴다는 것이었다. 여자 혼자서 술집을 하다 보면 흔히 겪는 일이었다.

달려가 보니 늙수그레한 사내가 경찰을 불러오라며 오히려 협박을 하고 있었다. 그런 남자는 대개 두 종류였다. 선하지만 쩨쩨한 남자와 질이 안 좋은 남자……. 전자는 술김에 술값을 깎아보려고 떼쓰는 경우이고, 후자는 아예 돈이 없거나 돈 낼 생각이 없는 경우다.

남자는 몸을 가누지 못할 정도로 취해 있었다. 나는 가게에 들어서자마자 따귀를 사정없이 올려붙였다. 기선을 제압하기 위함이었다. 남자가 눈을 부릅뜨고 노려보았다. 나는 곧바로 동네 건달에게 전화를 걸어 도움을 요청했다. 쩨쩨한 놈이라면 건달이 오기 전에 돈을 지불할 것이고, 질이 안 좋은 놈이라면 술값만큼 흠씬 패줄 요량이었다.

전화를 끊으며 남자를 다시 보았다. 왠지 낯이 익다 싶었는데 놀랍게도 아버지였다.

"선화? 너, 선화지?"

언젠가는 오빠를 만나게 될지도 모른다고 생각했다. 그러나 오빠도 아닌 아버지를 이런 장소에서 다시 만나게 되리라고는 예상치 못했다. 아버지는 바뀐 나의 모습에 다소 충격을 받은 눈치였다.

아버지와의 재회는 반갑지 않았다. 그렇다고 피하고 싶지도 않았다. 나는 아버지가 더 이상 두렵지 않았다. 아니, 솔직히 말하면 그렇게 믿고 싶었다.

우리는 포장마차로 자리를 옮겼다. 나는 다리를 꼰 채로 담배에 불을 붙였다. 아버지는 나와 함께 있는 이 순간이 실재인지 꿈인지 헷갈려 하는 눈치였다.

"오빠 소식 알아요?"

담배 연기를 내뿜으며 묻자, 아버지가 힘없이 고개를 끄덕였다.

"어디서 살아?"

"대전교도소에 있더라."

"죄명이 뭔데?"

"살인."

방심하고 있다가 망치로 한 방 맞은 듯 머리가 멍해졌다.

"주방에서 일했는데 주방장이 보통 악질이 아니었나 봐. 툭하면 폭력을 휘두르니까 홧김에 그만……."

머릿속에서 수많은 질문이 꼬리에 꼬리를 물고 떠올랐다. 그러나 더 이상 묻지 않았다. 나는 인생을 살면서 몇 가지 깨달음을 얻었는데, 그중 하나가 '깨어진 유리 더미와 상처는 파헤치지 마라'는 것이었다.

아버지는 오빠에 대한 이야기를 주섬주섬 늘어놓았다. 아버지 말에 의하면 그 사건은 홧김에 저지른 우발적인 살인이었다. 그러나 오빠는 돈이 없어 국선변호사에게 변호를 맡겼다. 결국 무성의한 변론으로 인해 '계획적인 살인'으로 판결났다. 오빠는 폭력 전과까지 더해져서 25년의 형을 선고받았다.

한 귀로 듣고, 한 귀로 흘려버리고 싶었다. 그러나 나에게는 아직

그럴 만한 능력이 없었다. 다른 사람도 아닌, 하나뿐인 오빠였다. 나는 묵묵히 술잔을 비웠다.

세 병째 술을 시켰을 때 아버지가 갑자기 화제를 바꿨다.

"그동안 내 원망 많이 했지? 입이 열 개라도 할 말은 없지만, 내가 그때 네 돈을 들고 가서 약속을 못 지킨 건……."

"그만해요! 변명 따윈 듣고 싶지 않으니까."

나는 테이블을 박차고 일어났다. 술값을 계산한 뒤, 붙잡는 아버지를 뿌리치고 가게로 향했다.

'차라리 몰랐으면 좋았을 것을…….'

미래에 대한 희망이나 소망 따위는 버린 지 오래였다. 그러나 내 가슴속에 단 한 가지 소망이 남아 있다면 그건 오빠의 성공이었다. 어머니와 내 몫까지 대신해서 행복하게 살아주기를 바라고 또 바랐다. 그런데 살인자라니……. 과연 아버지의 아들다웠다.

눈물이 주르르 흘러내렸다. 나는 손등으로 눈물을 훔쳤다. 울음을 터뜨리지 않으려고 안간힘을 쓰며 하늘을 올려다보았다. 마치 나를 조롱하듯이 달이 한쪽 입가를 일그러뜨리며 웃고 있었다.

10개월 뒤, 아버지가 다시 찾아왔다.

처음에는 몰라봤다. 왜냐하면 반백이던 머리를 검게 염색했고 깔끔한 청색 양복에 반짝이는 구두를 신고 있었으니까. 바뀐 것은 그뿐이 아니었다. 아버지의 눈빛은 부드러웠고 목소리는 들기름을 바른 김처럼 윤기가 흘렀다. 게다가 태어나서 한 번도 본 적 없었던 온화한 미소까지 짓고 있었다.

나는 혼란스러웠다. 마땅히 대접할 게 없어서 맥주 두 병과 마른 안주를 내놓았다. 그러나 아버지는 술은 쳐다보지도 않았다.

"나, 두 달 전에 영세 받았다. 세례명은 가브리엘라야!"

세상에, 아버지가 천주교 신자라니! 내심 놀랐지만 나는 눈앞에 펼쳐지고 있는 상황을 사실 그대로 받아들이려고 노력했다. 아버지가 천주교 신자가 되든 새장가를 가든, 그건 아버지의 사생활이었다. 나는 아버지의 사생활에 개입하고 싶은 마음은 추호도 없었다.

"옛날에는 내가 왜 그렇게 살았는지 모르겠다. 아마도 하나님을 만나려고 그랬나 봐."

거기까지만 했어야 했다. 다른 사람 앞에서라면 몰라도 적어도 내 앞에서는…….

그러나 아버지는 기어코 넘지 말아야 할 선을 넘었다.

"죄 많은 영혼이었는데…… 하나님께서 내 죄를 말끔히 씻어주고 내 영혼을 구원해주셨어. 다시 태어난 기분이야! 요즘에는 마음이 너무 편해."

순간, 나는 이성을 잃었다. 테이블 위의 술병과 유리컵은 물론이고, 손에 잡히는 것은 모조리 바닥에 내동댕이쳤다. 술집은 순식간에 난장판이 되었다. 아버지는 갑작스럽게 날뛰기 시작한 나를 차분한 눈길로 바라보았다. 마치 사막에서 사탄에게 믿음을 시험받는 그리스도처럼…….

나는 악에 받쳐서 소리쳤다.

"영혼을 구원받아서 마음이 편하다고? 아내는 돌로 쳐 죽이고, 아들은 살인죄로 감옥에 처넣고, 딸년은 생지옥에 처박아 놓고서 마음이 편하다고? 그래, 천국에 가서 퍽이나 좋겠다! 꺼져, 당장!"

아주 잠깐, 아버지의 눈빛이 예전처럼 되살아났다. 야수처럼 이글거리던 눈빛은 이내 순한 양의 것으로 바뀌었다. 아버지는 바닥에 천천히 무릎을 꿇더니 고개를 푹 숙였다.

"내가 죄인이다! 이 애비를 용서해주렴."

나는 신경질적으로 신고 있던 신발을 벗었다. 맨발로 깨어진 유리 조각을 밟고 아버지에게 다가갔다. 발바닥에 날카로운 유리가 박히며 피가 줄줄 흘러내렸지만 마음의 증오이 너무 심해서 아픈 줄도 몰랐다. 아버지의 팔을 붙잡아 일으켰고, 거칠게 가게 밖으로 끌어냈다.

"마음의 평화를 누리든 말든 당신 맘대로 해! 하지만 여기 와서 그딴 개소리 지껄이면 나도 더는 가만있지 않을 거야. 두 번 다시 내 앞에 나타나지 마!"

가게 문을 닫아걸었다. 그러나 내 안에서 꿈틀거리는 분노를 주체할 수 없었다. 당장이라도 내 육신을 갈가리 찢고서 내 안의 괴물이 뛰쳐나올 것만 같았다. 두 주먹을 꽉 쥐자 몸이 부들부들 떨렸다.

분노는 점차 견디기 힘든 모멸감으로 바뀌었다. 무릎이 휘청거렸다. 나는 쓰러지지 않기 위해서 이를 악물었다. 무서웠다! 세상은 지금까지 내가 경험했던 것보다 훨씬 더 무서운 곳이었다.

3

'보고 싶다'는 아버지의 전화가 걸려온 지도 3개월이 지났다.

나는 술집 앞에 의자를 내놓고 거리 풍경을 멍하니 바라보았다. 가을바람에 춤추는 플라타너스 이파리를 눈으로 따라가고 있는데 누군가 시야를 가로막았다. 올려다보니 사제복을 입은 오십 대 중반의 신부였다.

"선화 씨죠?"

나는 고개를 끄덕였다.

"아버님의 몸 상태가 많이 안 좋습니다. 눈을 감기 전에 선화 씨를 꼭 한 번 만나고 싶어 하십니다."

맞은편에서 바람이 불어왔다. 낙엽 한 잎이 팔랑거리며 내 앞으로 날아와 떨어졌다. 나는 허리를 숙여 플라타너스 이파리를 주었다. 벌레 먹은 이파리 구멍으로 가을 하늘을 올려다보며 말했다.

"돌아가세요. 아버지를 만나고 싶은 마음도, 하고 싶은 말도 없네요."

"과거에 아버님이 가족들에게 무슨 짓을 했는지 잘 압니다. 물론 선화 씨 입장에서는 아버지를 용서하기 힘들 겁니다. 하지만 그래도 용서하셔야만 합니다."

나는 신부를 노려보며 물었다.

"신자도 아닌 내가 왜 그래야만 하죠?"

"두 가지 이유가 있습니다. 첫 번째는 우리 모두가 죄인이기 때문입니다. 살아가면서 우리는 크고 작은 죄로부터 자유로울 수 없습니다. 우리가 지은 죄를 우리가 용서하지 못한다면 누가 우리 죄를 용서하겠습니까?"

신부는 잠시 말을 멎고 내 눈을 한동안 들여다보았다. 그러나 나는 아버지를 용서하고 싶은 마음이 티끌만큼도 없었다. 내 죄를 영원히 용서받지 못한다 하더라도…….

"두 번째는 아버님을 위해서가 아니라 선화 씨를 위해서입니다. 용서란 하면 할수록 마음이 가벼워지지만 원망은 하면 할수록 마음이 무거워지게 마련입니다. 손톱에 작은 가시 하나가 박혀도 신경 쓰이고 괴롭지 않습니까? 그런데 다른 사람도 아닌 아버지입니다. 살아가는 동안 아버지를 계속 원망한다면 마음은 얼마나 무겁겠으며, 삶은 또 얼마나 지옥이겠습니까? 힘들겠지만 선화 씨의 남은 삶을 위해서라도 아버님을 용서해주세요."

아버지를 용서한다면 내 마음이 평온해질까? 어쩌면 신부의 말이 맞을지도 몰랐다. 그러나 독거미나 전갈로 태어났다면 독을 포기해서는 안 된다. 나는 자신이 없었다. 아버지를 용서해주고 나면 무슨 힘으로 이 험한 세상을 살아간단 말인가.

"인간의 마음은 간사하기 때문에 세월이 흐르면 어떻게 변할지 모르겠네요. 하지만 아직은 때가 아닌 것 같아요."

"아버님에게는 시간이 없습니다. 편안하게 눈을 감을 수 있도록 도와주세요."

"신부님! 저는 오랜 날들을 눈뜬 채 살았고, 지금도 눈뜬 채 잠들어요. 아마 제 오빠도 그럴 거예요. 그런데 왜 아버지만 편안하게 눈을 감아야 하는 거죠?"

신부는 한참을 더 설득하다가 소용없음을 깨달았는지, 병원과 병실이 적힌 쪽지 한 장을 남긴 채 돌아섰다.

⚜

3년 만에 오빠 면회를 갔다. 오빠 소식을 처음 듣고 찾아갔을 때보다는 표정이 한결 밝았다. 간단한 안부를 주고받으니 대화가 끊겼다. 아버지 소식을 전할까 말까 망설이고 있는데 오빠가 먼저 물었다.

"아버지는 어떻게 지내시냐? 올 봄에 면회 온 뒤로 깜깜 무소식이네."

나는 담담하게 말했다.

"이틀 전에 신부님이 찾아와서 그러는데, 얼마 못 살 것 같대."

"병원에 계신 거야? 천 년 만 년 사실 것 같더니 갑자기 왜 그러지? 어디가 어떻게 안 좋은데?"

오빠의 갑작스런 관심이 부담스러웠다. 나는 짜증 섞인 투로 말했다.

"폐가 안 좋대나 어쨌대나. 나도 잘 몰라!"

"쯧쯧! 봄에 면회 왔을 때 기침을 입에 달고 있더라니……."

오빠의 표정이 무거워졌다.

"씨발, 내 인생은 왜 이러냐? 결국…… 효도 한번 못 해보는구나."

오빠는 세수하듯 두 손바닥으로 얼굴을 빠르게 쓸어내렸다. 자세히 보니 눈시울이 붉게 변해 있었다.

"아버지에게 이 말 좀 전해줘라. 이제 와서 이런 말하기 낯간지럽긴 한데……."

오빠는 기도하듯이 두 손을 앞으로 모은 뒤 깍지를 끼었다.

"아버지를 사랑한다고……."

순간, 내 귀를 의심했다. 3년 전과는 아버지에 대한 반응이 완전히 달랐다. 그동안 대체 무슨 일이 있었던 걸까.

"갑자기 왜 안 하던 짓을 하고 그래?"

"그런가? 하긴 네 말도 맞다! 너도 그렇겠지만 나도 아버지 원망 참 많이 했다. 내 인생을 망가뜨린 주범이 아버지라고 생각했으니까. 그런데 그게 아니더라."

"그럼 뭣 때문인데?"

"아버지를 미워하는 마음! 내 안에서 그것들이 새끼를 치며 빠르게 번식해갔고, 결국 내 인생을 망가뜨린 거야. 좆도 없는 놈이 심보라도 고와야 하는데, 독기만 가득 차 있었으니 인생이 잘 풀릴 리 있겠냐? 하는 일마다 물먹은 두루마리 화장지처럼 뚝뚝 끊어질 수밖에……."

갑자기 변해버린 오빠가 낯설었다. 어쩌면 나는 꿈을 꾸고 있는 건지도 몰랐다. 더럽게 재수 없는 꿈!

"용혁이 형 아버님이 깨우쳐주지 않았다면 난 평생 몰랐을 거야. 내 인생을 망친 주범이 나인 줄도 모르고, 죽는 그날까지 아버지에게 온갖 욕설과 저주를 퍼부었겠지."

용혁이라는 사람은 오빠가 칼로 무참히 살해한 주방장이었다. 작년 연말에 그의 부친이 처음으로 면회를 왔다고 했다. 오빠가 접견을 거부하자 두툼한 솜옷과 편지를 두고 갔다. 장문의 편지에는 자식을 잃은 슬픔과 살인자를 용서하기까지의 과정이 담겨 있었다.

"거기 이런 구절이 있더라."

오빠는 감정이 복받치는지 잠시 말을 멎고 천장을 한동안 올려다보았다.

"한평생을 죄 없이 살아왔기에 죄인들을 보면 속으로 경멸했다네. 그런데 졸지에 자식을 잃고 나서야 그것이 나의 잘못이었음을 깨달았지. 겉으로 드러난 죄를 짓지 않았을 뿐이지, 마음속에 미움을 간직하고 있는 한 나 역시 그들과 하나도 다를 바 없는 죄인이었던 거야. 나 또한 죄인이거늘 누구를 원망하며 누구의 죄를 추궁하겠는가. 자네의 죄를 용서하니 자네도 누군가를 미워하는 마음이 있다면 그 마음을 이제 그만 거두게나."

오빠의 두 눈에서 눈물이 주르륵 흘러내렸다. 나는 짐짓 못 본 척 고개를 돌렸다. 오빠는 고개를 푹 숙인 채 한동안 소리 없이 흐느꼈다. 어깨가 비 맞은 참새처럼 파르르 떨렸다.

접견 시간이 끝났음을 알리는 부저가 울렸다. 오빠는 옷소매로 눈가를 훔치며 일어났다.

"힘들겠지만…… 너도 그만 아버지를 용서하고 받아들여. 우리는 가족 아니냐? 자식이 아버지를 용서하지 않으면 누가 아버지를 용서하겠냐?"

⚜

뜬눈으로 사흘 밤낮을 보냈다. 혹을 떼러 갔다가 오히려 혹을 붙이고 온 꼴이었다. 내 속은 속이 아니었다. 어머니가 가여워서 사진을 들여다보며 자꾸만 울음을 터뜨렸다. 어머니가 등을 두드리며 속삭였다.

"울지 마. 엄마는…… 괜찮아."

새벽녘이었다. 눈을 뜬 채 멍한 상태에서 천장을 올려다보고 있는데 전화벨이 숨 가쁘게 울어댔다. 며칠 전에 만났던 신부였다.

"아버님 임종이 임박했습니다!"

나는 그때까지도 마음의 갈피를 잡지 못하고 있었다. 일단 "알았어요" 하고 차갑게 말하고는 전화를 끊었다. 송수화기를 내려놓자마자 심장이 빠르게 뛰기 시작했다. 알 수 없는 초조감이 소낙비처럼 내렸다. 나는 검지손톱을 씹으며 방 안을 맴돌다가 밖으로 뛰쳐나갔다.

아버지는 각종 튜브를 꽂고 산소 호흡기를 뒤집어쓴 채 중환자실에 누워 있었다. 머리맡의 꿈틀거리는 그래프와 숫자가 아직 생명이 붙어 있음을 말해주었다. 건강한 모습의 아버지만 보다가 병들어 초췌한 몰골로 누워 있는 아버지를 내려다보자니, 내 마음 깊은 곳에서 정체불명의 무언가가 꿈틀거렸다.

나는 아버지에게 천천히 다가갔고, 나지막이 불렀다.

"아버지."

감겨 있던 눈꺼풀이 스르르 위로 올라갔다. 반가움의 표현일까.

얼굴에 미세한 경련이 일었다.

초점이 채 잡히지 않는 아버지의 두 눈을 마주한 순간, 아버지와 함께했던 애증의 세월이 빠르게 스쳐지나갔다. 내면 깊숙한 곳에서 무언가 금방이라도 튀어나올 듯이 불끈거렸다. 애써 감정을 짓누르고 있는데 아버지가 입술을 달싹이며 뭐라고 말을 했다. 그 소리는 너무 작아 입 밖으로 새어나오지 못했지만 나는 아버지의 말을 똑똑히 들을 수 있었다.

"내…… 딸…… 아……."

순간, 내 안에서 거대한 폭발이 일어났고, 사막의 열기처럼 뜨거운 감정이 전신을 휘감았다. 그것은 혈연끼리만 느낄 수 있는 절대 감정이었다.

아버지도 비슷한 것을 느낀 걸까. 가슴 위에 가지런히 모아져 있던 아버지의 손이 침상 위로 툭 떨어졌다. 나는 전기에 감전된 듯 부르르 떨고 있는 아버지의 손을 내려다보았다. 짧은 순간이었지만 수많은 감정이 교차했다.

세상 모든 아버지가 그렇듯이, 어린 시절 아버지는 내게 절대자였다. 아버지의 손은 세상에서 가장 안전한 피난처였다. 나의 작은 손을 꼭 쥐어주면 그 무엇도 두렵지 않았다. 어린 나를 겁나게 했던 수많은 위험이 비껴갔고, 슬픔은 바람 빠진 풍선처럼 빠르게 가라앉았다.

영원히 나와 가족을 지켜줄 거라 믿었던 아버지의 손은 우리를 배신했다. 가족을 위해 헌신하기는커녕 폭군이 되어서 군림했다. 수시로 폭력을 휘둘렀고, 어머니의 수술비를 빼앗아갔고, 결국은 내 한쪽 귀마저 멀게 했다.

온갖 악행을 일삼으면서도 그토록 당당하던 손이었는데 지금은 뼈만 앙상하여 초라하기 그지없었다. 마치 나뭇가지에 걸린 벌레 먹은 나뭇잎 같았다. 미약한 바람 한 줄기만 불어와도 그대로 떨어져 버릴 것만 같았다.

나는 이 순간이 아니면 영영 잡지 못하리라는 걸 직감했다. 행여 아버지의 손이 낙엽처럼 우주 공간 속으로 사라져버릴까 봐 허둥대며 깡마른 손을 잡았다.

"아버지! 오빠가 전해달래요. 사랑한다고……."

두 손으로 아버지 손을 꼭 움켜쥐었다. 눈앞이 흐려지면서 어머니가 아른거렸다. 어머니는 입가에 미소를 지은 채 천천히 고개를 끄덕였다.

"잘 했다, 잘 했어."

가슴이 뭉클해졌고, 콧속이 시큰해졌다. 나는 아버지가 가게에서 그랬던 것처럼 털썩 바닥에 무릎을 꿇었다.

"저도 사랑해요. 아주 많이……."

나는 아버지 손에 입을 맞췄다. 그 순간, 내 안을 꽉 채우고 있던 시커먼 것들이 장마철의 거센 강물처럼 일순간 몸 밖으로 흘러나갔다. 그것들은 도대체 어디서 와서 어디로 가는 걸까. 마음이 더없이 편안해졌고 몸이 나른해졌다. 어디선가 천상의 음악 소리 같은 것이 들려왔다.

분명 병실이건만 그곳은 병실이 아니었다. 묘한 기분에 사로잡혀 있는데, 요란한 기계음이 울려 퍼졌다. 아버지의 심장이 멈추었음을 알리는 기계 소리였다. 놀란 의사와 간호사가 뛰어 들어왔다.

아버지는 눈을 뜬 채로 숨을 거두었다. 참회의 눈물일까, 기쁨의 눈물일까. 아버지의 눈가에 이슬처럼 맑은 눈물 한 방울이 맺혀 있었다.

STORY 8

기다림

새는 창공으로 날아가면 둥지를 생각하지 않지만
둥지는 새가 돌아올 날만 기다립니다.
자식은 떠나가면 아버지를 생각하지 않지만
아버지는 바람 소리에도 귀를 쫑긋 세우며 자식을 기다립니다.

비가 내리면 자신이 젖는 것도 모른 채
폭풍우가 휘몰아치면 삶이 위태로이 흔들리는 것도 잊은 채
눈이 내리면 시린 발로 눈밭에 서서
한결같은 마음으로 자식을 기다리고, 또 기다립니다.

아버지는 해와 달, 별, 구름, 나무, 바위, 스쳐가는 한 줄기 바람에서
자식의 모습을 발견하고 그리워하지만
자식에게 아버지는 서랍 속 낡은 일기장처럼
그저 서서히 잊히는 존재입니다.

그래도 아버지는 아름다운 추억을 간직한 채
툭하면 돈을 뜯어가는 형편없는 자식일지라도
친구들 앞에서 끝없이 자랑을 늘어놓을 수 있고
기다릴 수 있는 자식이 있어 행복합니다.

세상에서 제일 맛있는 밥

아버지는 가족을 위해서라면 당신의 행복마저도 기꺼이 양보하는 그런 분이셨죠. 저희는 아버지의 희생을 당연시했어요. 말년에는 무척 외로웠는지 자주 국제전화를 했어요. 근데 공부하는 게 무슨 벼슬이라고 왜 그리도 퉁명스럽게 받았는지……. 오늘따라 아버지 목소리가 무척 그립네요.

1

"꼭 외국에 나가서 공부해야겠니?"

내 나이 열두 살 때였다. 공항으로 가는 차 안에서 아버지가 애원하듯 물었다. 나는 못 들은 척 차창 밖을 바라보았고, 두 살 어린 여동생은 대답 대신 어머니를 올려다보았다.

캐나다 유학을 결정한 사람은 어머니였다. 어머니는 아버지를 사랑했다. 그러나 시댁 식구들을 병적으로 싫어했다. 명절이나 제사 때 시댁에 갔다 오면 복수라도 하듯이 아버지를 달달 볶았다. 아버지는 어머니의 기분을 풀어주기 위해 강아지나 고양이처럼 갖은 아양을 떨었다.

발단은 아침에 걸려온 한 통의 전화였다. 캐나다에 살고 있는 어머니의 대학 동창과 긴 통화를 마친 어머니는 곧장 유학원으로 달려갔다. 아버지의 만류에도 불구하고 서류를 준비했고, 수속을 모두 마쳤다.

"아빠가 원어민 과외라도 시켜줄 테니까 한국에서 아빠랑 살자. 엄마하고 너희가 모두 떠나면 아빠는 무슨 낙으로 살아?"

아버지는 금방이라도 울음을 터뜨릴 것만 같았다. 그러나 어머니는 눈썹 한 올 꿈쩍하지 않았다.

"그만해요! 누가 개띠 아니랄까 봐. 이미 끝난 얘기를 왜 자꾸 물고 늘어져요?"

"여보, 그러지 말고 다시 한 번 생각해봐! 영어 공부는 한국에서도 충분히 할 수 있어."

"영어 때문에 가는 게 아니라니까요! 한국에서 그렇게 오래 살았으면서 아직도 한국의 교육 현실을 모르겠어요? 한창 뛰놀아야 할 아이들이 대학 입시를 위해서 학원을 전전하다가 자정 넘어서 녹초가 되어 기어들어 오는 게 정상이에요? 여기는 어른들에게는 천국일지 몰라도 아이들에게는 지옥이에요, 입시 지옥!"

"그건 알지만…… 다들 그렇게 살잖아."

"좀팽이처럼 굴지 말고 높이, 멀리 내다보세요. 부모가 돼서 아이들에게 좋은 환경을 제공할 생각은 안 하고, 왜 자꾸 당신 입장만 생각해요?"

어머니와 아버지는 이미 수백 번도 더 한 입씨름을 떠나기 전까지 계속했다. 아버지는 비 맞은 중처럼 중얼거렸다.

"식탁에 홀로 앉아 밥 먹을 생각을 하면 끔찍해. 한두 끼도 아니고……."

못 들은 건지, 들었지만 대꾸할 가치가 없다고 여긴 건지 어머니는 차창 밖으로 고개를 돌렸다. 마침내 아버지도 체념했는지 입을 꾹 다물었다.

짐을 부친 뒤 출국 수속을 밟기 위해 안으로 들어갔다. 아버지는 손을 높이 들어서 힘차게 흔들었다. 표정은 웃고 있지만 속으로는 울고 있음이 분명했다. 순간, 이별이 실감 났고 코끝이 찡해졌다. 나는 어머니의 표정을 슬쩍 훔쳐보았다. 어머니는 마치 무거운 겨울옷을 벗은 듯 홀가분해 보였다.

동생은 어떤 기분이었을까? 한 번도 물어본 적이 없어서 모르겠다. 그러나 나는 솔직히 기뻤다. 비행기 타는 것도 신났고, 어머니 말이 사실이라면 좋아하는 피자, 햄버거, 스테이크, 치킨 등도 실컷 먹을 수 있기 때문이었다.

2

어머니는 밴쿠버를 사랑했다. 우리를 학교에 보내고 난 뒤, 스탠리파크를 한가로이 산책했다. 공원은 아름다운 바다를 끼고 있어서 시간을 보내기에 최상의 장소였다. 어머니는 음악을 들으며 걷다가 해변에 앉아서 책을 읽었다. 그곳에는 시댁 식구들도 없었고, 사교육에 미친 어머니들도 없었다.

어머니는 학원이 끝날 때쯤 비상등을 켠 승용차가 도로변에 길게 늘어서 있던, 한국의 학원가 풍경을 끔찍이 싫어했다. 마치 지난날에 대한 보상이라도 받듯이 어머니는 밴쿠버의 자연을 사랑했고, 전체적인 풍경 속에 점점 융화되는 자신의 삶에 만족했다. 밴쿠버 생활에 매료된 어머니는 영주권을 얻고 싶어 했다. 아버지는 '영주권'이라는 말에 펄쩍 뛰었다.

"그것만큼은 절대 안 돼! 한국으로 돌아와야지. 언제까지 거기서 살려고 그래?"

"애들이 대학만 들어가면 돌아갈 거예요. 영주권을 따두면 여러모로 편리해서 그래요. 아이들 교육비는 물론이고, 의료비도 무료니까!"

아버지는 어머니의 집요한 설득에 결국 물러섰다. 3년 뒤, 어머니는 그토록 원했던 영주권을 손에 쥐었다.

아버지는 1년에 한 차례씩 밴쿠버로 휴가를 왔다. 어머니는 우리에게 영어와 친숙해져야 하니까 집에서도 영어를 사용하라고 명령했다. 그 때문에 가장 곤혹스러워하는 사람은 다름 아닌 아버지였다.

"내가 있을 때만이라도 집에서는 한국말을 쓰도록 하자꾸나. 도대체 무슨 이야기를 하는 건지 하나도 모르겠다."

"오케이, 파파."

아버지의 간청에도 불구하고 한국말보다 영어가 먼저 튀어나왔다. 아버지는 대학을 나왔지만 영어는 잘하지 못했다. 그러다 보니 종종 아버지는 가족의 대화에 끼지 못한 채 겉돌았다. 모두가 한참을 낄낄거릴 때도 아버지 혼자 무표정한 얼굴로 꿔다놓은 보릿자루처럼 앉아 있곤 했다.

아버지는 점점 외따로 떨어진 하나의 섬이 되어갔다.

3

열여덟 살 때였다. 나는 겨울방학 때 친척집에 놀러 왔던 동갑내기 여학생과 사랑에 빠졌다. 우리는 사랑의 밀어를 속삭였고 딥키스를 했다. 달콤했던 시간은 총알처럼 빠르게 지나갔다. 그녀는 한국으로 돌아갔지만 우리는 서로를 갈구했다.

수시로 통화했고, 하루에도 몇 차례씩 메일을 교환했다. 시간이 흐를수록 그녀에 대한 감정이 점점 커져갔다. 급기야 내 감정인데도 내가 컨트롤할 수 없을 지경이 되었다. 내가 사랑의 열병을 앓고 있는 사이, 그녀는 내게서 조금씩 멀어졌다. 전화는 아예 받지 않았고, 메일은 다섯 번쯤 보내면 그제야 마지못해 답장을 했다.

새로운 남자친구가 생긴 걸까? 끊어지기 직전의 밧줄을 붙잡고 대롱대롱 매달려 있는 기분이었다. 더 늦기 전에 손을 써야 했다. 나는 여름방학 때 한국으로 날아갔다.

출국장을 빠져나오니 아버지가 기다리고 있었다. 나는 아버지의 그때 표정을 잊을 수 없다. 전쟁터에서 죽은 줄 알았던 자식이 살아 돌아왔을 때나 지을 법한 표정이었다. 얼굴은 해바라기처럼 환했고, 목소리는 그 어느 때보다도 자신감에 차 있었다. 아버지는 힘주어 나를 끌어안았다. 밴쿠버에서 보았던 의기소침한 모습은 어디에서도 찾아볼 수 없었다.

"배고프지? 뭐 먹고 싶어?"

아버지가 승용차로 공항 주차장을 빠져 나오며 물었다.

"생각 없어. 비행기에서 먹었어."

"그래도 뭘 먹어야지."

"괜찮아. 아빠, 여기서 강남역이 멀어?"

"강남역은 왜?"

"친구를 만나기로 했거든."

내 머릿속은 온통 그녀를 만나야 한다는 생각뿐이었다. 그녀는 강남에 살았지만 만나기로 약속한 건 아니었다. 사흘 전, 한국에 간다는 메일을 보냈으나 답장은 받지 못했다.

아버지는 섭섭하게 생각하면서도 나를 기꺼이 강남역에 내려주었다. 나는 공중전화 부스로 달려가 그녀의 집에 전화를 걸었다. 아무도 받지 않았다. 자동응답 전화기가 "지금은 외출 중입니다"라는 말만 되풀이했다. 나는 10분에 한 번씩 전화를 걸었다. 오후 네 시부터 밤 열한 시까지…….

그녀는 계속 외출 중이었다. 내 가슴속에 가득 차 있던 기대는 서서히 실망으로 바뀌어갔다.

4

그녀와 재회한 건 한국에 온 지 나흘째 되는 날이었다. 가족과 여름휴가를 간 바람에 전화를 못 받았다고 했다.

빗나가기를 간절히 바랐던 나의 예감이 적중했다. 그녀는 무려 열 살이나 많은 회사원과 교제 중이었다. 큰오빠 친구인데 고등학교를 졸업하면 결혼할 거라고 했다. 그녀는 팔짱을 끼고 함께 찍은 사진을 보여주었다.

화가 나기도 했고, 허탈하기도 했다. 지금이라도 그녀의 마음을 되돌려볼까 하다가 그만두었다. 이미 늦었다는 사실을 직감했기 때문이다.

우리는 팥빙수를 한 그릇씩 먹고 헤어졌다. 나는 뒤늦게 한국에 온 걸 후회했다. 시간은 많았지만 만날 사람도, 마땅히 찾아갈 곳도 없었다. 뜨거운 태양이 내리쬐는 강남 거리를 땀 뻘뻘 흘리며 걸었다. 한시라도 빨리 이곳을 떠나야겠다는 생각뿐이었다. 그러나 어디에도 출구는 보이지 않았다.

출국 예정일은 한 달 뒤였다. 그러나 나는 더 이상 한국에 머물고 싶지 않았다. 영동대교를 건너자마자 항공사에 전화를 걸었고, 출국 날짜를 변경했다.

⚜

'전화해라. 점심이나 같이 먹자.'

아침 열 시쯤에 눈을 뜨니 식탁에 메모지가 놓여 있었다. 한국에 온 지 닷새째였다. 그러나 아버지와 함께 식사한 적은 한 번도 없었다. 시차 적응이 안 되어서 아침에 눈을 뜨면 아버지가 출근한 뒤였다. 나는 점심 무렵에 나가서 자정이 되어 돌아왔는데 전형적인 '아침형 인간'인 아버지는 이미 잠든 뒤였다.

나는 택시를 잡아타고 아파트 신축 공사장으로 갔다. 나는 아버지가 건설 회사 사장이라는 사실만 알았지 한 번도 회사를 찾아간 적도 없었고, 일하는 모습을 본 적도 없었다. 아버지는 아파트 한가운데 조성될 공원에서 일하고 있었다.

아버지 회사는 정확히 말해 조경회사였다. 아버지는 현장에서 허름한 작업복에 장화를 신고, 손에는 목장갑을 낀 채 손수 나무를 심고 있었다. 대형 트럭에는 뿌리를 손상시키지 않기 위해 흙덩어리와 함께 실어온 커다란 소나무가 있었다. 내가 도착했을 때는 크레인으로 소나무를 들어올려 파놓은 구덩이로 옮기는 작업을 하고 있었다.

소나무가 세워지자 아버지와 인부 두 명이 삽을 들고 달려들었다. 구덩이에 흙을 채워넣고 물을 주었다. 그런 다음 마지막으로 나무가 쓰러지지 않게끔 빙 둘러가며 받침목을 세웠다. 이글거리는 햇볕으로 인해 아버지의 이마에서는 연신 굵은 땀방울이 흘러내렸다.

나는 정자 그늘 아래서 작업하는 모습을 구경했다. 머릿속이 혼란스러웠다. 현장에서 지켜본 아버지는 영화나 드라마에서 봤던 건설

회사 사장이 아니었다. 그들은 양복이나 깔끔한 작업복 차림에 헬멧을 쓰고, 현장을 돌며 직원들에게 손가락으로 지시했다. 그 누구도 아버지처럼 허름한 작업복을 입고 인부들 틈에 섞여서 손수 일을 하지는 않았다.

작업이 얼추 끝나자 아버지는 멀찍이 떨어져서, 금방 심은 소나무를 바라보았다. 만족스러운지 고개를 끄덕였다.

"수고들 했어요!"

작업은 한 시가 다 되어서야 끝이 났다. 인부들이 기다렸다는 듯이 썰물처럼 현장을 빠져나갔다. 아버지는 여기저기 흩어져 있는 연장을 챙겨 한곳에 모았다. 그런 다음 받아놓은 물에 손을 씻고, 물기 묻은 손을 작업복에 쓱쓱 문질러 닦았다.

"아들! 이제 우리도 밥 먹으러 가자꾸나. 뭐 먹을래?"

"아무거나."

나는 허름한 작업복 차림의 아버지가 어색하기도 하고, 조금은 부끄럽기도 해서 한 발짝 옆으로 떨어졌다.

아버지가 나를 데려간 곳은 상가 건물 지하의 작은 식당이었다. 단골 식당인지 늙수그레한 아주머니가 반갑게 인사를 하며 맞아주었다. 한창 때인데도 식당 안에는 손님이 한 팀밖에 없었다.

잠시 뒤, 아주머니가 왠지 불결해 보이는 하얀 플라스틱 컵에다 물을 담아 가져왔다. 아버지는 목이 말랐는지 물을 벌컥벌컥 비웠다.

"뭐 먹을래?"

"아빠는?"

나는 벽에 걸린 메뉴판을 눈으로 훑었다. 아침도 걸러서 허기가

졌다. 그러나 이상하게도 식욕이 당기지 않았다.

"난 된장찌개."

"음…… 저는 김치찌개 먹을게요."

나는 메뉴판을 한참 들여다보다가 어렵사리 결정을 내렸다. 아버지는 고개를 끄덕이더니 뜻밖의 주문을 했다.

"사장님, 여기 김치찌개 이인분이요."

"어? 아빠 된장찌개 먹고 싶다고 했잖아?"

"각기 다른 음식을 주문하면 사장님이 음식 준비하기 번거롭잖아. 된장찌개를 먹으나 김치찌개를 먹으나 큰 차이 없으니까 준비하기 편하시라고 한 가지로 통일한 거야."

아버지는 당연한 일인 것처럼 말했다. 그러나 내 상식으로는 이해할 수 없었다. 손님은 왕인데 주인 사정까지 헤아릴 필요가 뭐 있단 말인가.

잠시 뒤, 부글부글 뚝배기에 담긴 김치찌개와 멸치조림, 두부전, 콩나물 무침, 고추절임, 물김치, 배추김치가 나왔다. 반찬그릇이 하나같이 불에 그슬리고 오래되어서인지 반찬마저 불결하게 느껴졌다. 아주머니가 시키지도 않았는데 스테인리스 밥그릇에 담긴 밥을 세 공기나 갖고 왔다.

"드시고 더 드세요."

"아이고, 감사합니다."

아버지는 허리 숙여 인사한 뒤, 밥뚜껑을 열었다.

"자, 먹자!"

아버지는 김이 모락모락 나는 하얀 쌀밥을 한 숟가락 듬뿍 떠서는 입 안에 밀어넣었다. 나는 젓가락으로 밥알 몇 개를 떠서 입 안에 넣었다.

"야, 밥 진짜 맛있다! 아빠가 여태까지 먹어본 밥 중에서 제일 맛있네."

나는 숟가락으로 김치찌개를 뜨려다가 어이가 없어 물었다.

"이게 세상에서 제일 맛있는 밥이라고?"

"아빠는 이렇게 맛있는 밥, 정말 오랜만에 먹어봐."

그때 나는 아버지의 말뜻을 조금도 이해하지 못했다. 아니, 이해하려는 시도조차 하지 않았다. 그 말이 나의 비위를 상하게 했던 걸까. 나는 젓가락으로 깨작거리다가 끝내 젓가락마저 내려놓고야 말았다. 그러자 아버지가 놀라 물었다.

"왜 그래?"

"응, 속이 좀 안 좋아서……."

"약 사다 줄까?"

"됐어요!"

"그럼 이거라도 좀 마셔."

아버지는 내 앞에 물김치를 밀어놓았다. 나는 마지못해 다시금 젓가락을 들었다. 아버지는 다시 밥을 먹기 시작했다.

새하얀 백김치를 젓가락으로 뒤적거리고 있으니 그녀의 얼굴이 떠올랐다. 실연의 아픔으로 인해 한순간 세상이 깜깜해졌다. 마치 누군가 이 세상의 스위치를 내린 것처럼……. 나는 다시 젓가락을 내려놓으며 힘없이 말했다.

"아빠, 나 내일 캐나다 가."

"아니, 왜? 다음 달 중순에 들어가는 거 아니었어?"

"그럴 예정이었는데 급히 할 일이 생겨서……."

"무슨 일인데?"

"응. 그게…… 네 명이 한 팀이 되어서 수행하는 프로젝트가 있는데…… 내가 한국에 오는 바람에 다른 친구들도 못하고 있거든."

말해놓고 나니 아주 적절한 핑곗거리였다. 아버지는 특이하게도 '나'보다는 '우리'를 더 소중하게 생각하는 경향이 있었다. '우리'를 위해서라면 기꺼이 '나'를 희생할 수도 있는 사람이었다.

"그런 일이라면 귀국하기 전에 해결했어야지!"

아버지의 얼굴에 섭섭한 기색이 역력했다. 그러나 붙잡지는 않았다. 아버지는 식욕이 사라졌는지 '세상에서 제일 맛있는 밥'을 먹다 말고 스르르 숟가락을 내려놓았다.

5

나는 미국의 유명한 공과대학에 진학했고, 여동생은 캐나다 명문 대학에 진학했다. 우리는 각자 기숙사에서 생활했다.

어머니는 더 이상 캐나다에 머물 명분이 없었다. 우리가 대학에 진학할 때까지만 머물겠다고 아버지에게 철석같이 약속했지만 돌아가지 않았다. 아버지는 귀국을 종용하다가 결국 포기하고 말았다.

오랜 기러기 생활에 지친 아버지는 수시로 전화를 걸어왔다. 아버지의 목소리에는 짙은 외로움이 묻어 있었다. 길게 통화하고 싶은 눈치였지만 나는 친구들과 놀면서도 공부한다는 핑계를 댔다. "아빠, 지금 바쁘니까 이따 내가 전화할게!" 하고는 곧바로 끊어버린 적도 한두 번이 아니었다.

그렇게 해서는 안 된다는 걸 알았지만 나는 아버지와 통화하는 게 싫었다. 아니, 정확히 말하면 홀아비 냄새가 풀풀 풍기는 아버지의 구질구질한 삶이 싫었다. 어쩌면 아버지가 희생한 대가로 유학 생활을 하고 있다는 사실을 외면하고 싶었던 건지도 몰랐다.

아버지가 쓰러진 것은 대학교 4학년 때였다. 마지막 시험인지라 도서관에서 밤을 새다시피 할 때였는데 어머니에게 전화가 걸려왔다. 어머니는 아버지가 심근경색으로 쓰러져 대학병원에 입원했는데 언제쯤 귀국할 수 있냐고 물었다. 나는 직감적으로 아버지가 위독하다는 사실을 알았다. 그러나 졸업이 코앞이었다. 마지막 시험이라 연기할 수도 없었고, 포기할 수도 없었다. 사정을 말하자 어머니가 마저 시험을 보고 귀국하라고 했다.

여동생은 시험 기간이었지만 곧바로 귀국했다. 그러나 나는 시험을 마저 치르고 열흘이 지나서야 귀국했다. 그 사이에 아버지는 임종했고, 이미 장례식까지 끝난 뒤였다.

나는 병원이 아닌 옛날 집으로 갔다. 아버지는 우리가 다시 돌아올 거라고 믿었던 걸까. 혼자 살기에는 넓고 썰렁했을 텐데 여전히 유학을 떠나기 전에 살았던 그 집에서 살고 있었다. 그러나 우리 가족은 아버지가 세상을 떠난 뒤에야 다시 모였다.

아버지가 10년 넘게 홀로 밥 먹었을 식탁에 둘러앉아 우리는 머리를 맞대고 식사를 했다. 분위기는 침울하지 않았다. 우리는 그간의 안부를 물었고, 간간이 웃음을 터뜨렸다. 그러나 그날이 오기를 손꼽아 기다렸을 아버지는 어디에도 보이지 않았다.

저녁을 먹고 나니 고모가 찾아왔다. 모처럼 만난 고모는 나를 보자마자 울음을 터뜨렸다.

"오빠가 널 얼마나 기다렸는데……."

이승을 떠나기 전에 마지막으로 내 얼굴을 보고 싶었던 걸까. 아버지는 의식을 잃고도 나흘을 더 버티다가 숨을 거두었다고 했다.

아버지는 갑작스런 죽음이 찾아올 걸 예감했는지 임종하기 몇 달 전에 유언장을 써놓았다. 사후에 다툼이 일어나지 않도록 재산은 최대한 공정하게 분배했고, 자기 몸은 선산에 매장하지 말고 화장해서 채석강에 뿌려줄 것을 부탁했다.

다음 날, 우리는 유골을 들고 채석강으로 갔다. 고모가 국가에서 지정한 장소 이외에 유골을 뿌리는 것은 불법이라고 해서, 우리는 남의 눈에 띄지 않게끔 최대한 안쪽으로 들어가 유골을 뿌렸다.

유골을 모두 뿌리고 차로 돌아가는데 왠지 풍경이 눈에 익었다. 주변을 둘러보며 기억을 더듬다가 어머니에게 물었다.

"엄마, 예전에 우리 여기 왔었지?"

"응. 아주 오래전에……."

어머니의 말을 듣는 순간, 카메라의 초점이 맞듯이 모든 것이 명확하게 떠올랐다. 내가 열 살 때였다. 우리 가족은 여름휴가 때 채석강을 찾았다. 어머니와 동생은 모래성을 쌓으며 놀았고, 아버지와 난 온종일 소라게를 잡으며 놀았다. 밀물이 모래사장을 삼켜서 더 이상 놀 수 없을 때까지…….

아버지의 인생에서 그날이 가장 행복했던 걸까?

바닷바람이 불어왔다. 어디선가 아버지의 호탕한 웃음소리가 들려왔다. 가슴이 아렸고, 아름답던 채석강 풍경이 한없이 쓸쓸하게 느껴졌다.

6

나는 대학원을 졸업한 뒤 한국의 대형 건설회사에 취직했다. 대학 동창의 소개로 한국에서 결혼했고, 아이도 낳았다. 그러나 직업이 플랜트 엔지니어였기에, 한 해 대부분을 해외에서 보내야 했다.

현장은 주로 중동국가였다. 어려서부터 해외에서 살았던 터라 날씨가 무덥다는 것 외에 생활하는 데 큰 어려움은 없었다. 양고기, 닭고기, 치킨, 샐러드, 콩 위주의 중동 음식은 다행히 입맛에 맞았다. 닭고기, 감자, 야채, 빵 등의 재료로 만드는 케밥 역시 그럭저럭 먹을 만했다. 그러나 한국인의 유전자 때문일까. 가끔씩 김치찌개나 된장찌개가 못 견디게 그리웠다. 어렸을 때는 그다지 좋아하지 않았던 음식인데도 불구하고 참으로 신기한 일이었다.

사우디 공사 현장에서 일하고 있을 때였다. 나는 오랜 해외 생활에 지칠 대로 지쳐 있었다. 무엇보다도 나를 힘들게 한 건 하루 일이 끝나고 난 뒤, 숙소로 돌아왔을 때 밀려드는 외로움이었다. 그때 비로소 가족을 모두 해외로 보내고 혼자 지내야 했던 아버지의 심정을 이해할 수 있었다. 아버지도 나처럼 코미디 프로를 보며 까닭모를 눈물을 주르륵 흘렸을 게 분명했다.

외로움이 치명적인 병처럼 깊어지면 차를 몰고서 사막으로 갔다. 숙소에서 승용차로 두 시간 남짓 달리면 사막이 나왔다. 사막의 밤은 고요하고 아름다웠다. 참빗으로 빗은 여인의 머리카락처럼 사막은 정갈하면서도 한없이 외로웠다. 사막 자체가 외로움이기 때문일까. 신기하게도 그 안에 들어가 있으면 더 이상 외롭지 않았다.

그러던 어느 날, 한국인 기술자의 집에 초대받았다. 저녁 시간이 되자 40대 초반의 부인이 뚝배기에 먹음직스러운 김치찌개를 내왔다. 중동국가에서는 구하기 힘든 돼지고기도 듬뿍 들어가 있었다. 오랜만에 접하는 한국 음식에 넋이 나가서 염치 불고하고 정신없이 먹었다.

한참 먹다가 무심코 고개를 들었다. 아버지와 어머니, 그리고 오빠와 여동생. 단란한 네 식구가 식탁에 앉아서 오순도순 이야기를 나누며 식사를 하고 있었다. 아주 오래전에 본 풍경이었다. 그들을 지켜보고 있으니 가슴 밑바닥에서 알 수 없는 따뜻한 물이 차올랐다. 순간 어디선가 아버지 음성이 들려왔다.

"야, 밥 진짜 맛있다! 아빠가 여태까지 먹어본 밥 중에서 제일 맛있네."

나는 김이 모락모락 나는 뜨거운 밥을 한 숟가락 떠서 입 안에 밀어넣었다. 밥알을 씹고 있는데 다시금 아버지의 목소리가 들렸다.

"아빠는 이렇게 맛있는 밥, 정말 오랜만에 먹어봐."

나는 감정이 복받쳐 눈물을 주르륵 흘리고 말았다. 주인집 식구들이 의아한 눈길로 나를 바라보았다. 나는 재빨리 감정을 수습하고 애써 태연한 척 밥을 먹었다. 밥알이 자꾸만 목에 걸렸다. 결국 반 남짓 남기고 식탁에서 일어났다.

나는 화장실로 들어갔고, 수돗물을 틀었다. 거울 속에서 아버지가 나를 물끄러미 바라보았다. 나는 아버지 얼굴을 손으로 어루만지다가 참았던 울음을 터뜨렸다.

"아빠, 미안해요! 그동안 나만 생각하며 살았어. 우린 가족인데…… 가족끼리 그러면 안 되는 건데……."

거울 속에서 아버지가 오열하고 있었다. 나는 울고 있는 아버지를 무기력하게 바라보았다. 맨발로 바닷가를 뛰어다니며 소라게를 잡던 그날처럼 발바닥이 간지러웠다.

나는 꼭꼭 숨고 싶었다, 소라게처럼…….

STORY 9

뒤뚱거리며 걷던 아이가 넘어집니다.
서러운 마음에 울음을 터뜨립니다.
아버지가 일으켜 세워주고 토닥여줍니다.
아이는 다시 힘을 내서 걸어갑니다.

청소하던 아이가 아버지가 아끼는 화분을 깨뜨렸습니다.
겁을 집어먹고 창고에 숨어버립니다.
아버지가 찾아와서는 웃으며 안아줍니다.
아이는 다시 조심조심 청소를 합니다.

사업하던 아이가 아버지 재산을 모두 날렸습니다.
미안한 마음에 아이는 고개를 들지 못합니다.
아버지가 밥이나 사먹으라며 만 원짜리를 손에 쥐어줍니다.
아이는 두 주먹을 불끈 말아쥡니다.

세상을 살다 보면 아버지도 넘어집니다.
아무렇지도 않은 척하지만 속으로는 아이처럼 울고 있습니다.
따뜻한 손길이, 따뜻한 말 한마디가 그립습니다.
아버지에게도 격려가 필요합니다.

괜찮아, 괜찮아!

세상의 관점에서 본다면 아버지는 실패자예요. 그러나 제가 존경하는 유일한 분이죠. 아버지도 험한 세상을 살아가는 남자잖아요? 정작 위로가 필요한 사람은 아버지였을 텐데도 오히려 저희를 위로하고, 하늘 높이 치켜주셨죠.

1

일가친척들의 표현에 의하면 아버지는 '비범한 아이'였다.

할머니는 논에서 일할 때면 아버지를 동네 어귀의 느티나무 아래에서 놀게 했다. 그 옆에서는 할 일 없는 노인들이 장기나 바둑을 두곤 했다. 아버지는 네 살 때 어깨 너머로 배운 솜씨로 장기판에 끼어들어 훈수를 했고, 다섯 살 때는 바둑까지 훈수했다. 여섯 살 때는 장기와 바둑의 최고수들을 차례로 꺾는 이변을 연출했다.

학교를 다닐 때도 교과서는 거들떠보지도 않았다. 매일 만화책과 무협지만 끼고 살았다. 그런데 신기하게도 시험을 치면 항상 전교 1등이었다. 또한 백일장이나 사생 대회에 나가면 상을 휩쓸다시피 했다.

아버지의 꿈은 소설가였다. 그러나 할아버지는 장차 가문을 일으켜세울 '비범한 아이'를 가난의 상징이다시피 했던 작가가 되도록 놓아두지 않았다. 아버지는 부친의 강요에 어쩔 수 없이 명문대 법대에 입학했다.

할아버지는 자신의 소유라고는 밭 한 뙈기 없는 소작농이었다. 슬하에 7남매를 두다 보니 밤낮으로 일해도 자식 교육은커녕 입에 풀칠하기도 버거웠다. 할아버지는 선택과 집중의 필요성을 느꼈다. 결국 다른 자식들은 최소한의 교육만 시키고, 먹을 것 입을 것 등을 아끼고 아껴서 장남에게 투자했다.

아버지는 사법고시를 본격적으로 준비하기 위해 2학년을 마치고 자원입대했다. 제대하고 복학하니 세상이 변해 있었다. 대통령이 총에 맞아 죽자 정국이 혼란스러워진 틈을 타서 신군부가 정권을 잡았다. 사복을 입은 형사들이 캠퍼스에 상주했고, 용기 있는 학생들이 기습시위를 했다. 건물 옥상에 올라가 유인물을 뿌렸고 5.18 광주 학살의 책임을 물으며 정권 퇴진을 외쳤다.

혼돈의 시기였지만 아버지는 도서관에 처박혀 외로운 싸움을 시작했다. 동기나 후배들은 이 판국에 글씨가 눈에 들어오느냐고 타박했다. 고향 후배가 거리에서 유인물을 뿌리다 형사들에게 질질 끌려간 날은 친구들에게 멱살을 잡히기도 했다.

"그 잘난 사법고시 꼭 패스해서 개 같은 정권의 개나 되어라! 에라, 개 같은 놈아!"

아버지는 괴로웠지만 책상 앞을 떠날 수 없었다. 갈등이 심해 가슴이 터질 것만 같을 때에는 가족사진을 들여다보았다.

동생들도 하나같이 똑똑했다. 부모가 지원해주면 충분히 명문대학에 갈 수 있을 정도로 공부를 잘했다. 그러나 그들은 중학교나 실업계 고등학교를 졸업하고 객지에서 공장 생활을 하고 있었다.

특히 아버지의 마음을 아프게 한 것은 넷째였다. 눈이 토끼처럼 동그래서 겁이 많았던 넷째는 반에서 1등을 놓쳐본 적이 없었다. 그러나 집안 형편을 비관한 나머지 중학교 3학년 때 자퇴하고 객지로 나갔다. 돈을 벌어 형제들 뒷바라지해주겠다는 야심찬 계획은 고작 3개월 만에 잘려나갔다. 공장에서 프레스 작업을 하다가 손가락 세 개를 잃고 만 것이었다. 넷째는 사장에게 건네받은 몇 푼의 돈으로

돼지고기를 사 들고 쓸쓸히 귀향했다.

부모와 형제들의 희생을 생각해서라도 물러설 수 없었다. 사법고시만 패스할 수 있다면 개가 아니라 구더기가 된다고 해도 상관없었다. 아버지는 눈과 귀를 틀어닥고 공부에만 매달렸고, 대학 4학년 때 마침내 사시 1차에 합격했다. 소식을 접한 가족들은 얼싸안고 울음을 터뜨렸다. 마치 판검사라도 된 듯이…….

아버지가 2차마저도 통과하리라는 걸 의심하는 사람은 아무도 없었다. 가족들은 물론이고 친구들마저도 아버지의 출세를 굳게 믿었다. 그러나 2차는 생각처럼 쉽지 않았다. 그해도 떨어졌고, 그 이듬해에도 떨어졌다.

낙담한 아버지는 일단 귀향했다. 가족들은 일시적인 불운으로 여겼다. 아버지는 계속 공부를 하라면서 뜬금없이 결혼을 권유했다. 신부는 이웃동네에 사는 부잣집 딸이었다. 결혼식 비용은 물론이고, 살 집도 신부 측에서 마련해준다고 했다. 장인어른이 마지막 패도 보지 않고, '사법고시에 합격한다'에 배팅한 셈이었다.

졸업까지 한 마당에 부모님에게 손을 벌리기도 난처했는데 차라리 잘됐다 싶었다. 아버지는 순순히 뜻을 따랐다. 아버지가 결정하자 결혼식은 일사천리로 진행됐다. 신혼여행을 갔다 온 아버지는 곧바로 절에 들어갔다. 신부의 얼굴이 눈앞에 아른거렸지만 그럴수록 더 공부에만 매달렸다.

'아, 안 되는구나!'

아버지가 자신의 한계를 느낀 건 서른 살 때였다. 이번에도 1차는 통과했는데 또다시 2차에서 고배를 마셨다.

처음으로 고시를 영영 패스하지 못할 수도 있겠다는 생각이 들었다. 몇 번 본 적 없지만 딸아이도 어느새 두 살이었다. 솔직한 심정으로는 이쯤에서 끝내고 다른 길을 찾고 싶었다. 그러나 부모님과 형제들의 희생을 생각하니 결정을 내리기가 쉽지 않았다.

갈등하고 있는데 암자에서 같이 공부하는 친구가 대기업 입사원서를 갖고 왔다. 여분의 원서가 있어서 아버지도 같이 제출했다. 되면 좋고, 안 되면 말자는 생각이었다. 상식 책을 대충 훑어보고 필기시험을 치렀고, 얼마 뒤 면접시험까지 보았다.

아버지는 친구와 나란히 합격했다. 기쁘기도 했고, 착잡하기도 했다. 아버지는 일단 직장 생활을 해보기로 작정했다. 그런데 한 가지 문제가 생겼다. 회사에 입사하기 위해서는 신용보증인을 내세워야 하는데 마땅한 사람이 없었다.

고민하다가 고향으로 내려갔다. 아내는 처가에 머물고 있었는데 장인의 얼굴을 보자 차마 취직했다는 말이 입에서 떨어지지 않았다. 장모가 온갖 귀한 음식들을 차려 내놓았지만 아무 맛도 느낄 수 없었다.

아버지는 부친에게 솔직히 고백해야겠다고 결심하고 고향집으로 건너갔다. 그런데 부친이 먼저 선수를 쳤다.

"괘안타, 마! 본래 큰 그릇을 맹그는 데는 시간이 쪼매 걸린다 안카나?"

부친의 주름진 얼굴을 보니 차마 취직했다는 말이 입에서 떨어지지 않았다. 반평생을 한결같은 마음으로 염원해온 사법고시였다. 이제 와서 포기하겠다는 건 부친의 삶을 조롱하는 꼴이었다.

'에이, 모르겠다! 시간이 해결해주겠지.'

한동안 취직한 사실을 알리지 말아야겠다고 결심한 아버지는 모두가 일 나간 틈에 인감도장을 찾기 시작했다. 장롱 밑의 서랍을 뒤지다 보니 보자기에 싸여 있는 수상한 물건이 손에 잡혔다. 길쭉하고 딱딱하고 묵직했는데 도대체 정체를 알 수 없었다.

아버지는 호기심에 꼭꼭 묶어놓은 보자기를 끌렀다. 놀랍게도 그것은 책상 위에 올려놓는 자개 삼각 명판이었다.

判事 朴炳浩(판사 박병호)

얼마나 정성스레 닦았는지 은빛 글자가 반짝반짝 빛이 났다. 순간, 얼굴이 후끈 달아올랐다. 행여 누가 들어올세라 재빨리 명패를 원래 위치에 넣고 서랍을 닫으려는데 누빈 속옷들이 눈에 들어왔다.

아버지 팬티는 물론이고, 어머니 펀티마저도 성한 옷이 없었다. 누더기 걸치는데 이골이 난 걸까. 자식들이 첫 월급을 타서 사준 속옷은 한쪽에 신주단지처럼 모셔놓고, 천이 닳아서 구멍이 송송 뚫린, 보기도 민망스러운 속옷을 입고 있었다. 갑자기 눈물이 핑 돌았다.

'그래, 여기서 물러설 수는 없어!'

처자식을 보면 마음이 약해질까 봐 곧장 절로 들어갔다. 한 해만 더 해보고 끝내려 했는데 순식간에 서른여섯이 되었다. 예전에는 1차는 가볍게 통과하고 2차 시험에서 고배를 마셨는데 근래 들어서는 1차에서 번번이 막혔다. 아무 책이나 펼쳐서 한 줄만 보면 나머지 내용을 줄줄 외우는 경지에 이르렀는데도 막상 시험장에 앉으면 머릿속이 텅 빈 듯 아무것도 생각나지 않았다.

그러던 차에 부친이 지병으로 숨을 거두었다. 장례를 치른 뒤 모친에게 솔직한 심정을 털어놓았다. 공부는 그만두고 고향에서 어머니와 함께 농사나 지으며 살겠노라고. 그러자 모친이 머리를 절레절레 흔들었다.

"다른 사람은 몰라도 니는 고향에선 절대 몬 산다. 동네 사람들 얼굴을 우에 볼라카노? 처자식 데리고 도회지로 나가서 따로 살그라."

2

도시로 올라온 아버지는 지인들의 소개로 회사를 전전했다.

아버지는 직장 생활에 적응하지 못했다. 적잖은 나이도 걸림돌이었지만 오랜 세월 혼자서 공부만 해왔던 터라 단체 생활을 못 견뎠다. 거기다 타협을 모르고, 불의를 참지 못하는 올곧은 성격이다 보니 온갖 권모술수가 난무하는 직장에서 버텨낼 재간이 없었다.

사무직을 전전하다가 나중에는 전집류를 파는 세일즈맨을 했다. 아버지도 고통스러웠겠지만 지켜보고 있는 주변 사람들에게도 힘겨운 시간이었다.

패를 보지도 않고 귀하게 키운 딸을 배팅한 데 대한 책임을 느낀 장인이 유산을 미리 떼어준다는 심정으로 사업자금을 대주었다. 아버지는 제과점을 차렸으나 2년 남짓 하다가 접었다. 그다음에는 비디오가게를 차렸으나 역시 2년을 넘기지 못했다. 그 뒤로 계속 내리막을 걸었고, 내가 열 살 때부터는 변두리에서 제화점을 했다.

아버지는 좁아터진 가게 한쪽에서 돋보기를 쓰고, 무릎에는 가죽 쪼가리를 얼기설기 꿰맨 보자기를 덮고서 구부정한 자세로 구두를 손수 만들었다. 고향 사람들이 오랜만에 아버지를 봤다면 낯설고 충격적이겠지만 나에게는 지극히 자연스러운 풍경이었다.

⚜

어머니는 귀하게 자란 탓인지 여성스러웠다. 그러나 나보다 두 살 위인 누이는 남자인지 여자인지 분간하기 힘들 정도로 극성맞았다. 주로 남자들과 어울려 놀았고 싸움을 해도 지지 않았다. 힘으로 안 되면 무기를 쓰거나 이로 물어뜯었고, 달아나면 끝까지 쫓아가서 어떤 식으로든 복수를 했다.

어렸을 때 함께 놀아주지 못한 미안함 때문일까. 아버지는 누이를 유독 예뻐했다. 공돈이 생기면 누이의 옷을 샀고, 운동화나 실내화는 당신이 낡은 칫솔로 손수 빨아주었다.

한국의 어머니가 그렇기는 하지만 어머니 역시 교육열만큼은 타의 추종을 불허했다. 남편이 출세할 거라는 믿음이 무너진 것에 대한 한풀이라도 하듯이 자식들을 학원으로 내몰았다. 밥은 빌어먹을지언정 교육만큼은 원 없이 시키겠다는 각오였다.

반면 아버지는 교육에 대해서 무심했다. 80점 맞은 시험지를 보여주면 어머니는 네 개나 틀렸다며 화를 냈고, 아버지는 열여섯 개나 맞았다며 대견해했다. 어려운 문제가 있어서 물어보면 어머니는 답을 가르쳐주었고, 아버지는 유사한 문제를 내주며 풀어보라고 했다. 그러다 보니 물어볼 게 있으면 자연스럽게 어머니에게로 향했다.

어머니의 남다른 교육열에도 불구하고 누이는 공부에 취미가 없었다. 운동은 만능선수이고, 노래도 잘하고 피아노도 곧잘 쳤으나 책상에 앉으면 하품부터 했다.

누이는 중학교 2학년 때 가출했다. 자정이 넘었는데도 학원에서 돌아오지 않았다. 아버지는 생업을 접고 누이를 찾아다녔다. 인신매매라도 당한 게 아닐까 싶어서 제정신이 아니었다. 먹지도 않았고 자지도 않았다. 그러나 보름 만에 돌아온 누이는 잠깐 외출이라도 하고 온 사람처럼 태평스러웠다. 어머니가 무슨 말을 건네야 할지 몰라 멍히 바라보고 있는데 누이가 말했다.

"엄마, 배고파. 밥 줘!"

그제야 제정신을 차린 어머니는 급히 밥을 차려주었고, 누이는 두 그릇을 뚝딱 해치웠다.

"도대체 어디서 뭘 했던 거야?"

"그냥 친구들하고 여기저기 돌아다녔어."

누이는 길게 기지개를 켜고 방으로 들어가서는 금세 곯아 떨어졌다. 밤늦게 돌아온 아버지는 잠든 누이의 모습을 내려다보며 안도의 한숨을 내쉬었다.

부모님은 행여 다시 가출할까 봐 두려웠는지 누이를 꾸짖지 않았다. 더 이상 공부하라며 밤늦게까지 학원으로 내몰지도 않았다. 가급적이면 누이가 하고 싶은 대로 놓아두었다. 누이는 집에서는 만화책을 읽으며 낄낄거렸고, 밖에 나가서는 까르르 웃으며 친구들과 무리지어 다녔다. 공원에서 남자 애들과 함께 담배를 피우고 있는 모습도 심심찮게 볼 수 있었다.

하루는 방에서 뒹굴며 만화책을 보고 있는 누이에게 물었다.

"왜 가출했던 거야?"

누이의 대답은 뜻밖이었다.

“가출했다 돌아오면 용돈을 많이 준다고 해서…….”

“누가 그래?”

“같이 가출했던 친구가…….”

나는 어이가 없었다.

“진짜, 철없다! 우리 집 형편을 빤히 알면서 어떻게 그런…….”

말을 채 끝내기도 전에 눈에서 불똥이 튀었다. 누이가 만화책으로 사정없이 뒤통수를 내리친 것이었다.

“훈계는 됐고, 나가서 콜라나 한 병 사 와.”

누이에게 주어졌던 자유와 특혜는 시간이 지나자 점점 사라졌고, 1년쯤 지나자 모든 게 원위치로 돌아왔다. 잠시 수그러들었던 어머니의 교육열이 되살아나면서 누이와의 말다툼도 잦아졌다.

누이가 열일곱 살 때였다. 그날은 일요일인데 학원에서 특강이 있었다. 누이는 친구와 춘천으로 놀러가기로 약속했다며 돈을 요구했고, 어머니는 학원에 가라며 가방을 챙겨주었다. 한동안 실랑이를 하던 누이가 버럭 고함을 질렀다.

“왜 자꾸 아무짝에도 쓸모없는 공부를 하라는 거야! 아빠를 보고서도 몰라? 명문대 졸업하면 뭐하냐고. 기껏해야 구둣방이나 할 텐데!”

“이놈의 가시나가…….”

흥분한 어머니가 따귀를 때리려 손을 휘저었다. 누이가 허공에서 재빨리 어머니의 손을 붙잡았다.

“그게 자식이 부모에게 할 소리냐? 아버지가 널 어떻게 키웠는데…….”

"뭘 어떻게 키워? 지지리 궁상맞게 키웠지!"

"나쁜 계집애! 그동안 키워준 은혜도 모르고, 고작 한다는 소리가……."

아버지는 방에서 신문을 보고 있었다. 모녀의 다툼을 못 들었을 리 없건만 아버지는 신문에서 시선을 떼지 않았다. 어쩌면 울고 있었기 때문인지도 몰랐다. 두 눈에 흥건한 눈물을 들킬까 봐 꼼짝하지 않았던 건지도…….

어머니가 "나가!"라는 말을 했는지, 안 했는지는 모르겠다. 어쨌든 누이는 집을 뛰쳐나갔고, 며칠이 지나도 돌아오지 않았다. 아버지가 은밀히 행방을 수소문하니, 친구의 집에서 하룻밤 잔 뒤 돈을 왕창 벌어오겠다며 부산으로 갔다고 했다.

얼마 뒤, 아버지는 자의 반 타의 반으로 제화점을 접었다. 경기가 나빠지면서 대기업에서 만든 구두가 헐값으로 쏟아졌기 때문이다. 먹고살 길이 막막해지자 어머니가 나섰다. 대형마트에서 임시직으로 일하기도 했고, 식당에서 허드렛일을 하기도 했고, 각종 반찬을 만들어 시장 한쪽에서 장사를 하기도 했다.

아버지는 산에 간다고 매일 아침 집을 나섰다. 이삼 일 만에 돌아오는 건 예사였고, 어떤 때는 일주일 만에 돌아오기도 했다. 하루는 수상히 여긴 어머니가 등산복과 배낭을 샅샅이 뒤졌다. 등산복 윗주머니에서 부산행 버스표가 나왔다. 노숙자처럼 지하도나 공원 같은 곳에서 잠을 자고, 코펠에다 라면을 끓여먹으면서 누이를 찾는다고 온종일 부산 시내를 훑고 다녔음이 분명했다.

"아니 그런 못된 년도 딸이라고, 뭘 그렇게 애타게 찾아다녀요? 그런다고 걔가 당신 마음을 백분의 일이라도 알아줄 줄 아세요?"

아버지는 가타부타 말이 없었다.

말로는 타박하면서도 어머니는 아버지의 '수상한 산행'을 만류하지 않았다. 오히려 아버지 등산복에 몰래 돈을 넣어두곤 했다.

누이가 돌아온 건 2년쯤 지나서였다. 학교에서 돌아오니 집 앞에 검은색 중형 승용차가 세워져 있었다. 집으로 들어가자 부모님 앞에 임신한 누이와 이십 대 중반의 건장한 청년이 무릎 꿇고 앉아 있었다.

청년은 한여름인데도 검은 양복을 입고 있었고, 머리카락은 군인처럼 짧았다. 한눈에 보기에도 조직폭력배였다. 속이 상한지 어머니는 아예 돌아앉아 있었고, 아버지만 무표정한 얼굴로 사위를 관찰했다.

저녁을 먹고 사위가 잠깐 자리를 비운 틈에 누이가 말했다.

"이런 꼴로 돌아오고 싶지 않았는데…… 아빠가 날 찾아다닌다는 소식을 듣고 나니, 더 이상 모른 체할 수가 없었어. 아빠, 미안해!"

"괜찮아, 괜찮아!"

아버지는 울먹이는 누이의 등을 가볍게 두드렸다.

"현실보다 더 무서운 게 상상이더라. 행여 너한테 안 좋은 일이 생겼을까 봐 그동안 얼마나 걱정했는데……."

"저 사람 인상은 험악해 보여도 심성은 착해."

"그래, 그래! 비록 배운 건 없어도 처자식에게 손찌검할 사람 같지는 않더라. 그럼 됐다!"

아버지의 위로가 힘이 되었는지 누이의 표정이 밝아졌다.

두 사람이 돌아가고 난 뒤, 아버지는 평상시 잘 마시지도 못하는 소주를 물처럼 들이켰고, 끝내 참았던 울음을 터뜨렸다. 한때 '비범한 아이'로 많은 사람의 사랑과 기대를 한 몸에 받았을지 몰라도 그날의 아버지는 가장으로서 너무도 무력해 보였다.

아버지는 그날 이후로 부쩍 말수가 줄었다. 넋이 나간 듯 멍하니 앉아 있다가 말을 붙이면 깜짝깜짝 놀라곤 했다.

3

누이에 대한 기대마저 무참히 깨어지자 어머니는 나에게 마지막 희망을 걸었다. 불운한 가족사는 위인들에게는 동기부여가 되었지만 나에게는 그 어떤 자극도 주지 못했다. 어머니의 적극성이 오히려 부담스러울 뿐이었다.

나는 시키면 시키는 대로 하는 아이였다. 거짓말을 할 줄도 몰랐고, 꾀를 부릴 줄도 몰랐다. 어머니가 하라는 대로 밤늦게까지 학원을 전전했고, 자정 넘어서까지 숙제를 했다. 그 덕분에 모든 과목에서 우수한 성적을 받았다.

중학교에 가서도 마찬가지였다. 나는 아버지처럼 전교 1등은 아니었지만 전교 10등 안에는 꼭 들었다. 겉보기에는 비슷해 보이지만 실상을 들여다보면 많은 차이가 있었다. 아버지는 설렁설렁 공부했음에도 불구하고 전교 1등을 했고, 나는 10등 안에 들기 위해서 내 능력 이상을 발휘해야만 했다.

나는 벼랑 끝에 서 있었던 셈이다. 조금만 방심하면 천 길 낭떠러지였다. 공부를 잘하려면 집중력을 높여야 하기 때문에 하루 일곱 시간 이상은 자야 한다고 했지만 나는 다섯 시간 이상 자본 적이 없었다. 명절 때는 물론이고 생일에도 독서실에 처박혀 공부했다. 물론 자발적인 공부는 아니었다. 온갖 짜증을 내며, 때로는 눈물을 흘리며 학원에서 내준 엄청난 양의 숙제를 하곤 했다.

사랑하면 눈이 먼다고 했던가. 어머니는 나를 사랑했지만 있는 그대로의 나를 보지 못했다. 아버지의 머리를 이어받은 '비범한 아이'로 착각했고, 결국 수재들만 모이는 명문 외국어고등학교에 진학시키는 실수를 범하고 말았다. 대학교 등록금과 비등할 만큼 비싼 학비를 지불해야 함에도 불구하고!

일단 학교 생활이 시작되니 한가롭게 학비 걱정이나 하고 있을 때가 아니었다. 전국에서 모인 수재들 속에서 살아남는 게 급선무였다. 나는 황산벌 전투의 관창처럼 죽을힘을 다해 공부했다. 그것은 공부라기보다는 주어진 시간과의 치열한 전투였다. 나는 식사 대신 간식으로 끼니를 때움으로써 시간을 아꼈고, 물을 마시지 않음으로써 화장실 가는 시간마저 절약했다.

첫 시험을 치른 뒤, 성적표를 받아들고 나니 눈앞이 깜깜해졌다. 42명 중에서 28등. 전교 등수는 423명 중에서 292등이었다.

'아, 미치겠네, 정말!'

실망할 부모님을 생각하니 집에 들어갈 엄두가 나지 않았다. 동네 놀이터에 앉아서 땅이 꺼져라 한숨을 내쉬고 있는데 누군가 뒤통수를 툭 쳤다. 놀라 돌아보니 동네 친구이자 중학교 동창인 창수였다.

"범생이, 여기서 뭐해?"

창수는 또래보다 육체적 발육도 빨랐고 생각도 깊었다. 나는 솔직하게 고민을 털어놓았다.

"야, 진짜 대단하네! 전교 28등을 해도 시원찮을 판에 반에서 28등이라니……. 어디서 그런 괴물들이 모인 거야?"

"그나저나 어떻게 엄마 아빠 얼굴을 보냐?"

"칼이 있으면 방패도 있는 법! 내가 해결해줄 테니까 따라와."

기적이라도 바라고 있었던 걸까. 다른 방법이 있을 수 없다는 사실을 알면서도 행여나 하는 마음으로 창수를 따라갔다.

PC방으로 들어서며 창수가 전지전능한 신이라도 된 양 내게 물었다.

"지금 너의 소원은?"

"전교 1등!"

"자식, 꿈도 야무지네."

창수가 컴퓨터를 이리저리 조작하더니 잠시 뒤, 성적표를 출력했다. 42명 중에서 1등, 423명 중에서 1등인 성적표를 받아드니 심장이 마구 뛰기 시작했다. 순간적으로 '이게 정말 내 성적표라면 얼마나 좋을까?' 하는 생각이 들었다.

창수가 팔로 내 목을 감으며 물었다.

"이제 행복하냐?"

"아니……. 죽을 것처럼 두, 두려워!"

"왜? 네가 원했던 거잖아."

"그렇긴 한데…… 이건 확실히 오버야!"

"그럼 네가 원하는 건 뭐야?"

"반에서 20등……. 아니, 17등."

나는 잠깐 생각하다가 대답했다. 그 정도 성적이라면 부모님을 납득시킬 수 있을 것 같았고, 다음 시험에서 도전해볼 만했다.

"허, 그놈 참! 심성도 착하구나!"

창수는 '금도끼 은도끼'에 나오는 산신령 같은 말투로 중얼거리고는 빠르게 키보드를 두드렸다.

나는 진짜 성적표는 국어책 속에, 가짜 성적표는 영어책 속에 넣었다. 가능하면 진짜 성적표를 보여줘야겠다고 작정하고 집으로 향했다.

"다녀왔습니다."

현관문을 열고 들어서니 어머니가 "왔니?" 하면서 안방에서 나왔다. 짧은 순간 스캔하듯이 내 표정을 훑었다. 이번 시험 성적에 대해 얼마나 기대하고 있는지 피부로 느낄 수 있었다. 나는 어쩔 수 없이 가짜 성적표를 내밀었다.

어머니는 미간을 찌푸렸다. 진짜 성적표를 보여드렸다면 기절했을 수도 있겠다는 생각마저 들었다. 아버지는 슬쩍 훑어보고는 "수재들만 모여 있는 학교에서 이 정도면 잘했네!" 하며 내 어깨를 두드려주었다.

학교가 점점 두려워졌다. 교실에 앉아 있으면 숨이 턱 막혔고, 책을 들여다보고 있으면 머리가 지끈거리며 아파왔다.

나는 야자나 학원을 빼먹고, 창수와 함께 PC방이나 만화방을 전전했다. 가끔씩은 창수가 드러머로 활동하는 밴드 연습실에 놀러 갔다. 중학교 동창들끼리 모여서 결성한 5인조 밴드인데 그들의 연주를 듣고 있으면 절로 흥이 났다.

어느 날, 창수가 뜻밖의 제안을 했다.

"야, 너 베이스 한번 쳐볼래?"

베이스를 맡고 있는 친구가 지방으로 전학가게 되었다고 했다. 나는 베이스는커녕 하모니카도 불 줄 모른다며 사양했지만 창수는 적극적이었다.

"야, 베이스 폼 나지 않냐? 네가 하겠다면 기타는 내가 마련해줄게. 군대 간 사촌형이 쓰던 기타가 있거든."

베이시스트가 폼이 나는 건 사실이었다. 그 무렵에는 헤비메탈에 빠져 있어서 '메탈리카'의 음악을 주로 들었다. 나는 초창기 멤버로서 베이스를 맡았던 클리프 버튼을 좋아했다. 그러나 내가 밴드에 가입하게 된 가장 확실한 이유는 공부 외에 마음 붙일 무언가가 필요했기 때문이다.

나는 영어 학원비로 기타 학원에 등록했고, 밤늦게까지 기타를 배웠다. 기타 실력은 빠르게 늘어갔고 성적은 빠르게 떨어졌다. 그러나 나의 성적표는 항상 반에서 15등 근처였다.

2학년 겨울방학을 앞두고 기타 주인이 제대했다. 창수는 기타를 원래 자리에 갖다놓았다. 방과 후면 늘 끼고 살던 기타가 사라지자 그토록 허전할 수 없었다. 내 삶의 일부분이 폭격 맞은 기분이었다.

당시 어머니는 식당에서 일하고 있었고, 아버지는 집에서 놀고 있었다. 부자들의 살림은 무성한 여름 숲 같아서 속사정을 알 수 없지만 빈자들의 살림은 헐벗은 겨울 숲 같아서 속이 훤히 들여다보이게 마련이다. 어머니는 비싼 등록금 때문에 여기저기 빚을 지고 있었다. 나는 괴로웠지만 어쩔 수 없이 거짓말을 했다.

"엄마, 우리 반에 영훈이라고 있거든. 근데 걔가 강남에서 영어 과외를 받는데 진짜 잘 가르친대. 나보다 못했는데 그 선생님한테 한 달 과외 받고 이번에 영어 만점 받았잖아!"

예상대로 어머니가 미끼를 덥석 물었다.

"그래? 과외비가 얼만데?"

"일주일에 두 시간씩 두 번 가르치는데 시간당 삼만 원이래."

머릿속으로 한 달 치 과외비를 계산해본 어머니가 깜짝 놀랐다.

"그렇게 비싸?"

"좀 비싸긴 한데 워낙 실력이 좋아서 대기자가 줄을 섰대. 엄마, 이번 과외만 받게 해주라. 내가 다음 시험에서 영어만큼은 반드시 만점 받아올게!"

어머니는 대답 대신 길게 한숨을 내쉬었다. 어머니의 무거운 표정을 보니 죄의식이 송충이처럼 스멀스멀 기어 올라왔다.

다음 날 어머니가 이웃집에서 빌려 온 돈을 건네주었다. 나는 창수와 함께 세운상가에 가서 미리 봐두었던 기타를 샀다.

학기 말 고사가 끝난 뒤, 영어 100점에다 반에서 8등을 한 성적표를 출력해서 어머니에게 갖다 주었다. 어머니는 도서관에서 밤늦게까지 공부하느라 얼굴이 반쪽이 됐다며 삼겹살을 사 왔다. 양이 얼마 되지 않아서 부모님은 먹지 않고 나만 먹였다.

삼겹살은 눈물이 핑 돌 정도로 맛있었다. 나는 목덜미를 꽉 깨물고 있는 죄의식을 떨쳐내기 위해 익지도 않은 고기를 연신 입 안에 밀어넣었다.

⚜

"법대를 가거라."

3학년 2학기가 되자 어머니가 단호하게 말했다. 이 문제에 대해서만큼은 어떤 타협도 하지 않겠다는 굳은 의지를 표정에서 읽을 수 있었다.

나는 이미 실용음악과에 가기로 마음을 굳힌 상태였다. 사실 어머니가 원하는 대학의 법대는 가려고 해도 갈 수 없는 처지였다. 이제 와서 진실을 밝혀봤자 집안만 시끄러워질 뿐이었다.

공부를 못하면 부모님의 말씀을 거역해서는 안 된다. 그래야 죄의식을 조금은 덜 수 있다. 나는 순순히 "네, 그럴게요!" 하고 대답했다.

수능을 보았고, 위조한 성적표를 부모님에게 보여드렸다. 그로부터 얼마 뒤, 명문대 법대 합격증을 다시 위조했다. 솔직히 이 무렵에는 자포자기 상태였다. 나는 이미 총구를 벗어난 총알이었다. 내 의지대로 방향을 바꿀 수 없었다. 가는 데까지 가는 수밖에!

어머니가 어렵사리 마련한 등록금으로 전문대학 실용음악과에 등록했다. 대학에 들어가서 내가 제일 처음 한 일은 법대생이 썼던 헌 책을 사서 책꽂이에 꽂아두는 일이었다.

나는 음악가로 출세하기 전까지는 들키지 않는 게 내가 할 수 있는 최선의 효도라고 믿었다. 성공을 거둔다면 거짓말 또한 아름다운 추억이 되리라.

완벽한 이중 생활을 했음에도 불구하고, 결국 모든 게 탄로 났다.

화사한 봄꽃 같은 신입생들이 캠퍼스를 누비고 다니던 봄날이었다. 지하철을 타고 가던 어머니의 가슴속에 도대체 무슨 바람이 불었던 걸까. 어머니는 내가 다니고 있다고 믿었던 학교에 들렀다.

신입생도 아닌 2학년인데 나를 아는 학생이 아무도 없고, 학과 사무실에서조차 그런 학생이 없다고 하자 어머니는 극심한 혼란에 빠졌다. 처음에는 행정상의 착오라고 생각했다가 아주 짧은 순간, 내가 거짓말을 했을지도 모른다는 의심을 품기에 이르렀다. 한 번 의심하기 시작하자 그동안 수상쩍었던 점들이 꼬리에 꼬리를 물고 이어졌다.

어머니는 내친김에 내가 다녔던 고등학교에 들러 성적표와 졸업증명서를 떼었다. 전교 최하위권인 나의 성적을 확인하고 나니 의심은 이내 확신으로 바뀌었다. 아버지가 못 이룬 판검사의 꿈을 내가 이뤄줄 것이라는 믿음 하나로 버텨왔던 어머니에게는 마른하늘에 날벼락이었다.

모든 게 들통 난 줄도 모르고 나는 강변가요제 참가 문제로 고민하고 있었다. 참가하자니 얼굴이 알려질까 두려웠고, 포기하자니 그동안 같이 연습해왔던 멤버들에게 미안했다. 나는 그 어떤 결정도 내리지 못한 채 집으로 돌아왔다.

현관문을 열고 들어서며 평상시처럼 "다녀왔습니다!" 하고 인사했다. 그런데 그날은 이상하게도 아무런 응답이 없었다.

"나가셨나?"

고개를 갸웃거리며 안방 문을 열었다. 어머니는 이불을 푹 뒤집어쓴 채 누워 있었고, 아버지 혼자서 심각한 표정으로 무언가를 들여다보고 있었다.

'뭘 보고 계신 거지?'

나는 고개를 쑥 내밀고 내려다보다가 그것이 나의 진짜 성적표라는 사실을 깨달았다. 순간, 한창 공연을 하다 갑자기 줄이 잘린 꼭두각시 인형처럼 전신에 맥이 탁 풀렸다. 나는 털썩 무릎을 꿇고 머리를 조아렸다.

"죽을죄를 졌습니다!"

아버지도 어머니도 아무 말씀이 없었다. 차라리 욕설을 퍼붓든지 때리든지 했으면 마음이 편할 것 같았다. 그러나 두 분은 약속이나 한 듯이 단 한마디도 하지 않았다. 마음이 물먹은 스펀지처럼 점점 무거워졌다. 나는 침묵 속에서 내가 어떤 짓을 했는지 서서히 깨달아갔다.

두 분은 비록 가난했지만 정직하게 살아왔다. 허황된 꿈을 꾸지도 않았고, 남의 돈을 탐하지도 않았다. 그 어떤 경우라도 자신의 이익을 위해 남을 속이거나 거짓말을 하지 않았다. 자식들 뒷바라지를 위해 묵묵히 땀을 흘리며 하루하루를 살아왔는데, 그런 분들을 상대로 내가 희대의 사기극을 벌인 것이었다.

30분쯤 지났을까. 묵묵히 앉아 있던 아버지가 벌떡 일어나더니 점퍼를 걸쳤다.

"나가자."

어머니는 이불을 뒤집어쓴 채 하염없이 울고 있었다. 어머니가 느낄 절망감을 생각하니 절로 한숨이 나왔다.

아버지는 키 큰 허수아비 같았다. 긴 그림자를 끌고 휘적휘적 걷더니 포장마차로 들어갔다. 밤늦은 시간인데도 포장마차는 한산했다.

술과 안주가 나오자 아버지가 당신의 잔에 술을 채운 뒤, 내 잔에도 술을 채워주었다. 아버지의 무거운 표정을 보고 있으니 내가 죄인이라는 생각이 들었다. 가난한 부모님을 등쳐먹은 사기꾼이요, 믿음을 헌신짝처럼 팽개친 배신자였다. 죄책감이 거대한 손이 되어 심장을 쥐어짰다. 나는 바닥에 털썩 무릎을 꿇었고, 깊숙이 머리를 조아렸다.

"아버지, 잘못했습니다!"

처음에 했던 사과는 사실 형식적인 면이 있었다. 그러나 이번의 사과는 마음 깊은 곳에서 우러나는 진심이었다.

"괜찮아, 괜찮아!"

뜻밖에도 아버지가 내 등을 두드리며 일으켜 세웠다.

"네가 얼마나 음악을 하고 싶었으면 그랬겠니?"

순간, 나도 모르게 눈물이 왈칵 쏟아졌다. '아, 아버지가 나를 정말로 사랑하고 있구나' 하는 감동과 함께 전율이 밀려왔다. 나는 터져나오려는 오열을 삼켰다.

"세상을 사는 방법은 여러 가지야. 훌륭한 사람이 되면 좋지만 모두가 훌륭한 사람이 될 필요는 없어. 자신이 하고 싶은 일을 하면서 사는 것도 멋진 인생이야. 이왕 시작했으니 아름다운 청춘에 부끄럽지 않도록 최선을 다해서 해봐."

나는 아버지의 격려에 몸 둘 바를 몰랐다. 채찍질을 해도 분이 안 풀릴 상황에 격려라니!

"잘되면 상관없다만…… 일이 뜻대로 안 될 수도 있어. 최선을 다했는데도 불구하고, 이 길이 아니다 싶은 생각이 들면 주저하지 말고 접어. 시작하는 것도 용기지만 그만두고 싶을 때 그만두는 것도 용기야! 흔히 열심히 노력하면 세상에 이루지 못할 일은 없다고들 말하는데, 세상에는 아무리 노력해도 안 되는 일도 있거든."

아버지가 평상시 말을 아끼는 분이라는 걸 너무도 잘 알기에 단 한마디도 허투루 들을 수 없었다.

"사람의 마음을 병들게 하고 상하게 하는 것은 실패, 그 자체가 아니야. 실패했다는 자책감에 사로잡히지 않는 게 중요해! 그것은 마치 나무를 갉아먹는 흰개미 같아서 방치해두면 마음속에 커다란 구멍을 만들거든."

솔직히 그 당시에는 아버지의 말뜻을 제대로 이해하지 못했다. 아버지가 나에게 돈으로 살 수 없는 소중한 교훈을 주셨다는 걸 깨달은 건 그로부터 한참 뒤였다.

어머니는 나에게 말도 건네지 않았고, 눈도 마주치지 않았다. 아무래도 마음의 앙금이 가라앉기까지는 시간이 필요해 보였다. 모든 게 들통 나자 오히려 속이 시원했다. 나는 제일 먼저 책꽂이에 꽂혀 있는 법률 서적부터 내다 버렸다.

우리는 강변가요제에 참가했다. 그러나 예선에서 탈락했다. 심기일전해서 대학가요제에 참가했다. 내가 작사 작곡한 곡을 들고 나갔으나 다시 예선에서 고배를 마셨다.

학교를 졸업하고 나니 마땅히 할 일도 없었다. 우리 밴드는 불러주는 곳도 없어서 길거리 공연을 하는 게 고작이었다. 수익은커녕 한 끼 식사비를 마련하기도 힘들 지경이었다.

그러나 한 번 시작한 음악을 그만두기란 쉽지 않았다. 나는 제대하고 나서도 3년을 더 무명 밴드에서 연주했다. 명성도 없고 수익도 없다 보니 열정은 점점 사그라졌고, 음악에 대한 회의감만 밀려들었다. 그러던 차에 연주 연습실마저 공중분해가 되었다. 아는 분의 건물을 관리해주며 지하를 사용했는데 건물이 팔리는 바람에 비워줘야 했다. 멤버들은 음악을 계속해야 할지, 다른 일을 찾아야 할지 갈피를 못 잡고 있었다.

어느덧 내 나이도 스물일곱이었다. 어머니는 무릎 관절염 때문에 집에서 쉬고 있고, 아버지는 하루 2교대로 택시 운전을 하고 있었다. 음악을 한다는 핑계로 언제까지나 빈둥거리고 있을 수는 없었다.

나는 대학로와 홍대 클럽을 전전하며 라이브 연주를 들었다. 세상에는 고수도 많고 천재성을 지닌 뮤지션도 많았다. 나는 그들에 비하면 여러모로 부족했다. 노래를 잘하지도 못했고, 절대 음감을 지닌 것도 아니고, 끼와 감도 부족했고, 작곡 솜씨나 기타 연주도 평이했다. 나는 음악이 좋아서 뮤지션이 된 게 아니라 공부하기 싫어서 뮤지션이 된 케이스였다. 물론 운이 따른다면 성공할 수도 있겠지만 냉정히 평가한다면 성공 가능성은 희박했다.

음악을 취미 생활로만 해야겠다고 결론을 내릴 즈음, 창수만 제법 이름 있는 밴드로 옮기기로 했고, 다른 멤버들은 나와 비슷한 결론을 내렸다. 우리는 홍대에 위치한 극장을 빌려서 마지막 공연을 하기로 했다. 포스터를 거리에다 붙이고, 팸플릿과 초대권을 만들어서 친척들과 친구들에게 돌렸다.

나는 머릿속이 복잡했다. 성공해서 하는 공연이 아닌, 해체를 위한 마지막 공연이다 보니 부모님을 초대하기 부끄러웠다. 몇 번을 망설이다 공연하는 날 식탁에다 두 장의 초대권을 올려놓고 집을 나섰다. 부모님이 와주신다면 영광이요, 오지 않는다면 당연하게 받아들일 작정이었다.

공연은 1, 2부로 나눠서 한 시간 40분 남짓 진행되었다. 극장은 최대 100명까지 수용 가능했다. 공연 시작할 때 무대에 오르니 좌석은 반 남짓 차 있었다. 나는 연주 전 극장 안을 구석구석 훑어보았다. 부모님은 보이지 않았다. 아버지는 한창 일할 시간이니 못 오실 거라고 예상했지만 어머니마저 보이지 않자 섭섭함은 이루 말할 수 없었다.

청중 대다수가 멤버들과 아는 사람들이기 때문인지 반응은 뜨거웠다. 우리는 언제 다시 무대에 설지 기약할 수 없는 상황이라 최선을 다해 연주했다.

1부 공연이 끝나자 전신이 땀으로 흠뻑 젖었다. 옷을 갈아입고 잠시 숨을 돌린 뒤, 다시 무대에 올랐다.

2부 공연은 멤버들의 자작곡으로 채워져 있었다. 두 번째 곡은 내가 만든 '아빠의 세상살이'였다. 사회에 적응하지 못하는 아버지를 생각하며 군대 있을 때 쓴 곡이었다. 노래 중간에 '사람들은 동쪽으로 가는데 아빠는 왜 자꾸만 서쪽으로 가나. 우우우' 하는 구절이 끝나면 베이스 솔로 연주가 긴 시간 이어졌다. 나는 노래가 끝나갈 무렵에 기타를 연주하며 무대 앞으로 자연스럽게 걸어나갔다.

관객들과 눈을 맞추기 위해 고개를 드는 순간, 뒷좌석에 앉아 있는 아버지와 눈이 마주쳤다. 언제부터 와 있었던 걸까. 아버지는 택시 운전을 하다 왔을 텐데도 말끔한 정장 차림이었다. 예전에 비해 몸피가 줄어서 양복이 커 보였지만 내가 보았던 그 어떤 신사보다도 멋있었다. 아버지는 입장할 때 나눠준 형광막대를 흔들며 환한 미소를 지었다.

순간, 가슴이 뭉클해졌다. 그 어느 때보다 잘해야겠다는 생각이 들었다. 고개를 숙이고 연주하는데 아버지의 시선이 온몸에 느껴졌다. 그러나 지나치게 긴장한 탓인지 평상시보다 형편없는 연주를 하고 말았다. 노래가 끝나자 박수갈채가 쏟아졌지만 나는 고개를 들 수 없었다.

공연은 계속됐고, 나는 평상시와 달리 실수를 많이 했다. 공연이 모두 끝나고 나니 펑펑 울고 싶은 심정이었다. 자책감에 젖어 있는데 아버지가 다가왔다.

"내 아들, 최고다!"

어떻게 들으면 지극히 형식적인 말이었다. 그러나 나는 그 짧은 한마디에 전율을 느꼈다. 거짓말쟁이 아들을 용서해주고, 형편없는 솜씨를 치켜세운 아버지. 그날의 아버지 모습은 내 가슴속에 영원한 우상으로 남아 있다.

⚜

10년 남짓 해왔던 음악을 그만두고 나니 세상을 다 살아버린 것만 같은 기분이었다. 새로운 일자리를 알아보러 돌아다녔지만 마땅한 자리가 없었다. 나는 수시로 좌절을 마셨다. 특히 명문대를 졸업하고 대기업에 다니거나 사법고시나 외무고시를 패스한 고등학교 동창들 소식을 들었을 때, 좌절감은 이루 말할 수 없었다.

그러던 어느 날, 아버지가 갑자기 숨을 거두었다. 평상시처럼 일을 마치고 돌아와서 잠이 들었는데 아침에 흔들어보니 숨져 있었다. 부검 결과는 과로로 인한 심장발작이었다.

아버지의 돌연사는 가족 모두에게 충격이었다. 나 역시 충격의 여파에서 벗어날 수 없었다. 최소한 한 번쯤은 제대로 효도할 기회가 있을 줄 알았는데 그마저도 영영 사라진 셈이었다. 나는 자책감에 사로잡혀 알코올 의존자처럼 매일 술을 끼고 살았다.

하루는 포장마차에서 혼자 술을 마시는데 문득, 아버지 목소리가 생생하게 떠올랐다.

"사람의 마음을 병들게 하고 상하게 하는 것은 실패, 그 자체가 아니야. 실패했다는 자책감에 사로잡히지 않는 게 중요해! 그것은 마치 나무를 갉아먹는 흰개미 같아서 방치해두면 마음속에 커다란 구멍을 만들거든."

나는 아버지의 생애를 찬찬히 되돌아보았다. 아버지에게도 반전의 기회가 없었던 것은 아니었다. 아버지가 눈앞을 지나가는 무수한 기회를 놓친 까닭은 당신도 고백했다시피, 실패했다는 자책감에 사로잡혀 있었기 때문이다.

사람들은 실패하면 사고 치고 겁먹은 아이처럼 자신만의 창고로 숨는다. 아버지도 창고 속 같은 어두컴컴한 세계에서 평생을 살았다. 돌이켜보면 아버지에게 필요했던 것은 따뜻한 격려였다. 누군가 아버지를 끌어안고 다독여주었더라면, 많은 실패자가 그랬던 것처럼 창고에서 나와 또 다른 세계를 향해 달려가지 않았을까.

취기가 돌자 같은 실패자라는 동지 의식이 발동한 걸까, 아버지가 못 견디게 그리웠다. 눈을 감고서 마음속으로 "아버지" 하고 불렀다. 그러자 어둠 속에서 아버지가 서서히 다가왔고, 내 어깨를 끌어안았다. 갑자기 서러움이 분수처럼 솟구쳤다. 울음을 꾹 참고 있는데 아버지의 다정한 음성이 들려왔다.

"괜찮아, 괜찮아!"

순간, 참았던 울음이 터져나왔다. 나는 테이블에 머리를 묻고 하염없이 울었다.

그날 이후, 나는 지난날들에 대한 후회나 생존자 신드롬에서 벗어나기 위해 의식적으로 노력했다. 실패를 깨끗이 인정했고 아버지의 죽음을 받아들였다. 그러자 비로소 실패의 끝이 아니라 새로운 출발점에 서 있다는 생각이 들었다.

현재 나는 생명보험회사에서 설계사로 일하고 있다. 과거의 악령에게 발목을 붙잡히지 않기 위해서, 성공한 미래의 모습을 그리며 열심히 달려가고 있다. 학교 다닐 때는 그토록 싫었던 공부도 다시 시작했다. 전문가로 거듭나기 위해 인터넷 강의도 듣고, 각종 자격증을 따기 위해서 밤늦게까지 공부한다.

나는 아무리 바쁜 일이 있어도 제화점 앞을 지날 때면 습관적으로 발걸음을 멈춘다. 휘황찬란한 진열장을 들여다보고 있으면, 구부정한 자세로 앉아서 구두를 만드는 아버지의 뒷모습이 보인다. 나일론 실을 꿴 송곳으로 구두를 깁던 아버지가 고개를 돌린다. 허공에서 눈이 마주치자 엄지손가락을 치켜세우며 환하게 웃는다.

"내 아들, 최고다!"

눈시울이 뜨거워지면서 절로 허리가 숙여진다. 나는 오늘도 다짐한다.

"아버지, 고맙습니다! 이 세상 어디에 내놓아도 부끄럽지 않은, 당신의 자랑스러운 아들이 되겠습니다."

EPILOGUE

내 이름은 무엇입니까?

1

아버지는 가난했다.

K는 가난이 싫었다. 아버지가 싫었다. 어느 시인이 가난은 불편할 뿐이지 부끄러운 건 아니라고 했지만 가난은 자꾸만 부끄러움을 강요했다. 선생님은 준비물을 갖고 오지 않았다고 따귀를 때렸다. 등록금을 제때 못 냈다는 이유로, 수업 시간 내내 무릎 꿇은 채 두 손을 들고 있어야 했다.

벽 속에 숨고 싶었다. 가난 없는 세상에서 살고 싶었다. 숲 속 송충이로 살지라도, 똥통에 구더기로 살지라도…….

K의 꿈은 화가였다. 형형색색의 물감으로 고흐처럼 아름다운 풍경을 그리고 싶었다. 햇살의 기울기에 따라서 변해가는 풍경을 담고 싶었다. 그러나 물감은커녕 도화지 살 돈도 없었다.

먹을 갈아 달력 뒷면에다 손가락으로 그림을 그렸다. 초록의 산, 쪽빛 하늘, 하물며 장미와 해바라기까지도 까맸다. 그러나 그림을 그릴 때의 마음은 온통 천연색이었다. 그 순간만큼은 가난을 온전히 잊을 수 있었다.

2

수학여행을 가는 날이었다.

K는 아침 일찍 아버지를 따라나섰다. 공사장에서 벽돌과 모래를 져 날랐다. 아버지는 벽돌을 쌓았다. 평상시 아버지가 쌓는 벽돌은 자를 대고 줄을 그은 듯 반듯했다. 하지만 그날은 험한 산굽이를 도는 기차처럼 비뚤거렸다. 아버지는 허물고 처음부터 다시 쌓았다. 그러나 다시 쌓은 벽돌마저도 줄이 맞지 않았다. 보다 못한 K가 버럭 고함을 질렀다.

"제대로 좀 해요!"

아버지는 성질이 불같았다. 그러나 그날은 소처럼 큰 눈만 끔벅거릴 뿐이었다.

"에이, 씨! 뭐 하나 제대로 하는 게 없어!"

K는 벽돌을 나르던 지게를 바닥에 냅다 내팽개치고는 달아났다. 불호령이 떨어질 줄 알았는데 잠잠했다. K는 멀찌감치 떨어져서 뒤를 돌아보았다. 아버지는 구부정한 자세로 묵묵히 벽돌을 쌓고 있었다.

그날 밤, 아버지는 만취가 되어서 돌아왔다. K는 잠결에 바람이 대숲을 훑고 지나가는 소리를 들었다. 그 소리는 어딘지 모르게 누군가의 흐느낌을 닮았다.

가난이 싫었다. 사랑하는 사람에게 화내게 하고, 사랑하는 사람을 가슴 아프게 하고, 기어코 사랑하는 사람을 울리는 가난이 죽도록 미웠다.

K는 두 주먹을 불끈 쥐고 맹세했다.

'나는 죽어도 아버지처럼 살지 않을 거야!'

3

중학교를 졸업하자마자 K는 서울로 올라왔다.

돈을 벌기 위해 닥치는 대로 일했다. 공장에서 일했고, 손수레를 끌고 골목 구석구석을 돌아다니며 과일 장사를 했고, 아파트 공사 현장에서 아버지처럼 벽돌도 쌓았다.

공사장에서 만난 사람을 따라다니다 K는 배관공이 되었다. 상하수도나 냉난방을 사용할 수 있도록 파이프를 자르고, 이어 붙이고, 용접을 했다. 날이 따뜻할 때는 공사 현장에서 일했고, 한겨울에는 터진 보일러나 수도를 수리하러 다녔다.

K는 서른 살에 결혼했다. 아내는 장미나 국화보다는 칡꽃을 닮은 수수한 여자였다.

얼마 뒤, 딸아이가 태어났다. 새끼손가락을 내밀자 행여 놓칠세라 꽉 움켜쥐었다. 마치 이렇게 말하고 있는 듯했다.

"이 험한 세상에서 저를 보호해줄 사람은 당신뿐이랍니다!"

순간, 가슴이 뭉클해지면서 코끝이 찡해졌다.

이듬해, 아들이 태어났다. 남자아이라서 쥐는 힘도 셌고, 활갯짓도 힘찼다. 식구가 두 배로 늘었기에 K는 두 배 더 열심히 일했다.

행복은 밤하늘을 스치고 지나가는 별똥별 같았다. K는 대형마트 신축 공사장에서 천장 위로 지나가는 파이프를 설치하다 발을 헛디뎠다. 싱크대에서 떨어진 접시처럼 몸이 곤두박질쳤다. 짧은 순간, 가족의 얼굴이 눈앞을 스쳐지나갔다.

의식을 되찾았을 때는 병원이었다. 몸속 뼈들이 산산이 조각나 있었다. 의사는 퍼즐을 맞추듯이 뼈를 모았고, 철심을 박아 고정시켰다.

병원비는 먹성 좋은 돼지처럼 빠르게 몸을 불려갔다. K는 의사들의 만류를 뿌리치고 퇴원한 뒤, 집에서 재활 치료를 했다. 통장 잔고가 바닥나자 아내는 공사 현장으로 나갔다. 그러나 아내가 벌어오는 돈으로는 생활은커녕 약값을 감당하기도 버거웠다.

빚은 바퀴벌레처럼 빠르게 번식했다. 아내는 카드를 돌려막으며 필사적으로 버텼다. 무엇이 호두처럼 단단하던 아내의 속을 갉아먹었을까. 빚쟁이들의 협박 전화가 걸려와도 끔짝 않던 여자인데, 하루는 아이를 끌어안고 통곡했다. 아이들의 손에는 누군가 먹다 버린 치킨 조각이 들려 있었다.

다음 날, 아내가 사라졌다. 며칠을 기다렸지만 아내는 끝내 돌아오지 않았다. 아이들은 배고프다고 온종일 징징거렸다. K는 목발을 짚고 거리로 나갔다. 일자리를 찾아 헤맸지만 그를 받아주는 곳은 어디에도 없었다.

걷다 보니 한강이었다. K는 한강대교에서 난간을 부여잡고 밑을 내려다보았다. 아이들의 생글거리는 얼굴이 차례대로 떠올랐다. 그는 털썩 주저앉으며 참았던 울음을 터뜨렸다. 오열하다가 문득, 한 가지 사실을 깨달았다. 살면서 가장 슬픈 순간은 모든 것을 포기할 때가 아니라, 포기하고 싶어도 포기할 수 없는 때라는 걸…….

4

구인 광고를 보고 K가 찾아간 곳은 돔형의 하얀 집이었다. 집 안도 온통 하얀 색이었다. 어디선가 벌떼가 무리지어 날갯짓하는 것처럼 윙윙거리는 소리가 들려왔다. 그러나 주변을 둘러봐도 보이는 거라곤 중앙에 덩그러니 놓여 있는 의자 하나뿐이었다.

잠시 뒤, 하얀 옷을 입고 하얀 수염을 기른 노인이 2층에서 내려왔다. 노인이 K에게 차분한 목소리로 물었다.

"돈을 벌고 싶으시오?"

"네, 어르신! 무슨 일이든 시켜만 주십시오."

"돈을 벌면 어디다 쓰려고?"

"그야, 뭐……. 쌀이랑 반찬 사고…… 애들 교육도 시키고……."

노인이 고개를 끄덕였다.

"생계와 교육, 둘 다 중요하지. 원하는 만큼은 아닐지라도 돈을 벌게 해주리다."

"정말이십니까, 어르신?"

"이제부터 내가 시키는 대로 하겠소? 아무것도 묻지 말고……."

"무슨 일이든 시켜만 주십시오!"

"그럼 이리 와서 앉으시오."

K는 시키는 대로 중앙에 놓인 의자에 앉았다. 노인은 X자 형태로 된 안전벨트를 채웠다. 몸을 옴짝달싹 못하게 되자 겁이 덜컥 났다.

"어르신, 돈을 벌게 해주겠다면서 왜 갑자기 저를 묶으시는지……."

"갑갑하더라도 잠깐만 참으시게. 그리 오래 걸리지는 않을 테니까."

노인이 안대를 씌웠다. 시야가 가려지자 벌떼의 날갯짓처럼 윙윙거리던 소리가 더 선명하게 들려왔다. K는 엉킨 실타래처럼 하나로 뭉쳐 있던 소리의 정체가 무엇인지 알 수 있었다. 그것은 농부가 일하는 소리였고, 공장의 기계 소리였고, 장사치가 거리에서 호객하는 소리였고, 공사장에서 인부가 망치질하는 소리였다.

몸이 천천히 회전하는가 싶더니 조금씩 빨라졌다. 소용돌이 속으로 몸과 영혼이 송두리째 빨려 들어가는 것만 같았다. 정신이 점점 혼미해졌고, 이내 깜깜한 어둠이 의식을 삼켜버렸다.

5

정신을 차리니 벤치였다. 누군가에게 맞은 듯 전신이 욱신거렸다. K는 천천히 몸을 일으켰다.

'꿈이었을까?'

고개를 들자 맞은편에 새하얀 돔형 집이 보였다. 주머니가 불룩했다. 뭔가 싶어서 꺼내 보았다. 반으로 접힌 만 원짜리 뭉치였다. 세어보니 정확히 50만 원이었다.

'이 돈이면 다급한 대로 불은 끌 수 있겠군.'

벤치에서 일어나 집으로 향했다. 거리는 낯익은데 풍경이 낯설었다. 유심히 살펴보니 예전에 못 보던 건물이 곳곳에 세워져 있었다. 게다가 도대체 뭘 파는 곳인지 알 수 없는 가게도 보였다.

그것은 시작에 불과했다. 집으로 들어선 순간, K는 입을 떡 벌렸다. 예닐곱 살에 불과했던 아이들은 놀랍게도 성인이 되어 있었다. 더욱 더 놀라운 것은 아이들의 태도였다. 몸짓과 말투가 너무도 자연스러웠다.

"아빠, 왔어?"

오랜 세월 그랬던 것마냥 딸이 쪼르르 달려와 팔짱을 꼈다. 아들은 자기 방에서 나와 목례를 한 뒤, 다시 들어갔다.

집은 아침에 나섰을 때보다 훨씬 더 넓었다. 못 보던 살림살이가 보였고, 가젤만 한 작은 냉장고 대신 하마처럼 거대한 냉장고가 주방에 서 있었다.

무심코 화장실 문을 열고 들어선 K는 소스라치게 놀랐다. 젊고 패기 넘치던 사내는 어디로 사라진 걸까. 삶에 지칠 대로 지친 중년 남자가 엉거주춤한 자세로 서 있었다. 반쯤은 넋이 나간 얼굴로…….

문득, 걸려 있는 달력이 눈에 띄었다. 믿기 어렵게도 그 사이에 12년이라는 세월이 흘러 있었다. 손가락으로 나이를 꼽아보니 무려 쉰 살이었다.

6

"돈을 벌어 어디에 쓰려고?"

두 번째 찾아갔을 때, 노인이 다시 물었다.

"애들 결혼 자금으로 쓰려고요."

두부처럼 반듯했던 노인의 이마가 일그러졌다.

"결혼 자금? 그만큼 키워줬으면 그 정도쯤은 스스로 마련해야지."

"부모 마음이 어디 그런가요? 하나라도 더 챙겨주지 못하는 현실이 안타까울 뿐이죠."

"인생은 단 한 번뿐인 기회라오. 나중에 후회하지 말고 다시 한 번 생각해보시오."

"제 결심은 변함이 없습니다."

노인은 천천히 고개를 끄덕였다.

"정 그렇다면 어쩔 수 없지."

K는 중앙에 놓인 의자에 앉았다. X자 모양의 안전벨트로 몸을 고정시키고 나자 눈에 안대가 씌워졌다. 갑자기 가슴이 체한 것처럼

답답해졌다. 전에 없던 증상이었다.

"왜 그러시오? 마음이 바뀌었소?"

"아, 아닙니다!"

"그럼 시작하겠소."

버튼이라도 누른 걸까. 의자가 천천히 회전하기 시작했다. 여기저기서 소리들이 선명하게 들려오기 시작했다. 어부들이 리듬에 맞춰 "여차, 저차" 하며 그물을 끌어올리는 소리도 났고, 축사에 갇힌 돼지가 꿀꿀거리며 사료를 먹는 소리도 났고, 사무실에서 컴퓨터 키보드 두드리는 소리도 났고, 식당에서 접시 닦는 소리도 났다.

회전이 점점 빨라졌고, 소용돌이 속 시꺼먼 어둠이 밀려들었다. 어둠은 마치 쩍 벌린 뱀의 아가리 같았다. 처음과는 달리 극심한 공포가 밀려왔다.

K는 눈을 떴다. 해가 서편으로 설핏 기울어 있었다. 팔다리가 노곤해서 도무지 몸을 일으킬 수 없었다. 가쁜 숨을 내쉬다가 벤치에서 가까스로 몸을 일으켰다. 맞은편에는 새하얀 돔형의 집이 노을빛을 받으며 쓸쓸하게 서 있었다.

바지 주머니에 손을 넣어 지폐 뭉치를 꺼냈다. 몇 번을 세어보았지만 정확히 육십 장이었다.

'돌아가야지!'

K는 벤치에서 몸을 일으켰다. 천천히 걷다가 화려한 불빛이 쏟아지는 편의점 앞에 멈춰 섰다. 유리창 저편에 백발이 성성한 육십 노인이 구부정한 자세로 서 있었다. 왠지 모르게 슬퍼 보였다.

아파트는 예전보다 낡긴 했어도 변함이 없었다. 처음 보는 경비원이 친근한 눈길을 건네며 목례를 했다. 초인종을 누를까 하다가 손잡이를 돌렸다. 안으로 들어서자 네 살 남짓한 남자아이가 장난감 총을 들고 정신없이 거실을 뛰어다니고 있고, 낯선 여자가 6개월 남짓한 아이의 기저귀를 갈고 있었다.

"아버님, 오셨어요? 식사 안 하셨죠?"

K는 놀라 여자의 얼굴을 빤히 바라보다가 벽 쪽으로 시선을 돌렸다. 벽 중앙에는 큼지막한 액자가 걸려 있었다. 헌칠한 아들 옆에 하얀 드레스를 입은 여자가 행복한 미소를 짓고 있었다.

"후딱 차릴게요. 막내 좀 봐주세요!"

여자가 아이를 번쩍 안아 품에 안겨주었다. 울먹이는가 싶더니 아이는 목젖을 한껏 벌리고 울음을 터뜨렸다.

"아가야, 까꿍!"

K는 안방으로 들어가며 우는 아이를 달래기 위해 피에로처럼 머리를 연신 흔들었다. 그러나 아이는 점점 더 목청을 높였고, 품에서 빠져나가기 위해 사지를 비틀며 필사적으로 몸부림쳤다.

7

노인은 K를 보자마자 혀를 찼다.

"쯧쯧! 그 나이에 무슨 돈을 벌겠다고 여길 찾아왔소? 그만 돌아가시오!"

K는 털썩 무릎을 꿇었다.

"어르신, 부디 제 딸을 살려주세요! 수술비가 필요합니다."

"따님은 출가해서 남편도 있지 않소? 왜 당신이 그 모든 짐을 짊어지려고 하시오. 이제는 나이도 있고 하니 그저 묵묵히 지켜보기만 하구려."

"그래도 어떻게 모른 척합니까? 미천한 제 몸을 팔아서라도 딸아이를 살릴 수만 있다면 당연히 그래야지오."

"쯧쯧, 불쌍한 인간! 그렇게 살 바에는 차라리 말 못하는 짐승으로나 태어날 것이지, 인간으로 태어나서 그게 무슨 개고생이오? 단 하루도 두 다리 쭉 펴고 사는 날이 없으니……."

노인의 눈빛이 흔들렸다. K는 마음이 바뀔세라 노인의 바지자락을 꽉 움켜쥐었다.

"어르신, 도와주실 거죠?"

8

천지가 처음 생겨났을 때 저랬을까?

눈을 뜨니 파란 하늘이 끝없이 펼쳐져 있었다. 넋 놓고 하늘을 올려다보니 까닭 모를 눈물이 핑 돌았다.

K는 벤치에서 몸을 일으켰다. 주머니에 뭔가 들어 있었다. 꺼내보니 파란 잉크가 인쇄된 종이 뭉치였다. K는 그게 뭔지 한참을 들여다보았다. 그러나 아무것도 떠오르지 않았다. 손아귀에서 힘이 빠지며 툭, 하고 땅으로 떨어졌다. 세찬 바람에 종이 뭉치가 낙엽처럼

흩날리는가 싶더니, 이내 뿔뿔이 흩어져 허공으로 날아갔다.

문득, 집으로 돌아가야 한다는 생각이 들었다. 누가 그 많았던 생각들을 가져간 걸까. 집이 어디에 있는지 기억나지 않았다.

K는 벤치에서 몸을 일으켰다가 이내 주저앉았다. 다리에 힘이 없어서 도저히 걸음을 옮길 수 없었다. 입가에서 침이 주르륵 흘러내렸다. 손바닥으로 턱에 묻은 침을 닦고 나니, 나뭇가지가 눈에 들어왔다. K는 부들부들 떨리는 손으로 나뭇가지를 집어 들었다. 그러고는 무의식이 이끄는 대로 땅바닥에다 무언가를 그리기 시작했다.

단독주택 신축 공사장 풍경이었다. 허리가 구부정한 남자가 벽돌을 쌓고 있었고, 그 옆에 중학생 남짓한 소년이 지게로 벽돌을 져 나르고 있었다. 왠지 모르게 그들의 모습이 정겨웠다.

철문이 열리는 소리가 들려왔다. K는 고개를 들었다. 돔형 모양의 집 앞에 노인이 서 있었다. 어디서 본 걸까? 노인의 모습이 낯익었다. K는 나뭇가지를 놓고 몸을 일으켰다. 무릎에서 우두둑거리는 소리가 났다.

그냥 가버리면 어떡하나 싶어, K는 노인을 향해서 최대한 빠르게 다가갔다. 그러나 몸은 생각과는 반대로 달팽이처럼 느릿느릿 움직였다. 다행히도 노인은 제자리에 서서 K를 기다려주었다.

몇 걸음 걷지 않았는데도 숨이 차올랐다. K는 머릿속에 떠오른 생각을 말로 표현하기 위해서 안간힘을 썼다. 입 안이 바짝 말라버려, 말을 제대로 내뱉기 위해서는 수시로 침을 머금어야만 했다.

"호, 혹시…… 저, 저를 아십니까?"

노인은 그의 눈을 정면으로 바라보며 고개를 끄덕였다.

"아, 아무것도…… 생각나지…… 않소. 나, 나는……누구요? 내, 내 이름은……대, 대……체…… 무, 무엇입니까?"

잘못 본 걸까. 순간, 노인의 눈가에 반짝이는 물방울이 맺혔다.

"당신의 이름은……."

잠시 말을 멈춘 노인이 시선을 허공으로 돌렸다. K도 천천히 고개를 들었다. 파란 하늘에는 새하얀 구름 한 조각이 둥실 떠 있었다. 순백의 구름은 더없이 아름다웠지만 더없이 외로워 보였다. 까닭 모를 눈물 한 방울이 주르륵 흘러내렸다.

어디선가 노인의 목소리가 들려왔다.

"당신의 이름은…… 아. 버. 지. 입니다."